CW01623244

Gener 2012

crims.cat

Primera edició: gener de 2012

© Andreu Martín, 1984
© de la present edició: Editorial Alrevés, 2012
© de la fotografia de portada: Getty Images

Director de la col·lecció: Àlex Martín Escribà
Disseny de la col·lecció: Mauro Bianco

crims.cat
Editorial Alrevés S.L.
Passeig de Manuel Girona, 52 5è 5a • 08034 Barcelona
crims@crims.cat • info@alreveseditorial.com

Impressió:
Novagràfik, S.L.

ISBN: 978-84-15098-39-3
Dipòsit legal: B-40.397-2011

Printed in Spain

Queda rigorosament prohibida, sense l'autorització escrita dels titulars del «Copyright», sota les sancions previstes per les lleis, la reproducció o la transmissió total o parcial d'aquesta obra per qualsevol mitjà o procediment, inclosos la reprografia i el tractament informàtic i la distribució d'exemplars d'aquesta mitjançant el lloguer o el préstec públics.

Història de mort

Andreu Martín

ALREVÉS
BARCELONA 2012

crims.cat

Se'n diu ***crims.cat*** i és una nova col·lecció de novel·la criminal en llengua catalana, amb voluntat d'englobar tot tipus d'etiquetes i subgèneres: negre, policíac, espionatge, detectivesc, enigma...

L'empenta, a càrrec de l'editorial Alrevés, ens sembla de prou importància com per prendre'ns seriosament la iniciativa: de moment, sis títols l'any, on es combinaran autors de casa amb noms estrangers europeus de ressò i prestigi que avui són desconeguts en totes les llengües de l'Estat.

Així doncs, volem omplir un gran buit dins del mercat editorial en llengua catalana. Ara que ja és extensament reconegut l'èxit d'aquestes històries dins i fora de les nostres fronteres, calia unir esforços en la nostra llengua per intentar evitar la dispersió editorial que viuen tots els autors que cultiven allò que Raymond Chandler va anomenar «el simple art de matar». Simple o no, hem cregut que era el moment idoni per acontentar totes aquelles veus que reclamen des de fa un grapat d'anys la presència d'una col·lecció nostrada com ho va ser en el seu moment La Cua de Palla.

Per la nostra banda ens proposem —i esperem que no només es quedi en un propòsit— fer la millor de les seleccions i poder oferir-vos un bon catàleg d'autors reunits en una col·lecció que respondrà —això sí— a tots els criteris indispensables que caldria sempre tenir presents: un disseny identificatiu, unes cobertes suggerents, una numeració i, és clar, una tria coherent de títols.

Amb aquestes aspiracions, us convidem a passar pàgina i a començar a llegir. Hi trobareu un tipus de lectura, no ho oblideu, que ha delectat esperits de tota mena i de totes les contrades, i que novament ara podem tornar a fer en la nostra llengua.

A partir d'ara, ja ho sabeu: si voleu llegir novel·la negra en català, llegiu ***crims.cat***!

Dirigida per Àlex Martín Escribà

Índex

Pròleg

El passadís és llarg, fosc i estrany. Túnel negre, ple de paranys i amenaces i presències i veus mudes. Veus que diuen: «No hi vagis! Quieta! Atenció!». I l'única esperança de salvació que s'ofereix al final és la llum trista i bellugadissa, les coloraines falses i llampants del televisor.

Enmig d'una espècie d'atordiment, l'Àngels pensa: «Jo he connectat la tele?».

L'Àngels avança arrossegant els peus. Però no és degut a l'edat ni perquè se li escapin les plantofes que li són grans (això és el que dirà a l'Alícia si li ho pregunta). No és per això. És la por, que sembla que li faci el cos més pesant, que sembla que la vulgui clavar a terra, que vulgui frenar-la, «No hi vagis!». Curiosament, gairebé sent més seguretat aquí, dins del passadís fosc, «Potser així no em veurà», que allà al menjador, on la llum del televisor fa pampallugues.

«Jo no he connectat la tele», repeteix l'Àngels. I ja respira amb dificultat. Ja hi som un altre cop.

O potser l'ha connectada i se n'ha oblidat. Intenta recordar. Ha sortit del dormitori, on havia estat passant el rosari, i ha anat a veure la nena a la cuina. La nena estava arrebossant lluç. «Que vols que t'ajudi?», «No, mamà, gràcies». Després, immediatament, s'ha ficat al lavabo i ha fet pipí. Hi ha anat immediatament, no ha anat a encendre la tele abans. Pot ser que l'hagi connectada la nena. «No, segur que no.» La nena, a la cuina, li ha dit:

«No, mamà, gràcies. Vés a veure la tele. I encén la llum del *passillu*, coi, que un dia et faràs mal.» Si la nena hagués connectat la tele, de passada hauria encès també el llum del corredor perquè l'Àngels no ensopegués amb la tauleta de l'arlequí. L'Alícia sempre té por que la seva mare li trenqui l'arlequí de porcellana.

L'Àngels té por perquè ella no ha engegat la tele, n'està segura. I perquè no pot suportar la idea que ell pot haver-la seguida des de Premià fins aquí. Ja respira malament. El cor li batega fort, *bumm-bumm-bumm*, tan fort que cada batec fa que li petin les dents, *clac-clac-clac*, que les dents li petin tan fort que quasi li fan mal les barres, *bumm-bumm-clac*. L'aire surt del seu nas com un esbufec que sembla que s'hagi de sentir des de tot arreu. Que sembla que fins i tot l'hagi de sentir ell.

Però l´Àngels no es pot deturar. Ja li agradaria, ja, però no pot. Perquè si ell l'ha seguida fins aquí, llavors ja podem plegar, llavors sí que es tornarà boja del tot.

A la tele parlen de *la operación retorno*, i l'Àngels pren consciència de tots i cada un dels sorolls de la casa: el tràfec de l'Alícia a la cuina, el brollar de l'aigua del vàter omplint el dipòsit, una cadira arrossegada al pis de dalt. I, lluny, la sirena d'una ambulància, i motors de cotxes. I la sang li puja al cap i li omple el cervell i allà es posa a bategar en forma d'un mal de cap molt i molt intens, aquella migranya que li arrenca llàgrimes. I a l'Àngels se li deforma la boca perquè vol cridar, però no pot cridar, perquè ell sí que hi és, davant la tele, que ella li està veient la mà repenjada al braç de la butaca, i ai d'ella si crida.

Ell l'ha sentida. Es tomba cap a ella.

—Vine, Àngels. Què fas aquí parada?

L'Esteban té uns ulls molt macos, molt blaus i molt tristos, caiguts, com si alguna cosa concreta li sabés molt de greu. Gairebé són ulls ploraners. Però, sembla mentida, aquest detall del seu rostre no el debilita gens, ans al contrari el fa semblar inquietant, perillós. Són ulls que donen a entendre que ell no faria mal a ningú si no l'obliguessin, però que no li queda més remei, què s'hi ha de fer, és el seu deure. I quan te n'adones, de tot això, comprens que aquell home te'n pot fer moltíssim de mal, tot el mal del món, perquè és un home fred, desapassionat, pacient, d'una crueltat ingènua, juganera, infantil. Són els ulls que anys enrere van veure tants detinguts poc abans de passar els pitjors moments de la seva vida. Moments abans de morir fins i tot.

Te'n recordes, Àngels?

En Duran penjant del ganxo, aquell ganxo en forma d'essa, ganxo de carnisser degotant sang, ganxo clavat sota la mandíbula, en Duran amb aquella ganyota, els ulls molt tancats, les galtes xopes de llàgrimes, en Duran espernegant. I a cada patada el ganxo devia entrar més endins, més endins, més endins.

Els ulls de l'Esteban miraven impassibles.

I et varen mirar impassibles a tu, Àngels, quan et deien: «Vine un moment, que et vull mostrar una cosa». I després, davant l'home que gemegava amb la llengua fora, escopint sang, espernegant. «El coneixes? Es diu Duran.»

Te'n recordes, Àngels?

—Vine, Àngels. Què fas aquí parada?

L'Àngels fa un pas enrere, retrocedeix cap al passadís negre i fosc i amenaçant; i desitja, *oh, com ho desitja per damunt de totes les coses,* desitja fer-se fonedissa amb la foscor, desaparèixer per sempre. Ensopega amb la tauleta de l'arlequí, manoteja febrilment per salvar la porcellana, observa la cabriola en l'aire i agafa l'arlequí amb els dits. «Sobretot, no fem fressa, sobretot.» Remuga un «redéu» i només se sent com un crit de conill. «Sobretot, no fer soroll.»

—Mamà? —diu l'Alícia, a la cuina. Fa un silenci i escolta. Només se sent la tele. L'anunci d'un cotxe poderós, el cotxe que convertirà el seu propietari en Superman—. Mamà? —El dipòsit del vàter acaba d'omplir-se. Calla.

L'Alícia té un breu ensurt, com un pressentiment. La casa li sembla massa buida i massa fosca i massa silenciosa malgrat l'anunci del cotxe poderós.

—Mamà?

L'Alícia s'eixuga les mans. Sense mirar deixa el drap sobre el marbre.

—Mamà?

Quin disbarat. Per un moment, en un parpelleig, li ha semblat veure el seu pare en la foscor del passadís, amb aquell aire tan carregat de paciència, dient: «Au, vés a veure què fa la mare, que no sé què li passa, ara». Quin disbarat.

L'Àngels és al dormitori. Tremola i plora i panteixa mentre cerca quelcom dins la maleta que encara no ha tingut temps de desfer. Regira bates florejades, faldilles, bruses, bragues, faixes, i troba el que busca, ja ho té a les mans. «No t'ho pensis més, Àngels. No t'ho pensis o no ho faràs.»

I la nena dient «Mamà?» pel passadís.

L'Àngels pensa que hauria d'haver tancat la porta amb clau, però ja és tard.

F. N. model HP 35 de 9 mm. Parabellum. L'arma reglamentària de l'Esteban. L'Àngels sap on és el mecanisme de seguretat i l'acciona. Sap que la pistola està carregada i es fica el canó a la boca i posa el polze sobre el gallet.

L'Esteban, des del llit, somriu i la mira tristament. Diu: «No facis bestieses». L'Alícia obre la porta. Es precipita, les seves mans joves s'arrapen febrilment a la mà vella al mateix temps que un xisclet agut, tallant, «MAMÀ!», es barreja amb l'espetec eixordador i inesperat, i la filla sent a flor de pell la batzegada del retrocés i la mare sent com una bufetada picant i benigna, i com si dins la boca se li inflés un globus de fum i llum i soroll i sabor a cordita i a sang i a saliva dolça.

I és com si darrere del cervell se li obrís un forat negre, molt negre i molt profund, que s'anés fent gran i gran i gran, tan gran que l'Àngels hi cau d'esquena, cau a molta velocitat amb una sensació de benestar i felicitat. És un pou llarg, fosc i estrany com el passadís al final del qual esperava ell. Però ara la foscor dóna protecció, calor, tranquil·litat. La boca del túnel es fa petita, allà lluny, i l'Àngels es distancia vertiginosament de la cara de la seva filla, cara que fa ganyotes d'horror i que crida, «mamà, mamà, mamà...».

I l'Àngels té un últim pensament: «Gràcies, Déu meu».

1

Hi creieu, en aquestes coses?

El Formiguer és un bar inaugurat fa poc al barri Gòtic, darrere de la catedral, en una espècie de passadís secret que devien fer servir els amants d'alguna noble del segle divuitè per fugir de palau. O alguna cosa per l'estil. Si més no, al llindar de la porta hi ha escrites les xifres «1787».

Gruixudes parets fetes amb ciclopis blocs de pedra, tan gruixudes que a dintre tot sembla més petit del que hom pensava, tan gruixudes que a l'estiu s'hi agraeix la fresca i a l'hivern no hi fa tant de fred. Una porta d'entrada baixa, estreta, furtiva, difícil, molt capaç d'esberlar el cap a qui no s'ajupi a temps. Pesants taules de fusta sense desbastar, incòmodes bancs enganxats a les parets, il·luminació precària amb unes bombetes de color groc que coronen uns canelobres insultants, segurament comprats d'ocasió en un *Souvenirs* de la plaça de Palau. Quadres d'una exposició que es va inaugurar al mateix temps que el local, ara farà un any, i que tothom (fins i tot l'autor) ha oblidat. Una escala de fusta du a l'entresolat on cada dia, tret dels divendres, una parella d'adolescents juga a apagar els llums.

El bar l'ha obert en Valentí, un català optimista (o sigui de l'Empordà) que pensava que l'èxit seria tan clamorós que el local es posaria de moda i que cada dia, al matí i al vespre, se li ompliria de gom a gom, tant, que semblaria un formiguer. No la va encertar del tot. Normalment, a les tardes, el jove del taulell i l'optimista Valentí empordanès juguen als daus i s'empitofen a poc a poc, sense voler i sense resistir-se, brandi rere brandi, o cubata rere cubata, fins al punt que l'aparició del client tan esperat seria una nosa insuportable. La parelleta que cada dia (llevat dels divendres) juga a papàs i a mamàs a l'entresolat, només demana una consumició en tota la tarda i no molesta gens.

L'única tarda de la setmana que el Valentí i el noi del taulell no s'emborratxen és la dels divendres, quan una colla heterogènia i heterodoxa es reuneix i envaeix l'entresolat, on fan una tertúlia cultural que normalment no toca enlloc. Aquest dia de la setmana en Valentí treballa de valent portant cap a dalt tota mena de begudes, des de cremats fins a whiskys, passant per xerès, l'aigua sense gas i el gimlet. Aquelles tardes, feina porta feina, alguns clients entren a recolzar-se a la barra i, encara que mai no ha semblat un formiguer, sí que en algunes ocasions el lloc ha recordat un bar de debò. En els moments que no hi ha feina, en Valentí puja i s'afegeix a la xerrera i, com que és empordanès, acostuma a apropiar-se el tema, fa jocs malabars amb les paraules, introdueix la màgia, diu el primer que se li acut i torna ràpidament al taulell deixant els contertulians completament desconcertats.

Aquest divendres, no se sap com, rebotant de graó en graó, com qui no vol la cosa, han acabat parlant de possessió diabòlica i vampirisme.

—Però, hi creieu, en aquestes coses? —demana la doctora Unzurrunzaga, una escèptica discutidora professional, burleta i encantadorament menyspreadora.

—Tu hi hauries de creure més que no pas nosaltres —li diu el pintor Enric Nieto—. Ets basca, oi? Allà en teniu tradició, d'això.

La mitja dotzena de contertulians calla per mirar l'artista no sense sorpresa. No fa gaire que ell i la seva germana s'han incorporat a les reunions i el jove mai no havia pronunciat tantes paraules d'una tirada ni amb tanta vehemència. Hom diria que s'ha tocat un tema molt important per a ell i això, naturalment, augmenta l'expectació de tots plegats. Potser encara hauran descobert un motiu de diversió que duri unes quantes setmanes. Així, una dotzena d'ulls estimula el pintor a seguir enraonant, i aquest no els decep.

Llargarut, prim i barbut, rostre rosegat per la verola, ulls clars i convincents que, mentre ell parla amb la seva veu greu (feta per retrunyir sonorament en vetustes naus d'església), demanen, acaronen, riuen i et deixen desarmat. Era ell qui havia de parlar del tema, ell i ningú més, pensen tots recordant les dues exposicions que han vist de la parella de pintors.

Enric i Trini Nieto. Pintura hiperrealista de llocs Foscos, recreació de soterranis medievals i d'animals mitològics i de rostres torturats per mirades esbojarrades. Blancs i negres i grisos que recorden els *Caprichos* de Goya.

Mentre recorria la sala d'art del carrer del Consell de Cent on els va veure, el doctor Delclòs es deia: «Mai no tindria un quadre d'aquests a casa meva». El doctor Delclòs, que és psiquiatre, es deia: «S'ha de tenir una salut mental a tota prova per poder conviure amb aquestes imatges infernals». I, tot escoltant l'Enric, es pregunta: «Ell fa els paisatges, els soterranis i els interiors de tombes; i ella els animals, els monstres i els rostres de boigs, o a l'inrevés?».

La Trini Nieto, menuda, eixerida, riallera ella, amb aquell nas i aquells ulls que engeguen trets d'alegria contagiosa que sempre donen al blanc, extasiada pel que diu son germà, és d'una aparença angelical que contradiu tot el sinistre que conté la seva obra.

—Hi creieu, en aquestes coses? —ha dit la Unzurrunzaga.

—Tu hi hauries de creure més que no pas nosaltres. Ets basca, oi? Allà teniu tradició, d'això.

La doctora ha discutit aquest punt i ha intentat de demostrar (per pur esperit de contradicció) que a Euskadi mai no hi ha hagut cap història màgica i que les supersticions que se'ls atribueixen són falòrnies franquistes. Paral·lelament, en Quintana (un argentí que sap de tot) ha assenyalat les coincidències que hi ha entre tradicions europees i tradicions sud-americanes. Ha estat ell qui ha mencionat la típica llegenda de la serp que mama de la mare mentre fica la punta de la cua a la boca del nen. El nen sempre acostumava a morir anèmic i pàl·lid, de pura inanició.

Aquí volia arribar l'Enric Nieto. «En això es pot veure un principi de vampirisme», ha dit.

La doctora Unzurrunzaga, com que veu que el seu punt de vista escèptic no guanya l'atenció absoluta de ningú, l'abandona immediatament i canvia de tema dient que els vampirs existeixen, que ella n'ha vist.

—Són els heroïnòmans —afirma—. Compleixen perfectament les lleis principals del vampirisme. Són morts en vida, perquè estan morts de debò, són inerts, inútils, éssers llunyans de la realitat. I xuclen tant com poden les persones que els envolten, siguin amics, coneguts o desconeguts; xuclen calers, xuclen sang; i quan no et poden xuclar res més et volen portar cap al seu vici, et volen fer tornar vampir...

L'Enric Nieto obria i tancava la boca, com un peix, ansiós de ficar-hi cullerada, quan el professor Nelo (molt digne, cabell blanc i ulls diabòlics, llargs braços que fan ballet quan ell parla) va dir, en to de superioritat:

—Bé, és clar, suposo que per possessió enteneu alguna mena d'hipnotisme... —L'Enric Nieto, quasi iracund, feia que no i que no amb el cap—. Això em fa pensar en un element molt important, que és l'acceptació de la pròpia víctima. Si una persona no ho vol, no se la hipnotitza...

—En això teniu raó —ha aconseguit de dir l'Enric—. Si una persona no ho vol, no se la converteix en vampir. Perquè jo estic parlant de vampirs, senyors. De morts vivents, de deixebles diabòlics, de criatures de la nit amb llargs ullals, de la representació del Mal. Recordeu el Nosferatu. La protagonista serà posseïda pel vampir a partir del moment que ella obre la finestra. Les víctimes s'ofereixen. Quan una víctima es resisteix, no és posseïda...

En aquests moments, ja tots els membres de la tertúlia protestaven i feien sorollets amb la llengua i donaven a entendre amb gests vehements que no pensaven seguir escoltant. Però el doctor Delclòs sentia una profunda curiositat. Ni ell mateix hagués pogut dir per què se sentia tant atret pel tema. Volia que l'Enric Nieto seguís parlant. Per això ha dit:

—Però, parlar de possessió vol dir parlar de dimoni... Com es pot defensar avui dia la teoria cristiana del Dimoni i de l'Infern?

El pintor se'l mira. En un segon, hi ha una descàrrega de simpatia entre els dos homes. A contracor, el psiquiatre ha d'acceptar que està predisposat a creure tot el que digui aquell jove que sembla ple de saviesa.

—A vegades, penso que els no-creients teniu més prejudicis, sou més tancats, que el creients. Les vostres conviccions semblen moltíssim més febles que les d'altres. Sentiu la paraula Déu, o Dimoni, o Església, i us tanqueu a qualsevol mena de coneixements. Encara que siguin coneixements que teniu vosaltres mateixos, que de fet té tothom...

Així comença la fascinant dissertació de l'Enric Nieto, provocant una lenta però creixent angoixa en tots els presents. A tots ells els agradaria de fer-lo callar, i de tant en tant es queixen o manifesten alguna mena de protesta, però cap d'ells gosa interrompre aquell personatge que d'un mutisme i d'una indiferència gairebé absoluts ha saltat a la més convincent de les vehemències.

—És clar que hem de parlar del Dimoni. Però, què és el Dimoni sinó una representació, una concreció del concepte molt més ampli de Maldat o Perversió?

El Dimoni, Satanàs, Belzebú, digueu-ne com vulgueu, són la imatge de la Maldat. Igual que una coloma pot ser-ho de la Pau, o aquest sol somrient ho és de l'oposició a les nuclears. Dir Satanàs, equival a dir: «Bondat? No, gràcies!». Vol dir Crueltat Suprema, Maldat Infinita. I d'això, permeteu que us ho digui, n'hi ha més que de Pau, Bondat, Generositat i Amor.

»Parlem-ne, de Maldat. Els camps de concentració nazis. Milions de jueus morint de gana, o apallissats, o afusellats, o a les cambres de gas... No mireu els cadàvers. Els cadàvers són la imatge de la mort, del no-res. Mireu els botxins. Mireu els somriures impassibles davant d'un nen esventrat... —Primeres protestes, gests d'incomoditat—. Sí, sí, escolteu... Mireu l'orgull professional dels metges que experimentaven amb persones, amb jueus i no jueus, amb negres, hindús, o indis d'Amèrica, inoculant-los tota mena de malalties. «A aquest una mica de verola, a aquell un toc de pòlio, aquest el capem...» Sí, per què no? Per què no capar-lo? És un indi. Només és un indi. És com un animal. Els mateixos que anys enrere gaudien obrint galàpets, fent-los esclatar (sabeu com es fa?, se'ls fa fumar, i llavors s'omplen de fum i peten, *flaix*!, com draps estripats i xops de sang)... Aquests mateixos afavorien la ciència esventrant i fent esclatar cossos humans. Ianquis esterilitzant indis a Bolívia, us en recordeu? Ho deien els diaris. Se'n va parlar molt. El que passa és que són notícies que ens fan arrufar el nas i passar la pàgina ràpidament, així, perquè molesta molt. *Molt* molesta la presència de la Maldat. *Molt*. Però no mireu els capats, pobres indis, imatge de la misèria. Mireu els científics freds, impassibles, molt professionals... Mireu-los com fabriquen napalm, cada vegada un model diferent, cada cop més perfeccionat. El gel de gasolina. El sabó de napalm. «Fem-ho de manera que les bombes no matin.» A la guerra, un mort és tan inexpressiu com una pedra. «Fem-ho de manera que homes, dones i nens cremin com torxes, però que no morin de seguida, que tinguin una llarga i profitosa agonia; i dolorosa! Que xisclin com a porcs, i que no puguin apagar de cap de les maneres el foc que els va consumint poc a poc, ni amb aigua ni res, que xisclin, dones i nens i vells, que segueixin bramulant fins que les brases fonguin les cordes vocals, i així els vius que els vegin, davant d'aquell horror, s'acolloniran, i es rendiran...» —Ja fa estona que el professor Nelo s'ha fet enrere i ha dirigit l'atenció en una altra direcció. «Va, home, si et plau», ha dit feblement. El pintor es relaxa una mica i dibuixa un trist somrís als seus llavis—. Però no mireu als pobres que cremen. Penseu en els avions que llencen les bombes, en els pilots que fan punteria. En aquells soldats americans, tan guapots, tan ferms, que reben classes de tortura. Penseu en el professor que els ensenya (desapassionadament, com qui ensenya a fer nusos als minyons escoltes) com s'ha d'aplicar electricitat als genitals d'homes i de dones, lliçons d'anatomia per saber on s'ha de treballar per fer més mal, i que duri més, i que la víctima no es mori, i que després hi hagi el mínim de senyals possible. Tot això existeix, senyors! I no ens fixem en les víctimes. Les víctimes t'entendreixen, t'estoven, penses «pobrets» i dirigeixes els teus pensaments cap a la beneficència. Penseu en els botxins.

En aquells científics que col·leccionaven artesania de pell humana. Tambors de pell humana, pantalles de làmpada de pell humana, carteres de cuiro humà que es cotitzaven molt més si tenien el melic ben visible, melic exclusivament humà, nota de distinció. —De sobte, un cop de riure amarg—. Ha! És curiós, perquè els americans han difós la notícia que l'aviador que va llençar la bomba sobre Hiroshima es va tornar boig i ara és en un manicomi. El van triar molt malament, no? Haguessin trobat piles i piles de voluntaris amb ànsies destructives, no creieu? Xicots que després haguessin fardat: «Hosti, tu, hauries d'haver-ho vist! Quin espectacle, tu, *tope*!». Penseu en aquell somrís que tenien els interrogadors ensinistrats a ficar baionetes als genitals de les dones. Mireu bé aquest somrís. Ara comenceu a comprendre què és la Maldat. Els torturadors argentins, per exemple. En recordeu les darreres declaracions? Van sortir per la tele i tot. I, si no ho veu veure, us presentaré un parell d'argentins que hi van passar, per allò. Heu sentit el que feien amb les embarassades? Aplicaven descàrregues elèctriques al nen que portaven dintre... Interrogaven la mare d'un nen de sis anys. Mataven el nen, el torturaven davant d'ella, «només per donar-li a entendre que anaven de veres». Ho estan dient ara. I ara som suaus, nois. Ara, som civilitzats. Penseu en tots els turments inventats des que el món és món. No heu llegit el *Jo, Claudi*? Mataven la gent de gana. Els tancaven fins que morissin de gana! Us imagineu? I la creu? I quan els esquarteraven lligant-los mans i peus a quatre cavalls? Per cert, que això ho feien els americans a la guerra del Vietnam, però amb helicòpters en comptes de cavalls. Benvinguda sia la tècnica.

Pausa. Sorpresa als ulls del conferenciant.

—Que teniu taquicàrdia? Fa por, oi? És que li esteu veient les orelles al llop?, esteu començant a tenir una intuïció de la Maldat...?

»És clar que existeix la Maldat. Llegiu els diaris i us n'assabentareu. Pares que deixen que els seus fills petits, nadons, morin de gana, que els apaguen cigarretes contra la pell, que els tallen amb ganivets o els tenen tancats en armaris foscos... O aquell violador de velletes de vuitanta o noranta anys... Les violava i després els aixafava el crani a cops de martell... Ho recordeu, oi? Li deien «l'assassí de Lesseps», i el van detenir allà al 79... Violava a velletes de vuitanta anys, ho imagineu?... No mireu la velleta, que fa pena. Mireu el violador, congestionat, els ulls fora les òrbites, tot vermell, imagineu la seva expressió... I digueu-me si no és la Maldat, si no és la perversió... No m'invento res. La Maldat existeix, com existeix la Bondat, com una força de la Naturalesa, com existeixen la Saviesa i la Ignorància, la Veritat i la Mentida, la Fe i la Incredulitat... És quelcom que se sent. És una forma d'Energia Mental. És allò que t'incomoda quan coneixes el que s'anomena una persona sense escrúpols. —Ara es dirigeix a la doctora Unzurrunzaga—: És aquella sensació d'esborronament quan un home et posa la mà a sobre, o et diu quelcom relacionat amb el sexe...

—Em puc esborronar de plaer —oposa la doctora, visiblement inquieta.

—És clar. Igual que hi ha cançons d'amor que ens esborronen, que ens exciten sexualment creant atracció i tendresa... Però, al mateix temps hi ha grups que, en cantar, desperten una barreja d'agressió i de lascívia, una atractiva repulsió, una seductora repugnància... Potser sí que t'esborronaràs amb les dues propostes, però un esborronament serà força agradable i l'altre... Eh... Pensa en l'altre, Unzurrunzaga... Aquella seductora repugnància... Pensa en els vampirs de què tu mateixa parlaves: els heroïnòmans. Mira els ulls d'un heroïnòman i hi veuràs la traïció, un egoisme sense fre i sense fi. Un vampir, sí, com tu has dit, un principi de vampirisme. Multipliqueu aquest principi per cent mil i tindreu l'aproximació d'un dimoni. No mireu el mal que fan. Mireu els ulls dels botxins, el seu somrís, la seva indiferència, i hi veureu la Maldat, allò que configura el Dimoni...

Protestes del públic.

—Mira —salta per fi la Unzurrunzaga—: Jo tinc una veïna que és exactament la representació d'això que dius tu. Somriu quan sap que a algú li van malament les coses, aplaudeix la desgràcia dels altres i, quan fas una mica de soroll a l'escala o fas quelcom que no li agrada, de seguida surt dient: «Et mataré, et mataré»... Però, no crec que sigui la representació de Satanàs...

—Perquè és inofensiva, perquè segurament no ha fet mai mal a ningú... Encara que està fent serioses oposicions per ser autènticament maligna, alimentant una energia negativa, deixem la teva veïna i permet-me un altre exemple. El maig de 1929, Al Capone, per castigar dos dels seus homes, anomenats Anselmi i Scalise, va agafar un bat de beisbol i va començar a colpejarlos al cap, sistemàticament i fredament, fins que els va polvoritzar els ossos de tal manera que la pell de tot el cap els penjava flàccida, com si fos de goma...

—Ai, va! —gemega la doctora.

—No miris el rostre destrossat de les víctimes. Mira el rostre impassible, científic, d'en Capone. Hi veuràs la Maldat. No en diràs Satanàs, però jo et garanteixo una cosa: si entressis en aquella rebotiga del Hawthorne Inn, on van matar l'Anselmi i el Scalise, notaries a frec de pell tanta maldat, que els raigs, les irradiacions, les descàrregues odioses, digues-li com vulguis, et tornarien boja.

—En tot cas —gosa adduir en Delclòs, tot i que ha de reconèixer que s'ha establert una relació de simpatia entre ell i els Nieto—, en tot cas, esteu parlant de conceptes abstractes, d'apreciacions prou subjectives com per pensar que no hi ha una sola idea de Maldat, sinó tants caps com barrets. Per exemple —es precipita per bloquejar la intervenció d'en Nieto—, per a una monja de clausura que ignora tot el que ens heu dit, la Suprema Maldat es resumirà al sexe. Per a ella, no hi ha res de pitjor. I us haig de dir que per a mi no hi ha res de millor. I per a un guerrer d'algun poblat primitiu el fet d'esquarterar un enemic no sols no serà cruel ni dolent, sinó que tot al contrari serà un fet religiós, idèntic al de la nostra civilització de menjar-nos el Déu en què s'ha transformat l'hòstia...

—Estic d'acord amb tu, amic Delclòs, en el cas de la monja neuròtica i reprimida —accepta en Nieto, amb un somriure ambigu—. Però insisteixo que no mirem la víctima sinó el botxí. Pensa en el Don Juan que se li acut de seduir la novícia. Un home que presumeix d'haver matat, d'haver humiliat... Com era? «*La vir-*

tud escarnecí, la razón atropellé, y en todas partes dejé memoria amarga de mí.» Mireu la cara d'aquest ésser i digueu-me si no hi veieu la Maldat... En el que ja no puc estar-hi d'acord és en aquesta mena de blanca puresa que veieu en una tribu de salvatges esquarterant o devorant un enemic. Jo no estic cercant un culpable, Delclòs. Jo no m'he d'amoïnar per causes eximents. Estic parlant del concepte de Maldat, del Gran, Immens, Únic, Definitiu concepte de Maldat que domina el món. Quan un home trempa en el moment que li trenca el ossos de les articulacions a una suposada bruixa, m'és ben igual que un diagnòstic mèdic em pugui dir que aquell home és malalt...

Al cervell d'en Delclòs hi ha un llampec.

Li vénen al cap el rostre i el nom d'un dels seus pacients. Un altre psiquiatre que es diu Jordi Campavall.

—... O el pare que arrenca grapats de cabell al seu fill, el que li arrenca les dents amb alicates, el que el crema amb cigarretes, m'és ben igual que estigui borratxo i no sàpiga el que es fa.

En Delclòs mira obsessionat en Nieto, mentre aquest parla. I cada vegada se li forma més nítida la imatge del seu pacient, psiquiatre, Jordi Campavall.

—... M'és ben igual que el policia torturador estigui convençut que fa justícia, o que el soldat que toreja el presoner, enmig d'una plaça d'Extremadura, i li posa les banderilles, sigui un oligofrènic, un sonat; m'és del tot igual que l'inquisidor que mutilava l'heretge i es delia amb els seus crits cregués que estava servint Déu... M'és ben igual, perquè jo no cerco els culpables, sinó allò que s'amaga darrere dels culpables! La Maldat, aquella *presència* que creix, que riu, que peta les dents triomfant, cada vegada que hi ha un ritual de sang! Aquesta presència, aquest Satanàs, pica de mans cada cop que un nou ritual de sang contribueix a fer gran la Nova Babilònia, el Món de Sodoma i Gomorra, l'Imperi de la Perversió que ens està conquerint i que té la seva capital al Vaticà, on regna l'Anticrist!

Tots els de la tertúlia d'El Formiguer sospiren i es relaxen. És com si haguessin estat en suspens, levitant per sobre les cadires, amb el cor i els pulmons paralitzats en un espasme de terror. L'exaltació final d'en Nieto, els seus ulls desorbitats, el seu gest crispat, la seva congestió, ha deixat ben clar que el pintor és completament boig i que, per tant, res del que ha dit no s'ha de tenir en consideració, i prou de comèdia, cap a casa, pren un glop i oblida-te'n, que no ha estat res.

També en Delclòs es relaxa. «Bé, anem, que se'ns ha fet tard.» Però n'és conscient que ha estat francament angoixat i respirava amb dificultat.

Ara, mentre camina cap a casa, el seu cervell és ple de l'esguard convençut i convincent d'aquest pintor hiperrealista, i de la presència del seu pacient més pervers. *En Jordi Campavall.*

2

Biaix

En Jordi Campavall obre la porta del pis i en Viu corre cap a ell, entusiasmat i decidit a fer-lo feliç. Remena la cua i es frega contra la seva cama amb una alegria falsa i patètica. Li llepa la mà.

—Au, Viu, deixa'm —diu ell. I afegeix mentalment un acudit privat que ja no li fa gràcia: «Au, *Viu* i deixa'm viure. *Viu* i deixa'm morir», com el llibre de Ian Fleming.

Un cop més es troba com si fos al cim d'un penyasegat, amb una sensació de mareig, que tot volta, que un mateix no és un mateix. Se sent com Gulliver al País dels Gegants. El rebedor és una immensa vall, el passadís una gorja profunda, la porta de cada cambra una cova sense fons, la sala és ampla com la mar on desemboquen els rius, la paret d'enfront és l'horitzó, les butaques són barques que suren i impedeixen que t'ensorris (en Campavall es deixa caure en una d'elles i sospira i mira al sostre) i per fi el whisky és el nèctar que tornarà a cada cosa la seva mida corresponent.

Ara en Campavall s'ha assegut en una butaca i en Viu li repenja el cap sobre la cama mirant-lo fixament, amb innocència, desconsolat, com dient: «Jo faig tot el que puc, no m'agrada que estiguis trist».

Un glop i de sobte tot deixa de ser monumental per esdevenir ridícul. El sostre baixa tant i tan de pressa que gairebé li trenca el cap. En Campavall obre la boca i fa un sospir i les parets corren unes cap a les altres i estan a punt d'esclafar-lo. Amb gest esgotat i esgotador, suaument, rebutja la presència d'en Viu, que retrocedeix i es conforma i seu sense perdre'l de vista.

Més sol que mai.

Trobant a faltar més que mai la Greta que acaronava el Viu, que l'abraçava, que jugava amb ell, rodolant per terra, faldilles enlaire, infantil i esbojarrada. Sent la seva rialla neta i musical. Veu les seves dents perfectes, els seus ulls enamorats i serens fins i tot en el moment de l'orgasme. Veu els seus pits, i les seves cames, i el seu ventre, el seu cos nu, bru, esperant-lo sobre la vànova. Troba a faltar la Greta, que se'n va anar dient-li «Fastigós, fill de puta, pervertit», mirant-lo amb ulls ferotges on les llàgrimes bullien d'odi.

—Fastigós —es repeteix ell—. Fill de puta pervertit.

En Campavall se serveix el segon got de whisky. Com qui no vol la cosa, com si no donés cap importància al fet que beu massa, dissimulant davant algun observador invisible, obre el Samsonite i en treu un feix de folis que acaba de rebre. Un informe del Clínic, un nou client. El llegirà amb molta atenció i així es distraurà.

L'informe del departament de suïcidiologia de l'Hospital Clínic és avui especialment extens. Consta dels resultats d'uns quants tests de l'estil Minnesota, Wessler i altres; d'una relació més o menys objectiva dels fets, i d'una anamnesi o història clínica construïda més malament que bé amb les declaracions de la pacient i una entrevista concedida per la filla.

Abans de posar-s'hi, en Campavall ja sap que no li agradarà. Fa una cara que qualsevol interpretaria com si els papers fessin pudor.

—Un altre boig —diu en veu alta, fastiguejat. I rectifica, en llegir l'encapçalament—: Una altra boja de merda, amb les seves manies i les seves estupideses... *Quin fàstic!*

Maria dels Àngels Martí Bolaga, cinquanta-vuit anys, vídua des de fa un mes, mare de dos fills (Alícia, vint-i-sis, i Albert, vint-i-quatre), estudis primaris, intel·ligència mitjana, *sus labores*, vuitena i darrera filla d'un matrimoni de masovers del Pallars, i de característiques maniacodepressives, va fer una depressió reactiva a conseqüència de la mort del seu marit, Esteve Biaix Coronas, seixanta-tres anys, comissari de policia retirat...

«Biaix?» Aquest nom li sona, a en Campavall. Un *poli* que es diu Biaix. Sí. Juraria que a la Facultat es parlava molt malament d'aquest manso. El psiquiatre fa una ganyota.

Imatges de la universitat, al final dels anys seixanta, la Marta i ell agafats de la mà, corrent enmig de la turbulència d'una manifestació dissolta, bombes de fum, la noia que va caure a terra, aquell pis del barri Gòtic llogat per estudiar, *picadero* oficial de mitja Facultat de Medicina, i què més? Escenes d'amor inexpertes, tenyides de vergonya, a la Marta li agradava de posar-se a sobre, «dec tenir una malformació fisiològica», deia per riure.

Malformació fisiològica. Sí. Ara recorda. I veu la Marta com coixeja. Déu meu. Ara recorda.

Corredisses d'una manifestació que s'escampa, bombes de fum, un crit gairebé unísón, atordidor, en el qual potser ell mateix participava, però no es podia saber perquè un no podia sentir-se a ell mateix. El pànic, la confusió, el conflicte entre les ganes de fugir i les ganes de plantar cara, la noia que va caure, les gotes de sang a la vorera. El tacte de la mà de la Marta dins la seva. La determinació: «Has de salvar-la».

Rambla cantonada Portaferrissa. La colla de grisos que va sortir de sobte i els va envestir com si tota la batalla campal hagués estat organitzada per atrapar-los exclusivament a ells dos, en Campavall i la Marta.

Mitja volta entorpida per la velocitat, massa tard, l'estrebada del gris, l'intent de resistir-te, el cop de porra que cau amb mala llet des del punt més alt del cel blau. Després els van empènyer contra el vidre esquerdat d'un aparador i els van entaforar en una furgoneta grisa, emmanillats i humiliats, carregats d'amenaces i insults.

Van entrar una colla de detinguts en aquell passadís despintat i rònec i, ensopegant, van anar a parar a la sala on era el *Simpàtic*. Des d'aquell dia es van referir a ell com «*el simpàtic*» perquè tots estaven d'acord que els havia rebut amb un somriure impropi de l'ambient i perquè els va voler tranquil·litzar parlant en català.

—No passa res, nois —va dir, així, com sona—.

Aquí podeu parlar català. —Era tot tan barroer!—. Jo mano aquí, podeu parlar amb confiança, que estem en família...

En Campavall és incapaç de recordar el seu rostre, ni el seu accent, ni la seva planta. Només sap que un policia (*un*, qualsevol, tots són igual), *un policia de paisà*, va disparar una sabata de puntera esmolada, de brillantor de xarol, contra el vèrtex de les seves cames, llamp sorgit del centre de la Terra que l'aixecà en l'aire, que el travessà com una espasa de foc, que l'empalà com l'estaca sagrada que mata vampirs.

Total perquè havia dit: «Home, un *poli* català, ara ens entendrem...».

El mal més horrorós que mai ha experimentat en Campavall.

—Marteta, bonica. —En un bar de la Rambla—. Què et van fer, Marta?

—Em van penjar al buit de l'escala. Un m'agafava pels canells, a sota meu tres pisos. «Digues tres noms i en tenim prou», i jo «Ni tres, ni dos, ni un», i ells «No facis bestieses», i jo «Vés a la merda». Pensava que no serien capaços de fer-ho. «No ho faran, no ho faran, només volen espantar-te, estan jugant.» En aquells moments un pensa «Tot són llegendes», quan un veu l'alçada que té el buit de l'escala, quan ho veu de debò, tres pisos per sota i els teus peus, un diu: «És impossible. Ningú no pot ser tan inhumà, tan cruel per fer això». Diu «No facis bestieses», i jo «Vés a la merda». I, llavors, em van deixar anar. Uns dits, els meus, que esgarrapen el no-res, que volen volar, i tot és inútil, i caus a plom, et sents morir, el terra de marbre et surt a rebre, no acabes mai d'arribar a baix i hi arribes abans del que et pensaves. *Pam!*, sorpresa. «No t'ho esperaves, oi? T'hem fotut, t'hem fotut per sempre.» Vaig tenir sort. Total, res: fractura de tíbia.

—El que et va tirar era el mateix que em va donar la patada als ous?

—Sí, és clar...

—Te'n recordes, com es deia? Era famós. Li dèiem el *Simpàtic*. Era català, un *rara avis*. Et rebia parlant català, feia que els novells es confiessin i, quan un menys s'ho esperava, *nyec*... El *Simpàtic*, li dèiem. Somreia d'una manera, i sobretot et mirava d'una manera, com si li fessis pena... Biaix, es deia. Esteban Biaix.

Esteban Biaix Coronas, nascut a Barcelona el 1921, fill d'un capità de l'exèrcit republicà que morí al front a poc de començar la guerra. Pel que es veu, l'única ideologia que el pare va transmetre al seu fill consistia en la mà forta, qui paga mana, qui colpeja primer, colpeja dues vegades; qui riu l'últim riu millor i *la letra con sangre entra*. Si cal fer cas de la revista *Interviú* del 19 de setembre de 1977, en Biaix es va convertir en un dels inspectors més «eficients» de la Brigada Político-Social quan s'assabentà que el seu pare havia estat acusat de fer espionatge a favor dels militars sollevats i que l'havien afusellat després de tenir-lo en una txeca durant més de tres dies d'intens interrogatori. Sembla que l'home que el va informar d'allò (un alt càrrec de la policia d'aquell temps) es va recrear exageradament en la descripció de tot el que sis republicans havien fet al seu pare, sense estalviar-li cap mena de detall.

En Jordi Campavall se serveix una mica més de whisky, sospira i torna l'atenció al plec de papers que té a les mans.

Maria dels Àngels Martí de Biaix.

Boja i esposa d'un pasma. Aquesta clienta cada cop li agrada menys. Segur que és grassa, que té cara de camioner i que, abans de conèixer el seu marit, feia de puta al darrer tram de la Rambla. En Campavall deixa anar una rialleta perversa. En continuar llegint, recupera la serietat, posa boca de fàstic i pensa que no li agrada la policia, que no li han agradat mai els policies i molt menys (per què pensa això de *molt menys*?) les dones dels policies.

El 17 de setembre, ara fa un mes, va morir l'Esteve Biaix en una torre que el matrimoni té a Premià, vora la mar. La senyora de Biaix no va voler anar a casa de la seva filla (Alícia Biaix Martí, vint-i-sis anys, dos fills, casada amb un industrial, domiciliada en un dúplex de Mitre) i es va quedar sola a Premià. Allà es va desenvolupar la seva depressió reactiva fins al moment en que, ensorrada, el 28 de setembre es va presentar a casa de la filla i li va demanar ajut demostrant uns terribles sentiments de culpabilitat...

—Segur que tu et vas carregar el teu marit, bandarra —comenta en Campavall en arribar a aquest paràgraf.

Abraçada a l'Alícia, plorava descarregant molta tensió i repetia: «Perdona'm, perdona'm, perdona'm...».

La filla no sap a què podia referir-se la seva mare. Per a ella, la pacient sempre va ser una dona exemplar, bona, considerada, condescendent i afectuosa tant amb els fills com amb el marit.

En Campavall es fa una imatge de l'Alícia Biaix. Un estereotip que només diu que tòpics. Una nineta tocada i posada per a qui les mares són *abnegadas con sus hijos y fieles a sus esposos*, i si ella té algun problema en el seu matrimoni considera que ha de ser una excepció i per això ho calla o (pitjor encara) fa com si no existís.

El 29 de setembre, la senyora de Biaix va fer el que no havia fet des d'anys enrere: va tornar a missa, es va confessar, va combregar. I, curiosament, de tornada a casa, semblava que es trobava millor. Somreia, parlava de bajanades i es va oferir a fer algunes coses de la casa. I, de sobte, al dia següent, a l'hora del *telediario* agafa la pistola reglamentària del seu difunt marit i tracta d'engegar-se un tret a la boca. Afortunadament («afortunadament?», replica irònic en Campavall) la filla va intervenir-hi a temps i va desviar la bala, que només va fer un forat a la galta. La senyora de Biaix, però, va perdre el coneixement, va haver de ser ingressada a urgències del Clínic i, en despertar, no parlava. La van tractar amb sèrums i antidepressius (vuit pastilles diàries d'Anafranil) fins que, el 10 d'octubre, per fi va reaccionar.

El doctor li va dir: «Estigueu tranquil·la».

I ella, inesperadament i amb tota serenitat, replicà: «Estic tranquil·la. Si no parlo és perquè no cal».

A partir d'aquest moment, se li han pogut fer els

tests que dibuixen la seva personalitat i la seva capacitat intel·lectiva, i s'ha pogut completar l'anamnesi parlant amb ella i esbrinant que no va ser acceptada pels seus pares, que ja tenien set fills, que sempre s'ha sentit insegura i rebutjada en tots els ambients, que va rebre una educació sexual absolutament deficient, que la seva relació matrimonial era frustrant des de feia més de deu anys.

—És clar —llavieja en Campavall, una mica trompa—. Què esperaves d'un *poli*, imbècil?

Ara, Maria dels Àngels Martí de Biaix ha tornat a casa de la seva filla Alícia, només pren tres Anafranils al dia, sembla molt més asserenada i te la confien a tu, Campavall, te la confien perquè la facis feliç.

Si l'Àngels veiés la cara que posa ara en Campavall, no gosaria sotmetre's al seu criteri. És un somriure diabòlic, és un gest de pinxo del barri Xinès quan veu que s'acosta la seva puta. La puta no ha tret prou calés i el pinxo està pensant «Vine i veuràs el que és bo», està pensant «Et puc salvar o et puc condemnar per sempre, seré el teu Déu, m'hauràs d'adorar, la meva paraula serà llei».

Diu:

—Posa't de genolls.

I la pacient que encara no hi és, la pacient que encara no té rostre, es posa de genolls i li prega: «Salva'm, salva'm, et necessito, no puc passar sense tu».

—T'has enamorat, oi? —demana en Campavall—. T'has enamorat de mi. Bé. Doncs ara... Ara veuràs el que és bo.

3

Somnis

En Campavall no és boig. Si fa dos anys que se sotmet a la teràpia d'un altre psiquiatre és perquè (tal com li agrada de dir sempre a ell) se suposa que qui ha de netejar els cervells dels altres haurà de tenir ben net el seu propi cervell. I en aquests dos anys ha sortit molta i molta brutícia (*perquè el cert és que tots en tenim, d'escombraries a la ment*), i ha estat dolorós, molt dolorós. Però ara ja tot ha passat. Les avaries principals han estat reparades i les visites actuals tenen una funció de manteniment i de conservació. Psiquiatre i pacient es pot dir que ja han oblidat la crisi terrible en què va caure en Campavall quan la Greta (estimada Greta!) el va abandonar aquell matí («*Fastigós fill de puta pervertit!*»). Han estat definitivament superades les temptacions d'alliberar els impulsos agressius. («*Tu no necessitaves colpejar salvatgement l'Almudena, Jordi. Quan vas deixar de fer-ho, no vas experimentar cap síndrome d'abstinència, oi? Però, carai, noi, vas estar ben a la vora de la bogeria en aquells moments, recordes?*»)

Si no arriba a ser per en Delclòs, eh, Campavall? Ja li'n pots estar agraït.

En Delclòs (doctor en psiquiatria, inexpressiu, humanista, sorneguer, somiatruites i heterodox) pensa que és molt difícil de tractar un altre doctor en psiquiatria (desconfiat, intel·ligent, intuïtiu, carregat de sòlides defenses i punyent agressivitat) com és en Campavall.

Després de dos anys de tractament, Delclòs sap que en Campavall s'ha après tots els seus tics i en Campavall sap que en Delclòs ho sap, i durant les visites és freqüent que hi hagi llargs silencis, llargues mirades penetrants, com desafiaments, com si estiguessin preparant una baralla terrible i cadascú estigués a l'aguait del primer moviment de l'altre per saltar i replicar amb violència. De tant en tant les visites d'en Campavall a en Delclòs són autèntics combats sagnants.

—Us recordo que qui ve a visitar-se, aquí, sou vós —retreu en Delclòs, sever, quan no pot més. En Delclòs a la consulta sempre diu a la gent de vós. No li agrada el protocol·lari vostè ni l'insolent tuteig. El vós apropa i respecta i marca distàncies sense aixecar barreres, imposa una presència autoritària però no priva de dignitat al que escolta.

Un dels tics d'en Delclòs és girar la cara i mirarse les ungles, i fer-se el distret, i mirar de reüll i fer com si no passés res. En Campavall ja sap que, quan en Delclòs fa això, és perquè ha observat quelcom de significatiu en la personalitat del pacient.

—És difícil —diu avui en Campavall—, de vegades,

respectar el secret professional i al mateix temps fer una psicoteràpia.

—Per què? —demana en Delclòs amb cara de pòquer.

—Perquè ara mateix el meu problema és una pacient.

—La dona del policia.

—Sí. No l'hauria d'haver acceptada. No puc ser objectiu amb la dona d'un policia. Com... com puc assolir una bona transferència afectiva amb una persona que em cau malament, però molt malament a primer cop de vista...?

—Com podeu? —salta en Delclòs. Tallant.

És pecat que un psiquiatre faci esperar la seva pacient. I en Campavall, que ho sabia, mirava per la finestra un dia plujós sobre la plaça de Letamendi. I fumava extasiat. I pensava «que es foti, la vella de merda», i tot plegat l'angoixava: el fet de fumar, el fet de fer esperar una pacient, aquell tremolor als genolls, la respiració agra, com rasposa, com punxant.

Per fi, en Campavall va esclafar la cigarreta al cendrer amb una insistència quasi obsessiva i va parlar per l'intèrfon: «Fes passar la senyora de Biaix». El cervell li treballava a mil per hora: «Què pensarà de mi la Berta, la recepcionista? És la primera vegada que faig esperar una pacient. Per què he dit *senyora de Biaix*? Sempre em refereixo a les persones pel seu propi cognom. Hauria hagut de dir: "Feu passar la senyora Maria dels Àngels Martí" o bé "la senyora Martí"... Per què... per què estic fent el que faig... per què m'estic comportant d'una manera tan estranya des de fa uns quants dies... exactament des que vaig rebre l'informe del Clínic sobre aquesta puta de merda...?».

Es va mossegar els llavis. Per què no podia parlar de la seva pacient sense insultar-la?

La Berta va obrir la porta del despatx. I entrà l'Àngels.

Entrà una cicatriu en una galta, una marca en forma de creu, un senyal coronat de perruqueria, vestit negre elegantíssim, guants, abric de pells al braç, com la puta senyalada que va a una boda. Cara empastifada de cremes que no tapen la cicatriu. Llavis pintats. Rímel. Ostentació impròpia de la seva edat. Màscara que dissimula l'estel de la pell, la inseguretat de manifestar-se davant dels altres. I, sobretot, l'actitud servil, menyspreable, abjecta, el lliurament absolut. *Em poso a les teves mans.*

Entrà l'Àngels (cicatriu en creu) i va ser com si la fura dels quatre elements, vendaval, inundació, terratrèmol, incendi, irrompés en el despatx. En Campavall quasi trontollà. Primera idea que li va venir al cap: «Vella de merda, com m'agradaria trencar-te la cara ara mateix». Segona idea: «Però què cony m'està passant? És una pacient, només una pacient!». Tercera idea: «Fes com si no passés res. Com si no et fes fàstic». Quarta idea: «Això t'ho has de fer mirar, nano. Tu no estàs normal».

Entrà l'Àngels i topà amb un esguard sec, sòlid, una llambregada que la bufeteja. I, de sobte, l'Àngels se sentia en presència de la Justícia (sí, amb majúscula), de l'equanimitat, d'una virilitat dominadora que s'identifica amb l'autoritat, la saviesa, el domini absolut de la situació. I va recordar quan va conèixer el seu difunt marit, l'Esteban. I no tenia por. Gens de por. En tot cas, una mica d'inseguretat, potser un desfici no tan desagradable com l'excitació impacient que precedeix l'acte. (Així és com en deia l'Esteban: «l'acte», ja ens entenem.)

—Segui, si li plau —va sentir. Hi havia una espècie de menyspreu en aquell to que demostrava qui mana allà. I un detall tenyit d'insinceritat—. Em sap greu d'haver-la fet esperar... —Mentida, però s'agraïa el detall.

—Per què la veu fer esperar? —recrimina en Delclòs.

—Sí —confessa en Campavall.

—Per què?

—Eeee... No ho sé. Em costava de veure-la. Penso que estava angoixat.

—Ho havíeu estat tot el matí?

—Sí... No. Em sembla que no. —Silenci. En Campavall manifesta un neguit inusitat. Sembla com si li costés respirar—. No la volia rebre. Em penso que no la volia rebre. Jo sabia que... Li tinc mania, no ho sé, m'ha entrat per l'ull esquerre, digueu-ho com vulguis.

Encén una cigarreta. Una altra cigarreta. La tercera des que ha entrat a la consulta d'en Delclòs.

—No fa gaire que fumeu, oi? —pregunta en Delclòs.

En Campavall se sorprèn. Fa posats de nen entremaliat.

—No. No gaire. Pocs dies. Em calma els nervis.

Curiós. No tus ni res. I fuma Habanos, uns dels

més forts del mercat. Com si n'hagués fumat tota la vida.

—I què més? —diu en Delclòs.

—Què més?

—Sí. La vostra pacient va seure i què més.

—Bé. Vam xerrar. Allò de sempre. Li vaig demanar que comencés pel principi...

—I...?

L'Àngels es recolzava a la taula, amb una avidesa desmesurada. Mirava fixament als ulls d'en Campavall com si estigués veient una manifestació sobrenatural.

—Doctor, m'estic tornant boja. Per això em vaig voler suïcidar, ja sap com va anar, oi? No em vull tornar boja! Ja he patit prou, li ho juro! Si m'haig de tornar boja, em vull morir! Vostè no em deixarà morir, oi? Vostè no permetrà que em torni boja, oi que no? Doctor...!

—Tranquil·la —va dir en Campavall, sec, exactament com un pinxo ho diria a la seva pupil·la. Què li passa exactament?

—Veig el meu marit. Se m'apareix.

—El seu marit... difunt?

—Sí. Em ve a veure, em tortura, em tortura...

—Era pitjor del que em pensava —diu en Campavall a en Delclòs—. La tia tenia al·lucinacions. Li vaig receptar Haloperidol, vint-i-cinc gotes tres cops al dia...

En Campavall busca l'aprovació d'en Delclòs. La necessita com el pa que es menja. I en Delclòs gira la cara, es mira les ungles, es fa el distret, mira de reüll i fa com si no passés res.

—Continueu.

Tard o d'hora, psiquiatres i pacients acaben parlant de somnis. En Campavall els relata amb moltíssima cura i timidesa, com la noia que es despulla per primer cop davant d'un home. En Delclòs sol sorprendre'l amb interpretacions imprevistes i sovint força punyents. Avui, en Campavall sembla especialment amoïnat i reticent.

«Avui —pensa en Delclòs—, passa quelcom d'estrany.»

I comença, en Campavall:

—... Jo coneixia un paio, un tio gran, seixanta-i-tants... Era gran, però se'l veia enèrgic, gairebé diria que se'l veia jove. Una barreja. Bevia alcohol. Estava una mica trompa, o molt trompa, i desbordava vitalitat. No sé, quan donava la mà ho feia amb força. Tenia els dits llargs i macos, nuosos, ossuts, durs. Mans ben cuidades.

Cabell blanc i abundant, amb llargues entrades coronant el crani i projectant una esvalotada punta de fletxa, en el centre, cap al front, despentinat serrell sobre solcs profunds en la pell enfosquida pel sol de la platja o de la muntanya. Un vestit gris fosc amb ratlletes blanques. I uns ulls blaus, formosos, pacífics i com desconsolats.

—... No sé com ens havíem conegut. Estàvem asseguts un a cada cantó d'una taula i enmig hi havia naips, potser havíem estat jugant a alguna cosa, i no sé si ell havia guanyat o perdut, en tot cas no li importava la derrota, jo diria que m'havia deixat guanyar a mi. Simpatitzàvem...

Reia molt fort, descarat, impertinent, insistent. Massa fort. Feia posar nerviós, era difícil seguir-li la broma, riure com ell, entendre què era el que li feia tanta gràcia.

De sobte, l'Àngels es despertava en una foscor desconeguda, una foscor on les escletxes de llum feien dibuixos geomètrics, angles trencats, i la riallada sonava molt a prop. Un so agut, propi d'adolescent reprimit, espècie de xerrameca de rata que vigila amagada. I l'Àngels es va incorporar i va descobrir que anava nua. *Nua, Verge Santíssima, a la seva edat, amb els pits caiguts, els mugrons rendits cap a terra, les arrugues del ventre, les cicatrius, les varices, Déu meu, i no estava sola!*

Els ulls blaus de l'home es van entristir moltíssim més mentre ell reia i reia i reia fins que semblava que s'havia de posar malalt. L'Àngels es volia tapar, però ja era massa tard. L'home es va posar d'en peus, i la seva cadira va fer un xerric esgarrifós en ser enretirada, i l'Àngels va xisclar, espaordida, tractant de tapar-se al mateix temps que els pits febles, el sexe antic, Déu meu. Anava repintada com per a un convit, com per fer de puta al capdavall de la Rambla. L'home havia parat de riure i de cop i volta feia molta por. Molta por perquè a la mà duia una navalla, una navalla que va ser un nou angle recte lluminós entre els angles rectes que feien les escletxes de llum en la penombra. Es va dirigir cap a l'Àngels, i ella continuava xisclant, Déu meu, Déu meu, Déu meu, tan nua, tan vulnerable, tan tova, amb quina voluptuositat la fulla de la navalla tallaria aquella pell...

—... I jo em vaig tombar cap a l'home aquell —continuava dient en Campavall—: «Ep, mestre, què feu!? Què voleu fer a la meva clienta?». El que més em preocupava era que la mataria i jo em quedaria sense cobrar les visites que em deu...

En Delclòs tracta d'interpretar. O millor, ajuda el pacient perquè sigui ell qui faci les interpretacions. Al cap i a la fi, en Campavall també és psiquiatre. Doncs que es noti.

—Sembla que us preocupi molt la possibilitat que la vostra pacient prengui mal, oi?

—No. —Ara, en Campavall sembla un nen enfadat—. Només era per cobrar el que em deu. En realitat...

—Recordeu el que em dèieu respecte a Greta? Que us devia molt... Que vós l'havíeu estimulat perquè escrivís i ella va marxar sense...

El pacient es frega els ulls. S'ha posat vermell.

—Allò era diferent... —quequeja.

—Sí? I a quines conclusions havíem arribat respecte a la vostra mare?

En Campavall s'està posant excessivament neguitós. Rebrega el paquet d'Habanos per treure'n un. No troba l'encenedor. Les seves mans tentinegen en l'aire exasperades. En Delclòs no mou ni un sol múscul.

—La vostra mare també us devia. Afecte. No és així? —En Campavall sospira angoixat.

—El problema no és aquest —escup junt amb el fum. I sospira de nou, com ofegant-se.

—Ah, no? I quin és el problema?

—La meva pacient. L'Àngels.

—Per què?

Perquè l'Àngels havia posat les seves pors i els seus

deliris incondicionalment i febrilment a mans d'en Campavall. De manera miraculosa, aquell home que la fitava des de l'altra banda de la taula de fusta negra havia suscitat en ella una confiança absoluta, li havia netejat tota recança, li havia tornat la seguretat i la felicitat. Aquella seguretat i felicitat que havia conegut el 17 de setembre, el dia que va morir l'Esteban.

—Culpabilitat? —va riure ella, espontàniament divertida pel suggeriment—. Jo? Ni una mica!

Tot al contrari. El 19 de setembre, mentre un cotxe de morts duia les despulles de l'Esteban Biaix des de Premià cap al cementiri del Sud-Oest de Barcelona (on feia anys que hom estava pagant un forat per ficar-les-hi), l'Àngels es va quedar a la torre fingint un dolor que no sentia. Per dintre, vibrava un engrescament salvatge i venjatiu; un somriure de llop de dents esmolades s'amagava darrere de la ganyota imprecisa de la boca. Per fi s'havia lliurat de la mala bestia que la sotjava pels racons de la casa i que l'assenyalava amb el dit, acusador i burleta i inquisidor i cruel. Per fi s'havien acabat les bufetades intempestives i el menyspreu d'uns insults escopits com amb ganes de treure quelcom repugnant de la boca. *Culpabilitat?* I ella reia.

—Llavors... —deia en Campavall, ara fent de psiquiatre— quan va anar a veure la seva filla, el 28 de setembre... Quan li va demanar que la tingués a casa seva... Quan la va abraçar demanant perdó...?

—Era perquè jo havia agafat por! Estava morta de por! Veia el meu marit, no ho ha entès? Veia el meu marit per tot arreu de la casa, pel carrer...!

El primer cop, tres dies després de l'enterrament, el 22 de setembre. Un soroll al jardí, o potser un impuls sense motiu que et fa mirar per la finestra, i la sorpresa de veure algú vora del roser. *Qui s'hi ha ficat?* Por que no sigui un lladre o un perdulari o un poca-solta. I, camí del jardí, amb l'ai al cor, no sabent si telefonar o no a la policia, la seguretat que ha reconegut el vestit gris *marengo*, el de ratlletes blanques, aquell amb què van enterrar l'Esteban.

I ve l'ofec. Déu meu. T'imagines que...? Verge Santíssima.

Al jardí no hi havia ningú. Però és que no hi podia haver ningú perquè el reixat era ben tancat, i allò no hi ha qui ho salti, no a plena llum del dia.

El 23 de setembre va veure l'Esteban al jardí, claríssim, mirant-la amb aquella cara, aquella mala llet, aquells llavis serrats, com sempre que estava a punt de colpejar-la. Només va ser un moment, perquè l'Àngels (creient morir, paralitzat el cor, incapaç de pensar) es va tapar la cara amb les mans, i un segon després el marit ja no hi era. Però no hi havia dubte. I encara hi va haver menys dubte l'endemà, quan tant la imatge del difunt com la vídua esparverada es van dirigir la mirada durant més d'un minut. I el 25 de setembre, resultà que l'Esteban ja era dintre de la torre; i el 26, al mateix dormitori; i el 27, al carrer... I el 28 va ser quan l'Àngels no va poder resistir-ho més i se'n va anar a casa de la seva filla Alícia.

—Culpabilitat? —deia ella, rient, dos mesos després—. No, home, no. Jo fugia del fantasma que em feia por... Em sabia greu que aquella bèstia no hagués mort del tot... —I demanava, amb els ulls netejats per la confiança—: M'estic tornant boja, doctor?

En Campavall la mirava amb cara de perdonavides.

I en Delclòs, més tard, es mira en Campavall de reüll, només de reüll, com si li interessés més l'estat de les seves ungles, com si allà no passés res.

En Campavall encén la desena cigarreta des que ha entrat a la consulta. Qualsevol diria que no hi ha temps per fumar tant en tan poca estona. No sap on mirar. Ja fa temps que no sap on mirar. Fa temps que els seus moviments són tensos, crispats, violents, sense cap subtilesa, no corresponen als moviments d'un psiquiatre.

En Delclòs, a l'altra banda de la taula, pensa que de lluny no reconeixeria a en Campavall. Recorda un dia que el va veure a l'Up & Down ballant, i aquella elegant harmonia, aquella ductilitat, aquell bon gust han desaparegut totalment. En Campavall d'ara no podia pas ballar. Aquell dia, a l'Up & Down, en Delclòs va pensar que el seu pacient començava a estar sa. Ara té el desassossec del fracàs, la impaciència de l'afeccionat al futbol quan el seu jugador preferit no rendeix tan com ens té acostumats. Té ganes d'agafar l'altre per les solapes i sacsejar-lo, «Què collons t'està passant, imbècil», cridar «Què et passa? Torna a ser el Campavall que ballava a l'Up & Down!». En Delclòs arrufa les celles francament esverat i es demana com es comportarà el seu pacient amb els seus pacients.

—Quin és el problema —acaba de dir.

—La meva pacient —rondina en Campavall—. L'Àngels.

—Per què?

—Perquè l'altre dia em va explicar un somni...

Un altre somni. De sobte, l'Àngels es despertava en una foscor desconeguda. La despertava una rialla molt propera. S'incorporava. Anava nua. Arribaven dos homes. I un d'ells era l'Esteban, el seu marit, el seu difunt marit «que en pau descansi, si us plau. Déu meu, feu que descansi en pau i em deixi en pau a mi!». L'Esteban duia una navalla i ella sabia («Déu meu, feu que no sigui veritat, Verge Santíssima»), sabia que l'Esteban li volia tallar els mugrons («Ai, per Déu, no!»). I s'acostava rient com un dimoni, amb aquells ullals, cara de vampir que t'ha de xuclar la sang, cara d'infinita rancúnia, ulls de torturador insensibilitzats per un avorrit costum de sang, crits, pànic i mort. «Et vol matar.»

Ara hi ha un home a la vora del monstre, de la bèstia immunda. Un home que intervé.

—Ep, mestre, què feu!?

«Ep, mestre, què feu!?», es diu en Campavall, sentint que la pell de gallina se li menja el braç. «El que deia jo en el meu somni.»

—... I era vostè, doctor! —diu l'Àngels, mentre els seus dits formen un teixit de nusos sòlids i dolorosos—. Era vostè, doctor, que em salvava, que no veu la interpretació? El meu difunt marit que em volia matar i vostè que em salvava...!

En Campavall xucla el fum de l'Habanos com si d'allò depengués la seva vida. Sent esquerdes als ulls, com si fossin de vidre i algú hi hagués llençat una pedra.

—*Ep, mestre, què feu?* —comprova.

—Sí —s'entusiasma la dona—. Això deia vostè.

—Em permet una foto del seu marit? —diu ell, sense alè.

—Les vaig cremar totes. No vull saber res del meu marit.

—Me'l... me'l vol descriure... si us plau?

L'Àngels no ho nota, però els músculs d'en Campavall s'han tornat de pedra, els nusos dels dits han empal·lidit com els d'un mort. I ella, com que no s'ha adonat de res, parla d'uns ulls tristos, massa tristos, desesperadament tristos, blaus i formosos, uns ulls que embellien la portada d'un llibre terrible, amb pàgines tacades de sang, pàgines plenes de paraules d'odi, pensaments diabòlics, crits que esberlen els timpans, mans que ofeguen, ulls que ofenen.

El seu marit —conclou en Campavall, encorbat, recargolat, amb el rostre molt vermell, mirant la cigarreta com si fos un ferro roent al qual s'ha agafat perquè no li quedava més remei, potser aquella branca de salvació que ell creu ser per a l'Àngels. En Delclòs l'observa tens, concentrat, com si l'altre li estigués contant una apassionant història de ficció—. El seu marit era l'home que jo vaig veure en el meu somni. Exacte. Cabells blancs, vestit de gris i els ulls... tristos... I la navalla. Tot idèntic. Com t'ho expliques això? Vam tenir el mateix somni, exacte. I jo vaig somiar el seu marit, exactament com és, sense haver-lo vist mai!

—Un fenomen de *dejà vu* —apunta, pensarós i quasi absent en Delclòs. Ell tampoc no s'ho creu—.

En sentir el que us deia la pacient, vau imaginar que ja... havíeu viscut la situació...

—I tu, doctor? També ho vas imaginar? —s'insolenta en Campavall—. Perquè jo, el meu somni, te'l vaig explicar fa una setmana, i el que et dic de l'Àngels va passar ahir! O creus que menteixo?

No. No menteix, en Delclòs n'està ben segur. En Campavall ni menteix ni ha embogit de sobte. Hi ha més coses. Deu cigarretes en una sessió, aquesta manera de dir «l'Àngels» amb una familiaritat impròpia... I ara el somni i les coincidències.

—Interpreteu el somni —mormola, per dir alguna cosa.

En Campavall aixeca el cap, mira, fa un somriure descafeïnat i un vell acudit que ja no fa riure a ningú:

—*Con mucho gusto, interpretaré para todos ustedes...*—Com un cantant dels que competien amb José Guardiola. I després—: No sé què interpretar. Estic fet un *liu*.

En Delclòs es treu les ulleres, les neteja parsimoniós, conscient que fa funcionar massa la imaginació.

—Les dones sempre us deuen alguna cosa —comença, seleccionant dades del seu arxiu mental—. I vós teniu una actitud agressiva envers elles. Fins que no us paguin el que és degut, només han de comptar amb el vostre menyspreu, no és això?

—*Sí!*

Avui no hi ha res que quadri en la consulta del doctor Delclòs. Fins i tot aquest sí tan segur, tan contundent, tan de plom, cau amb tot el seu pes fora de lloc. El Campavall que en Delclòs coneixia fins ara hauria contestat d'una altra manera (*De quina? No ho sé*), assumint com a professional el que significava l'afirmació o demostrant culpabilitat o alguna cosa així. Per descomptat que no s'hauria quedat mirant fixament, amb tant d'odi a les pupil·les, amb les dents tan serrades, amb els punys tan closos. En Delclòs sent un esquitx de por.

—I ara somieu que salveu una dona —continua—. Esteu salvant una dona en el vostre somni i en la realitat. No?

En Campavall, encès pel furor, té ganes de dir que no, té ganes de cridar que no, «no vull salvar la dona d'un *poli*, la boja que es va casar amb un torturador!», i se sent desgraciat, angoixat; perquè sembla que el seu interlocutor no pot entendre, no sap entendre que ell no vol salvar l'Àngels. I, de sobte, «Fora, s'ha acabat!», s'aixeca; diu «Prou per avui», corre cap a la porta, l'obre perquè és més fàcil que no pas esbotzar-la, només per això, i es llança de cap a una mar que ni tan sols sap si el cobreix o no.

I en Delclòs, ara sí, per fi, ja era hora, treu un Benson, li cala foc i s'omple de fum mentre comença a escriure el resum de l'entrevista. Suau, aromàtic, educat fum que entra sense molestar, truca la porta abans de passar. En Delclòs es repapa en el seu seient i pensa que és curiós que en Campavall s'hagi acostumat tan aviat (quan fa d'això? Un mes, dos?) als Habanos quan havia resistit sense fumar tota la vida. És curiós, es diu. I afegeix: «Passi el següent».

Mentrestant en Campavall ha sortit al fred i a les tenebres exteriors, on tot és alegria i celebració, lluminària, nadales, multituds, regals, rialles i cascades de calés rodolant pels carrers. En Campavall pensa que el Nadal cada cop és més trist, la gent és menys feliç i els regals són més convencionals. Després pensa que no, que segurament tots els Nadals del món i de la seva vida han estat iguals i que no s'ha de deixar atabalar per un no-res. I, decidit a afalagar-se ell mateix, entra a la primera botiga que veu, segur que es comprarà allò que més il·lusió fa en el món.

—Què serà? —li pregunta la senyora, tan amable.

—Una navalla d'afaitar —diu ell.

De sobte, se li acut que l'home del seu somni volia fer mal a l'Àngels amb una navalla. Concretament, li volia llescar els mugrons. Quin disbarat!

—Quina coincidència —pensa ell.

—La hi embolico? —pregunta la dependenta.

4

I prou

El 27 de desembre, l'Alícia Biaix Martí fuig esperitada de casa deixant darrere seu els ecos d'un estrepitós cop de porta.

Abans-d'ahir va ser el dinar de Nadal, la festa, la pallassada de cada any, per als nens més que res, que no entenen de dols i a qui s'amaga la idea de la mort. Està bé, un dia és un dia, no deixem que el dol ens obsessioni. Però és que ahir, la mare, es va entossudir a celebrar l'onomàstica del pare, Sant Esteve, com havien fet sempre.

—Però, mamà, no saps que el papà és mort... Li devem un respecte...

—Tant m'és! Ho hem celebrat sempre i ho seguirem celebrant! Amb xampany i torrons...!

—Ets boja!

—És clar! Que no saps que vaig a un metge de boigs?

La discussió es va prolongar tot el dia d'ahir, i la nit, i crits i morros i atzagaiades. I en Màrius (marit de l'Alícia) «Però voleu fer el favor de callar!?», i els nens plorant, i la mare «Jo vull xampany, jo vull xampany!», i en Màrius «Dóna-li xampany a ta mare, que s'empitofi i calli ja d'una vegada, collons!». *Blam!*, el cop de porta se sent per tota l'escala i es fica a l'orella de la bona filla que fuig, enrabiada perquè la mare no demostra el dolor per la mort del pare, escandalitzada per aquest somriure de perversitat subnormal terrorífic, que se li ha quedat gravat.

Durant tot el trajecte d'ascensor, fuma movent convulsivament la mà dreta, dóna copets amb la puntera de la sabata a terra, respira amb ansietat i parla sola. Diu entre dents que odia les festes de Nadal i que mai més, que no vol saber res més de la família d'en Màrius, el seu marit, i que està fins al capdamunt de tot, dels nens i de festes, i sobretot de la mare, que se'ls ha tornat boja, valga'm Déu, que només em faltava això, i per si fos poc ara ha d'anar a comprar els regals de Reis. Un ordinador electrònic per al marit, un balancí com el que feia servir Kennedy per a la mare (quan es mori la mare, sempre el podrem posar al despatx d'en Màrius) i tones de joguines imbècils, plenes de piles i llums i sorolls per als nens.

L'Alícia fuig, fuig físicament de casa seva, al moment que en Méndez li surt al pas.

En Méndez és alt, musculós. Té les mans molt grans i la panxa esfèrica i molt tova, com un matalàs, i a l'Alícia sempre li ha agradat que l'abracessin aquells braços ciclopis. Des que era petita s'ha sentit protegida de tot i de tothom quan l'homenàs se l'asseia sobre els genolls i li contava històries dels indis que matava entre setmana. Ella en realitat no es creia que el gegant de cara lletja se n'anés cada dilluns al Far West a caçar indis, óssos o bisons, però es deixava seduir per la veu greu, i tots dos jugaven que ell era l'heroi i ella l'heroïna, i parlaven que quan ella cresqués es casarien. En Méndez era un amic del pare, tan amic que ella li deia *Tío*. Tan amic que més d'un cop, d'amagat, li va ensenyar la lluent i greixada pistola que duia, com a les pel·lícules, sota l'aixella.

—Alícia —diu.

I ella s'atura, sorpresa i esverada pel gegant que s'alça davant d'ella, sense reconèixer-lo de moment, i marca un segon defensiu en què ell veu uns ulls de tigressa enrabiada plens de llàgrimes, i el cos petit i prim s'encarcara i es converteix en una sòlida màquina de fer mal. I per fi:

—Tío Alfonso!

Un crit massa fort, massa dramàtic, com de serial radiofònic dels d'abans. I una abraçada tova, còmoda, càlida i protectora, com les d'abans. L'Alícia es relaxa i deixa anar un plor furiós. El seu cabell perfumat ni tan sols arriba al poderós mentó de granit de l'homenot, que pensa que, tan petita, tan fràgil, l'Alícia mai no deixarà de ser la nena, la filla de l'Esteban; *El Polaco*, que li deien a la Brigada.

—Vinga, Colibrina, vinga. Què et passa? Hem d'anar a matar indis avui, o què?

Per fi, asseguts a la taula d'un bar ple de fum, de veus, de gent i de massa calor, en Méndez ha fet que la seva fillola, la princesa Colibrina de la tribu dels Peus Negres, somrigués una mica mentre s'eixugava els ulls salvant l'obstacle del rímel.

—T'estimaves molt el teu pare, oi?

L'Alícia fa que sí, ensuma pel nas amb una dignitat pròpia de dona gran. En Méndez, mastegant la burilla d'un cigar, deixa passar un moment. Mira a un costat i a l'altre i juga amb la gerra de cervesa que acaba de buidar. De sobte diu:

—L'altre dia em va trucar la teva tieta Teresa, la germana del teu pare; que al cel sigui. Estava molt amoïnada. Què és això que la teva mare es va disparar un tret?

—Ho van dur els diaris.

—Jo no llegeixo diaris.

—Se li va disparar la pistola.

—Això no és veritat, Alícia. —Els ulls d'en Méndez són negres, petits, brillants i estràbics. I la seva veu es fa desagradable quan afegeix—: La teva mare va tractar de suïcidar-se. I jo et demano: per què ho va fer?

—Estimava molt el papà... —L'Alícia no sap on mirar. Està segura que també l'enxamparà en aquesta mentida, segura que en Méndez se sap totes les preguntes, però també totes les respostes.

—No. —Les mans del *Tío Alfonso* són com dos gossos ferotges que s'abraonen sobre la mà petita, tot ossos, com un ocellet que no té temps de fugir. I no és un gest amorós—. Tu saps tan bé com jo, Alícia, que la teva mare no estimava gens el teu pare...

—Doncs no ho sé! —Nervis—. Es deu haver tornat boja!

—És això. I què penses fer-ne, d'ella, Alícia?

—No... sé... —L'Alícia va frenant. Intueix que es van apropant al lloc on volia arribar en Méndez i això la fa parlar a poc a poc i baixet. Ell l'està mirant amb la resolució d'un automòbil a cent per hora i ella té por d'haver fet quelcom malament—. L'hem portat a un psiquiatre.

En Méndez es tapa els ulls amb la mà. Amb els dits grassonets s'acarona les temples. «Un psiquiatre», repeteix. L'Alícia no el perd de vista. Té por que, de sobte, ell comenci a cridar, a esbroncar-la perquè ha fet un disbarat tan gran. Ara recorda el seu pare, i té por, té pànic.

—Sí. Què passa? Ens ho van recomanar els metges del Clínic.

—Però no entens, criatura, que el teu pare va ser policia, que la teva mare coneix molts secrets de l'època que el teu pare era important a la *Brigada*...? —Xiuxiueig gairebé insultant, ulls com projectils a punt de ser disparats, les mans gossos de presa mossegant l'ocellet que tenen presoner. Ella fa «Ah»—. Que ara hi ha els socialistes al poder, nena. Si la teva marona ho explica tot al psiquiatre i el psiquiatre és socialista, o pitjor, més d'esquerres, i ho denuncia tot... Saps què pot passar? Que us retirin la pensió, bonica, que us quedeu al carrer... I que tots els diaris parlin malament del teu pare, *tots els diaris parlin malament del teu pare*. Què et sembla? És això el que busques?

En Méndez no ha alçat la veu, però la seva energia fa que més d'un es giri a mirar-lo. Per això calla i només mira i conserva la pressió sobre els dits de l'Alícia. Ella té una mena d'ofec. Se sent en perill.

—Com es diu el psiquiatre aquest? —demana el gegant en un to que dóna per suposat que la noia es negarà a respondre.

—Campavall. Jordi Campavall. Però no li facis...

—No t'amoïnis —la interromp ell—. Jo només investigaré quina mena d'antecedents polítics té aquest paio. Tu t'encarregaràs que la teva mare no el torni a veure. Li pagues els honoraris i pregunta a veure si ha esbrinat alguna cosa d'important.

Les manasses es retiren, els gossos de presa només volien jugar. L'ocellet de dits llargs i fràgils encara no s'atreveix a moure's, una mica adolorit.

—Però la mare ha de ser atesa... —prova amb timidesa.

—Dóna-li pastilles. Avui dia, tot es cura amb pastilles. Entens que el que et demano és molt important, oi? —Reneix la bona persona que explicava contes d'indis. El bonàs que abraçava la filla d'*El Polaco* amb tant d'amor. Apareix un somriure en boca d'ell—. Fes-ho pel bon nom de ton pare... I per l'estabilitat econòmica teva i de la teva mare. Si us quedeu sense calés, tampoc no podrà anar a cap psiquiatre. Oi?

—Sí, sí, és clar.

—Apa, doncs fes el que t'he dit.

Però per molt que s'esforci, en Méndez no tornarà a ser mai més el *Tío Alfonso*. Fins a aquest moment, l'Alícia no s'havia adonat que en Méndez era policia com el pare.

Ja ha passat el dia de Reis. Els nens han tornat al col·legi i hi dinen. En Màrius mira la tele fastiguejat, fent veure que no hi és, en un inútil intent d'allunyar-se de tot, de fugir, de no sentir els crits cada cop més aguts i enervants que sonen a la seva esquena. Mare i filla discuteixen.

L'Alícia ha dit: «Mamà: no tornaràs al psiquiatre».

L'Àngels se l'ha mirada amb aire incrèdul: «I és clar que hi tornaré».

Des del primer plat fins a les postres, han repetit els mateixos conceptes i han fet una evolució des de la conversa racional fins a la histèria. En Màrius ha fet un parell d'intents de fer-les callar donant cops a la taula, «Prou, calleu, cony!», però ningú no li ha fet cas.

—Ja estàs curada! Darrerament, estàs tranquil·la i feliç i dorms bé!

—Però és gràcies al doctor! Si no em visito, em posaré pitjor!

—No diguis bestieses!

Ara, l'Àngels diu que ningú no li ho pot prohibir, que ella té diners de la pensió del marit, que ella mateixa es pagarà la teràpia...

—Tu ets a casa meva i a casa meva mano jo! —crida l'Alícia—. I no tornaràs a veure el doctor Campavall perquè no ets boja!

—Sí que en sóc!

—Tu no ets boja!

—Sí que en sóc!

—Doncs, si ets boja...! —crit per sobre la taula, crit ple d'odi que vol fer mal, agressió de fera abans de mossegar—. Doncs, si ets boja, et tancarem al frenopàtic. —I un altre cop més lentament—: Et tancarem al frenopàtic, perquè et posin una camisa de força, i t'atordeixin amb pastilles, i et donin descàrregues elèctriques i dutxes d'aigua freda, si ets boja...

En Màrius, tímidament, aprofita el silenci que segueix per dir: «Apa, va, deixeu de discutir i porteu el cafè».

La mare ha callat, bocabadada, acorralada per una filla més forta que ella que li vol mal.

S'aixeca de sobte, fent caure la cadira.

—Me'n vaig a Premià! Me'n vaig a casa meva, perquè aquí faig nosa, aquí no m'estima ningú!

Recorre el passadís cap al rebedor convençuda que la seva filla la persegueix per matar-la. Si l'enxampa, la mata. Despenja l'abric. L'Alícia l'agafa per la roba, l'Àngels fa un crit agut i espantós, i en plena baralla, perquè és una autèntica baralla, un forcejament animal, mare i filla es parlen entre dents, «Ets la meva filla», «Mamà, tu no te'n vas», «Deixa'm anar», «Deixa l'abric». I per fi guanya la filla arrabassant-li l'abric i llençant-lo a un racó del rebedor com si fos un drap brut. «Prou, mamà, eh? Prou!» I l'Àngels, feble i derrotada, deixa anar el plor i mou el cap a un costat i l'altre, negant-se al que és inevitable, impotent i dominada, vençuda irremissiblement.

La minyona les mira esverada. No sap què fer. Si recollir l'abric o dir alguna cosa o fer veure que no s'ha adonat de res.

—Posi el cafè, Rosario —diu l'Alícia. I a l'Àngels—: Au, va, passa.

—Avui —suplica la mare, somicant—. Almenys, deixa'm que el vegi avui. Deixa que me n'acomiadi...

L'Alícia respon amb la mirada fixa a la tele, com si no parlés amb ningú, com si en veu alta es limités a formular decisions que ningú no li pogués discutir: «Avui hi aniré jo a veure el doctor Campavall. Jo m'acomiadaré d'ell en nom teu. Li pagaré el que li devem. I prou».

I prou.

Ara, l'Àngels mira cap al carrer i, a pesar del vidre gruixut que la separa de l'exterior, té una equívoca sensació de vertigen no desagradable del tot, un mareig com de voluptuosa borratxera, una irresistible atracció cap al buit.

A baix, a Mitre, el trànsit és un riu desmenjat de cotxes i gent, joguines sense ànima que no van enlloc. El món perd sentit més enllà del finestral. A baix, molts pisos més avall, no hi ha res que tingui sentit. L'Àngels plora en silenci. I a l'estómac sent exactament com si ja anés caient, caient a tota velocitat per aquest espai ingràvid que l'espera, la crida com una seductora sirena. Ja va disparada a mil per hora cap al carrer. Neguitosa, marejada, atordida, eixordada i cega per la velocitat, però entusiasmada davant la perspectiva del cop definitiu, de l'explosió final, de l'espetec monstruós, breu i inofensiu que acabarà amb tot d'una vegada i per sempre.

Quan ha sortit l'Alícia s'ha precipitat al telèfon, ha despenjat l'auricular, ha marcat un número que se sap de memòria, que un dia es va aprendre per si un cas necessitava ajuda urgent.

—El doctor Campavall? —ha demanat, ansiosa.

—És amb una visita —li ha dit la Berta—. Ara no s'hi pot posar.

—Digui-li que he trucat. Sóc l'Àngels Martí. Avui no podré venir. La meva filla vindrà en el meu lloc, perquè la meva filla no vol que jo torni a veure el doctor Campavall —tot d'una tirada, amb els plors a flor de gola—. Però jo sí que el vull continuar veient! M'entens el que et dic?

—Sí.

—Digues-li al doctor que em truqui. Sobretot. Digues-li que és molt urgent. Que el necessito, que vull parlar amb ell abans que ell parli amb la meva filla... Li ho diràs?

—Sí —sospira la Berta, indiferent—. Ja li ho diré, no s'amoïni.

—Sobretot, eh?

—Sobretot.

Mira la balda que li barra el pas cap a fora. I veu la seva mà agafant-la, i accionant-la, i obrint, trencant la barrera que la separa de l'alliberació. I sap que, si ho fa, que si surt al fred de gener que l'espera fora, si ho fa, haurà recorregut més de la meitat del camí. Ja no costarà gens fer el salt, *hop*. Pot deixar caure el tronc per damunt la barana, doblegar la cintura; fer contrapès, aixecar les cames, i ja res no dependrà d'ella a partir d'aquell moment. El futur vindrà sol. El final de la història li sortirà al pas sense que ella hagi de fer res, haurà solucionat tots els seus problemes no fent res més que tancar els ulls, contenint la respiració i esperant.

Esperant un minut, menys, mig minut, vint-i-cinc segons de mareig, el gran espetec i prou.

I prou.

La Berta entra al despatx d'en Campavall.

—Ha trucat la Maria del Àngels Martí —anuncia.

En Campavall té un ensurt, un principi d'angoixa. Sap perfectament que l'Àngels ja havia de ser aquí, és la pròxima visita. No s'atreveix ni a pensar què passarà si ella no ve.

—Què ha dit? —demana, sense alè.

—Que no vindrà. Que la seva filla no la deixa venir. Que no vindrà més. Que la seva filla vol parlar amb vostè de tot això. De fet, la filla està esperant a fora.

Un brunzit li travessa els timpans. El cervell és com una esponja que ha quedat seca del tot. El psiquiatre omple d'aire els pulmons perquè si no s'ofegarà, perquè si no es podria desmaiar, i tot seguit mou el cap perquè vol parlar i no pot, mou una mà perquè vol parlar i no pot, i pren més aire, es mossega un llavi i sospira «Digueu-li que passi», perquè vol parlar i no pot.

—Que passi?

—Sí... —es revifa, en plena descàrrega d'adrenalina—. Que passi... —Un rampell de ràbia que el sacseja, la decisió de plantar cara a l'enemic, un rubor salvatge, una taquicàrdia que el vol matar, la sang corrent esbojarrada per tot el cos, els punys tancats, «que passi aquesta tia, que passi, que ja veurà amb quin dret pot impedir a l'Àngels que continuï venint», els punys tancats, que qualsevol que el veiés pensaria que vol rebre-la a trompades, que la vol matar a cops. Mai uns ulls no han estat tan durs i resolts, mai un esguard no ha estat tan assassí—. Que passi.

L'Àngels continua mirant pel finestral. Només hi ha un fil que la uneix a la realitat i li conserva les ganes de viure. Un fil telefònic. L'esperança d'una trucada que la farà córrer cap a l'aparell. «Digui? Doctor Campavall, salvi'm, per pietat!» I en Campavall: «No s'amoïni, Àngels. La seva filla no té cap dret a fer-li el que li està fent. Vostè pot continuar venint a veure'm quan vulgui. Ningú no li ho pot impedir».

Aquest és l'únic motiu que l'Àngels no tregui la balda del finestral i surti al balcó i es llanci daltabaix ara mateix.

Sap que en Campavall trucarà. Sí. Trucarà. En Campavall és bo.

En Campavall sent el taloneig que s'acosta i li vénen ganes de cridar que no, que no vol veure la filla de l'Àngels, que no l'ha de veure ni ha de parlar amb ella. Recorda que el seu propi terapeuta, el doctor Delclòs, li recomana que no continuï tractant l'Àngels com a pacient, perquè encara acabarà agreujant el seu cas. Ara ve la filla a demanar-li exactament això, exactament el més aconsellable, i hi ha alguna cosa dintre seu que es rebel·la, que no en vol saber res. Però ell pensa, molt excitat: «Per què no cedir i abandonar l'Àngels? Ja s'apanyarà la vella imbècil (torna a insultar-la i això és alarmant); si peta que peti.» A ell què cony li importa el que li pugui passar a la dona d'un pasma?

Tremola quan encén una altra cigarreta.

I se li talla la respiració quan entra l'Alícia.

Ha entrat molt decidida. Ha mirat entorn calibrant la decoració blanca i negra com si pensés en la possibilitat de comprar els mobles a baix preu i es tomba cap en Campavall com donant per suposat que ell és l'element més barat del lot. La torna. Llavors, la seva expressió canvia una mica, agradablement sorpresa, potser.

S'asseu amb tota naturalitat en el lloc on hauria d'asseure's la seva mare, l'Àngels. Encreua les cames, obre la bossa de brillant cuiro negre, en treu un paquet de ros, encén una cigarreta.

És menuda i prima, però no fa cap sensació de fragilitat ni de desemparança. El seu rostre, aristocràticament felí, parla de resolució i d'enèrgics rampells inesperats. Els llavis gruixuts diuen que, en comptes de besar, mossega i succiona, xucla com amb ànsia de buidar-te, de prendre't tot el que tinguis dintre. Els seus ulls encesos són acusadors, terribles. Ulls de dona perversa que et seduirà així que s'ho proposi, que et pot tornar boig, ulls de dimoni que et poden condemnar per sempre. Du un vestit verd, elegant i sobri, possiblement una exclusiva, amb la faldilla un pèl per sota dels genolls, màniga llarga i escot pudibund, però tot el seu cos desprèn una sensualitat que esgarrifa. Potser són els pits abundants que tiben la roba, o potser les cames, l'harmoniosa corba entre el panxell i el turmell, o potser la cintura prima i cenyida, o la manera de moure les mans. Tot és tan desitjable per a en Campavall que, de sobte, ha perdut tota agressivitat, s'ha quedat sense forces. Tot de cop no sap què dir.

—Vostè dirà.

—Vinc a agrair-li tot el que ha fet per ma mare...

—Encara no he fet res per la seva mare —talla ell.

—No sigui modest. Jo sé com estava ella quan va venir a veure'l i veig com està ara, després d'aquest temps de visitar-la vostè. La diferència és total.

—Però... —massa fluix. S'escura la gola, massa tard.

—Per a mi, és un miracle. Per a vostè, com a professional, potser encara queda molt camí per fer, però jo crec que ja hem fet prou. Al cap i a la fi, és la meva mare i comprendrà que només desitjo el seu bé. Vinc a donar-li les gràcies i a liquidar-li el que li devem.

«Si et desfàs de l'Àngels, no tornaràs a veure mai més la filla», pensa en Campavall.

—Senyora Biaix —tracta d'imposar-se—. Sóc el psiquiatre triat per la seva mare...

—Això no és del tot cert —somriu amb falsa cortesia l'Alícia—. A vostè el van proposar els metges del Clínic. Igual hauria pogut ser qualsevol altre metge. La meva mare no entén de psiquiatria i jo tampoc. No sé ni m'interessa de quina tendència és vostè, no sé si m'entén. Les pastilles que li va receptar li van bé i les continuarà prenent si cal. —En Campavall obre la boca mentre la filla, parlant amb fredor de màquina, ha tret el talonari de "la Caixa" i un bolígraf daurat i comença a escriure—. Quant se li deu?

—Escolti, senyora. Vostè no comprèn... —es resisteix en Campavall. Però en realitat, no sap ben bé què dir. És com si per la seva boca estigués parlant un altre.

—No —interromp ella—. Vostè no comprèn que jo pago i jo mano. Igual podria haver-li dit que ens canviem de ciutat o que la meva mare s'ha mort. Però no m'agrada dir mentides, així que dic que s'ha acabat i s'ha acabat i, si el torno a necessitar, ja li ho diré. Què li dec?

—No res —diu ell, sentint-se humiliat i rabiós.

L'Alícia el mira als ulls i per un moment sembla que volgués proposar-li de fer l'amor allà mateix. Després somriu com si acabessin de fer l'amor, com si entre ells dos ja hi hagués un enteniment que ningú més no pogués comprendre. I amaga el bolígraf i el talonari.

I en Campavall té un ofec de desig.

—Està bé —concedeix l'Alícia—. Em sap greu que no ens haguem entès millor, vostè i jo. Haig de dir-li que estic molt agraïda per tot el que ha fet per la meva mare, de debò. Suposo que ara la meva família ja no deu tenir secrets per a vostè, oi? —El fita amb molta insistència. En Campavall la vol besar—. Jo estimava molt el meu pare. Ja ho sap, oi?

En Campavall pensa: «A què ve, això, ara?».

—Li ha explicat moltes coses del pare? —continua ella mirant-lo intensament, molt intensament.

—Secret professional —diu ell.

—No crec que t'hagi explicat res que jo no sàpiga. —En Campavall consulta el rellotge amb insolència, com avorrit, dissimulant la calor que té dintre del cos, l'àcid que se li menja la sang—. El meu pare era un home ferm... Sap que era policia?

—Senyora, si us plau, tinc feina...

—Estic ocupant el temps que hauria ocupat la meva mare. És un temps pagat.

—Però vostè no és la meva pacient.

—Li agradaria que ho fos? —provoca ella. I mira cap al divan. I en Campavall també ho fa i es veu a ell mateix amb l'Alícia, rebolcant-se amb les robes en desordre, les cames d'ella cobertes amb mitges, el vestit obert, els ulls tancats, lliurament total...

—Bona tarda —diu.

L'Alícia s'aixeca. El seu somriure pàl·lid continua dominant la situació.

—Si vol trucar de tant en tant per veure com va la mare, pot fer-ho.

Fa mitja volta, va cap a la porta, l'obre.

—Trucaré —mormola Campavall en veu molt baixa.

Una trucada, dues trucades, tres.

L'Àngels ha fet un bot en sentir la primera, ha tingut un primer impuls de córrer cap a l'aparell. Però s'ha frenat, espantada. Potser un pressentiment la clava a terra. Quatre trucades. Mou la mà lentament fins a l'auricular. Despenja. Té els ulls molt i molt oberts quan demana qui és. Conté la respiració.

—Sóc el doctor Campavall. —El cor de l'Àngels colpeja el pit com desesperat, com si s'estigués ofegant i volgués sortir—. No ens tornarem a veure, senyora Martí. He estat parlant amb la seva filla i tots dos hem decidit que serà millor que no ens tornem a veure, vostè i jo, mai més. Mai més.

L'Àngels sent que una espècie de boirina li cobreix els ulls. Perd el món de vista. Però no vol desmaiar-se. No vol desmaiar-se. Simplement es vol morir. Talla la comunicació i es tomba cap al balcó. «Ara sí», pensa.

En Campavall penja l'auricular del telèfon i durant un segon, només un segon, se sent alliberat, satisfet d'ell mateix. Ja no tornarà a veure l'Àngels. S'ha acabat el joc morbós amb una pacient que li va fer aversió des del primer dia. És com si fins ara hagués tingut quelcom al pit que li dificultava la respiració, i la molèstia, vist i no vist, hagués rebentat com un gra. Ara ja pot omplir d'aire els pulmons perquè a dintre seu ja no hi ha res que el destorbi.

L'Àngels ha penjat l'aparell, s'ha tombat cap el balcó i ha pensat: «Ara sí».

El doctor ha dit «No ens tornarem a veure». Tres gambades la separen del finestral, de la balda cromada que li obrirà la porta. «*Mai més*», ha dit el doctor. L'Àngels, amb els ulls desorbitats i contenint la respiració, fa una gambada. «*Mai més.*» La segona gambada.

Rosario, la minyona, és a la cuina. Ella no ha de sentir res. Aquesta vegada ningú no hi ha d'intervenir. Aquesta vegada l'Àngels no trobarà entrebancs per volar cap a la felicitat i acabar amb tot definitivament.

Les mans crispades volen cap a la balda amb tanta ansietat com si allà hi hagués la droga més meravellosa del món.

En Campavall pensa, obsessivament, que dintre seu no hi ha res que el destorbi, i en la repetició va descobrint l'autèntic sentit de la frase. Perquè dintre seu no hi ha res que el destorbi, perquè dintre seu no hi ha res, perquè dintre seu no hi ha res de res...

«Aquesta dona es matarà per culpa teva.»

Empal·lideix de sobte, se li humiteja el front, un mareig l'obliga a deixar-se caure a la butaca giratòria, es troba malament. Se sent buit. I brut, despietat, desanimat, sense ànima, cruel, grotescament cruel amb una dona indefensa que ha confiat en ell, una dona que cercava ajut i que ara segurament és a punt de matar-se.

Just abans que les mans toquin la balda cromada

i salvadora, a la meitat de la tercera gambada, l'Àngels descobreix que l'Esteban l'està mirant. És allà, clavant en ella fixament els seus ulls tristíssims. Un rostre estrany, irreal, on la boca es mou independentment de la resta de les faccions. La boca s'obre i es tanca a una velocitat impossible, mostrant les dents i una llengua negra que es retorç com un cuc atrapat, com una serp agonitzant. I l'Àngels sent la veu de l'Esteban, sent els crits desmesurats, esbojarrats, i no és un record de tantes i tantes vegades. És una veu clara, imperiosa, forta i punyent. És un to de menyspreu infinit, és un insult.

—Vols deixar de fer bestieses, imbècil? Aparta't del balcó! Seria massa bo per a tu! Fuig del balcó, fastigosa!

L'Àngels s'agafa a la balda, i xiscla. Ha de fer-ho per no sentir aquella veu de la qual pensava haver-se alliberat definitivament. Xiscla mentre estira la falda. Xiscla mentre l'Esteban mou la boca cada cop més de pressa, més de pressa, més de pressa. Mentre, la Rosario, la minyona, esfereïda, deixa la planxa i corre cap al passadís, «Senyora, senyora, què passa!?», pensant que vol anar-se'n d'aquella casa de boigs.

El xisclet és com una fulla d'afaitar que arranqués sang a l'aire.

En Campavall pensa que és boig, que es vol emborratxar, que vol morir. Pensa que no vol ser... (quan mentalment comença a construir aquesta frase, s'interromp de sobte, esverat perquè ha descobert quelcom més)... No vol ser de nou el Campavall que fa dos anys va començar a visitar-se amb en Delclòs. Aquell Campavall que la Greta, un instant abans de fugir per sempre, va definir com «fastigós fill de puta pervertit».

No pot dir a Delclòs el que ha passat, el que ha fet. Encara que Delclòs sigui el seu terapeuta i l'hagi ajudat tants cops. No li ho pot dir.

S'inventa una conversa: «Per fi he pogut fer-li cas, doctor. Per fi m'he alliberat de l'Àngels. O, més ben dit, ella s'ha alliberat de mi».

Imagina Delclòs demanant: «Com us ho heu fet?».

I ell reconeix: «Malament. Ho he fet malament. L'Àngels potser ja és morta a hores d'ara. Per culpa meva. Li ho he dit de tal manera que segur que s'ha suïcidat».

«És un salt enrere, Campavall —li diu el Delclòs imaginari—. Torneu a ser un fastigós fill de puta pervertit...»

L'Àngels estira la balda, el balcó no s'obre.

—*¿Quieres soltar eso, asquerosa?* —bramula l'Esteban, així, en castellà. Sempre li sortia el castellà quan estava a punt de *castigar-la*. Deien que als calabossos de comissaria feia el mateix. El fatídic «*Ahora te vas a enterar*» sempre era en castellà. «*¡Ahora te vas a enterar!*»

L'Àngels ja ha decidit trencar el vidre, sortir a l'exterior sigui com sigui, quan les portes del finestral s'obren brutalment com impel·lides per un totpoderós cop de vent que l'envesteix, que la bufeteja, l'empeny, la fa caure d'esquena, aparatosament, sobre la catifa. Al mateix temps, un peu se li queda enganxat a terra, com si algú l'hi hagués empresonat amb una argolla de ferro. Ella no ho veu, però endevina que és l'Esteban qui l'ha agafat pel turmell alhora que l'empentava.

Així és com es trenca l'os.

—Doctor —diu la Berta a la porta del despatx—. Faig passar el següent?

—Què? —exclama en Campavall sobresaltat, movent la mà com si estigués molt ocupat, molt actiu, com si volgués fer creure a la Berta que l'ha sorprès al mig d'un moviment. Agafa el paquet d'Habanos.

—És un quart de sis. El senyor Ventós espera. El faig passar? —insisteix la Berta.

En Campavall ara mira fixament la cigarreta. «Fumo massa», es diu. El molesta la presència de la Berta. «No», pensa. O potser ho diu? Estossega.

—No. O bé sí, és clar, que passi.

Al llarg del que queda de tarda, en Campavall no fa cas de cap dels seus pacients. No l'interessen gens ni mica els seus problemes. Fins a les nou de la nit en Campavall només s'interessa per en Campavall. Mentre li parlen d'això i d'allò, ell calla i mira, i fa com si escoltés, però el que està fent en realitat és identificar, reconèixer dintre seu el Campavall de fa dos anys.

Ara, com fa dos anys, l'assalten imatges imprecises, desigs impronunciables, i s'excita, s'excita sexualment, i dissimuladament es palpa, i es planteja que potser sí que seria maco de tornar a donar un volt per la Rambla de Catalunya (*com llavors*). Potser encara hi és en Gabriel, i potser li proporcionarà una altra nena com aquella, com es deia?, Almudena. O potser la mateixa Almudena serveixi, com servia. S'impacienta en plantejar-se que potser en Gabriel no vulgui saber res d'ell, després de tant de temps. Quant fa que no es veuen?

La jove pigada que té davant, una pacient que té problemes amb els nois, aixeca el cap i el mira com suplicant, i en Campavall no sap si acaba de parlar en veu alta, i envermelleix i el cor li batega molt fort i s'enfonsa. Mentre la pigadeta continua parlant, en Campavall pensa en l'Àngels, que potser ja és morta, morta per culpa seva, i se li omple la boca d'una saliva densa i dolça, mai no havia estat tan excitat. Es vol emborratxar, vol trobar de nou l'Almudena i en Gabriel, i també es vol morir, i si la noia pigada no acaba d'una vegada de dir estupideses la violarà allà mateix. Almenys una bufetada no la hi traurà ningú.

Bullint per dintre, en Campavall ha de fer un esforç per reprimir una ganyota. No sap si està a punt d'escapar-se-li una ganyota o un plor.

Una atzagaia ha travessat la cama de l'Àngels i se li ha clavat a l'entrecuix. Un dolor penetrant, insistent, insuportable, es barreja amb una altra classe de dolor, el dolor de continuar vivint. I allà hi ha l'Esteban, amb aquell posat cínic, somriure de pinxo que parla amb la puta, ulls de perdonavides, ganyota de menyspreu total. La mira com si estigués veient una granota aixafada enmig de la carretera, o els budells del conill que s'ha de menjar. La mira com tantes i tantes i tantes vegades al llarg de trenta anys de matrimoni.

5

Rambla avall

Després de la treva obligada de les festes de Nadal, en què El Formiguer aconsegueix semblar realment un formiguer gràcies a la proximitat de la Fira de Santa Llúcia, els assidus comproven que el tema de la possessió ha posseït la tertúlia. Un cop acceptat que els germans pintors, l'Enric i la Trini Nieto, són boigs del tot, un es troba més relaxat, més tolerant, a l'hora de sentir coses terribles; un s'atreveix fins i tot a intervenir, a dir la seva.

Ara, la doctora Unzurrunzaga parla del cas d'una amiga seva, amb qui compartia el pis a Sant Sebastià quan eren estudiants. Es deia Amaya i se li havia mort una germana quan ella tenia dotze o tretze anys. Doncs bé, un dia, des de Guetaria, l'Amaya rep un petit joier de quan era petita amb unes cadenetes, uns anellets, coses de la Primera Comunió que li van fer molta il·lusió. Immediatament, l'Amaya va deixar de dormir, havien de forçar-la a menjar, i estava tot el dia arraulida, presa del pànic. Era com si s'estigués tornant boja a cada minut que passava. Va anar al metge i res, no li passava res. Li van donar vitamines i coses per l'estil i ella cada dia pitjor. Fins que, noi, va agafar unes arracades d'aquell joier, o potser era un anell, i ho va llençar al mar. Diu ella que era un anell que li havia pres a la seva germana quan eren petites. I, com que la seva germana havia mort ofegada, l'Amaya va llençar les joies al mar, les hi va tornar, i el cas és que se li van passar tots els mals.

—... I això sí és ben cert —acaba la doctora—, perquè jo ho he viscut. D'un dia per l'altre, a l'Amaya se li van passar tots els mals.

«Suggestió», pensà en Delclòs. I possiblement ho deu pensar més d'un dels contertulians. Però ningú no diu res, per por d'estroncar l'orientació màgica de la reunió. Només es tomben cap a l'Enric Nieto que explica, amb absoluta serenitat, sense escarafalls:

—Aquella joia era el conducte, el vehicle, que feia servir la germana morta per apoderar-se del cos de la tal Amaya. En realitat, jo no crec que només volgués recuperar el seu anell o el que fos. La morta volia un cos, volia fugir de la mort i lluitava contra la germana viva per robar-li el cos. Destruït el vehicle, es va trencar el llaç i per tant l'agressió psíquica...

—Agressió psíquica? —intervé en Delclòs—. Ja tornem a la possessió, al vampirisme...?

Allò desencadena una nova dissertació.

—... Cent vegades al dia comproven que hi ha persones influïdes per les altres i que manen sobre elles d'una manera irresistible. Per bé o per mal, això no cal mirar-ho, de moment. —El pintor Nieto parla amb una espècie d'arravatament místic, com el predicador decidit a fer prosèlits sigui com sigui—. Tu entres en una habitació plena de gent i immediatament et sents atret per unes persones i repel·lit per d'altres. Existeix un diàleg molt profund per damunt de les simples paraules i els formulismes. Dues persones es miren als ulls i estan pensant el mateix, tant si ho reconeixen com si no, i saben que s'han enamorat i mentre no es veuen pateixen, *pateixen físicament*, i no hi ha cap metge que s'hagi parat a estudiar aquesta mena de malaltia. El que els cursis en diuen «mal d'amors». Mira la persona que té carisma, la que amb tres paraules domina una multitud mentre d'altres, amb fabulosos discursos, no atrauen l'atenció de ningú... Pensa en Hitler... I pensa que Hitler es dedicava a la màgia negra. Ho sabies, oi? Ja s'ha demostrat. Horbiger i Hitler, bé, tots vam llegir *El retorn dels bruixots* quan tocava. No pots negar que hi ha hipnotitzadors, Delclòs. No pots negar que existeix una energia psíquica amb la qual ens podem fer mal a nosaltres mateixos... No s'ha demostrat que l'hipocondríac que pensa que té un càncer acaba generant primer els símptomes i finalment un càncer autèntic? No tens tu mateix molts pacients que, quan no volen anar a un lloc on es veuen obligats a anar, es posen malalts, tenen gastritis, constipats, conjuntivitis, mals de cap...? Quants mals de cap ficticis t'han arribat aquesta setmana, Delclòs? És possible que un psiquiatre negui el poder que moltes ments tenen sobre d'altres i, per tant, que negui la possibilitat que unes persones puguin agredir, dominar, sotmetre i aniquilar la ment d'altres persones...?

La nit de la Rambla de Catalunya és tal com ell la recordava. L'enfila des de la Diagonal, des d'on hi ha l'estàtua de la girafa voluptuosa, ajaçada amb deixadesa de bagassa antiga a la *chaise-longue*. A cada semàfor, una colla de noies vestides, pentinades i pintades amb pèssim gust sembla que esperin algú. A l'esquerra, grups de transvestits que s'escridassen en una incòmoda melopea aguda.

En Campavall no vol pensar, però pensa.

No sap com va començar tot allò. Passeigs nocturns, en cotxe, per cercar qui sap què, per mirar, per excitar-se potser, potser només per provocar les dones que vinguessin cap a ell.

—Hola, bonic, hola, guapot, vols venir amb mi?

Li suaven les mans, se li estroncava l'alè quan somreia i deia «No, maca, avui no». I elles feien un instant de mala cara, avorrides, i animaven de nou l'expressió mentre anaven cap a l'altre cotxe. O potser insistien. Un cop, un transvestit, espècie de goril·la disfressat de dona, va ficar la mà per la finestra, obrí la porta i s'esmunyí a dins. Es va asseure al costat de Campavall i li posà la mà a l'espatlla.

—Vinga, va —insistia—. Ja veuràs que bé que t'ho faig.

Paralitzat de por, en Campavall somreia, somreia i deia que no i «Fes-me el favor de sortir», somrient, astorat, forçant el somriure fins i tot quan l'altre li va posar la mà sobre el paquet i va descobrir l'erecció.

—Si et plau, fes el favor de...!

—Ui, quina cosa...!

—Fes el favor de fotre el camp!

Violent, però sense deixar de somriure. Trempat, amb el cor desbocat i el cervell a punt de rebentar.

S'atura davant un semàfor.

«Si s'acosta alguna —pensa—, li demanaré per en Gabriel.» Se n'acosta una. La finestra de la dreta és oberta i ella hi fica el cap.

—Anem? —diu simplement.

En Campavall conté la respiració, la vista fixa en el cotxe de davant, convertit en estàtua. «Digues-li alguna cosa, demana-li per en Gabriel.» La puta no insisteix. Desapareix del marc de la finestra. El semàfor canvia a verd. En Campavall posa primera. Engega.

Un cop va dir que sí. Molts cops va dir que sí, però sempre recordarà el primer, com qui recorda la primera explosió de la traca, la que va desencadenar tota la seqüència de confusió eixordadora, l'estrèpit enfollidor, el cataclisme tan esperat i tan temut alhora. Un cop va dir que sí.

—*¿Te mola un francés, guapo?* —digué una rossa.

—Quant?

—Tres bitlletets i et deixaré ben content.

—Puja —tremolor a la veu i a les mans.

En aquell moment va saber que trepitjava el llindar d'una porta que menava a un món desconegut, a un món inquietant ple de sensacions que feien mal al ventre i que esborraven les idees. I després, en el cotxe, en un carreró, amb la por que algú els veiés, en Campavall, a poc a poc, a mesura que la rossa feia la seva feina, es va enfilar en una frenètica alegria, una alegria que naixia del fet de tenir la dona allà, corbada, humiliada, el cap cot, lliurada a ell en exclusiva, dedicada a donar-li plaer d'una manera que ell dibuixava com aberrant, oferint-li el clatell com el condemnat l'ofereix al botxí.

«Si vull, la puc matar», va pensar en Campavall llavors.

«És meva. Completament meva. Puc fer d'ella el que vulgui.»

Va conèixer en Gabriel un mes o dos després del primer francès, quan en Campavall ja es trobava a gust en aquell ambient i l'al·licient de fer l'amor amb la Greta s'anava diluint entre les filigranes de les professionals. Va ser en un d'aquells bars del carrer de Buenos Aires. En Gabriel era un jove simpàtic, rialler i xerraire, un morenàs ben plantat i vestit a la moda dels colors pastel. Whisky va, whisky ve, van parlar de dones i van entrar en detalls. En Gabriel era qui conduïa la conversa i en Campavall si fa no fa se n'adonava i el deixava fer. «I a tu, què t'agrada que et facin, les dones?» «Doncs això, o allò...»

—Te'n puc presentar una que t'agradarà —va dir per fi en Gabriel—. Vint-i-dos anyets, però sembla que en tingui setze. L'Almudena —en veu baixa, temptador diabòlic—. Li agrada que li peguin.

—Apa, va.

—T'ho juro.

—A ningú no li agrada que li peguin.

—A l'Almudena, sí.

—Doncs serà molt cara. Mentre tingui la cara marcada, no podrà fer clients...

—Es pot fer mal de moltes maneres, sense marcar la cara... —somrigué pervers en Gabriel.

En Campavall també va somriure, confús i tímid, insegur, calibrant fins a quin punt li agradaria realment fer mal, molt de mal, a una persona. El fet que a ella li agradés i que, si no li ho feia ell, li ho faria un altre, era prou excusa? Digué: «No, no». I al cap d'una setmana, l'Almudena, en aquell apartament del carrer de Tarragona, digué, tensa:

—No em marquis la cara.

En Campavall arriba al xamfrà de Rambla de Catalunya i València. Atura el cotxe.

—Em buscaves? —li pregunta una joveneta de pentinat punk.

—No. A tu, no.

Serra les dents. Aquí va ser on va conèixer l'Almudena. La veu esporuguida, pujant al cotxe, sempre amb els punys fortament serrats, una mica encongida. La veu nua, tancant els llavis per no cridar, els ulls amarats, caricatura d'expressió d'èxtasi.

Amb la Greta (canvia de pensament amb la brusquedat de qui escombra amb la mà tot el que li fa nosa de sobre la taula), amb la Greta, les coses no anaven ni bé ni malament. Convivien de manera neutra. Entraven i sortien de casa i menjaven junts o no, i feien l'amor com sempre o no, amb els moviments mecànics que marca l'habitud. I un dia ell va badallar davant la tele, i amb un desinterès que era més dolorós que un crit de l'Almudena, més terrible que una emprenyada o que un plor, va dir que això no podia continuar així.

—Simplement, no sentia res quan ho feia amb ella —va dir al doctor Delclòs.

—Perquè ella no s'humiliava davant vostre —replicà el doctor—. Ara, una dona no us agrada si no se us mostra com un ésser inferior i supeditat als vostres capricis...

La Greta va plorar, va dir-li que el necessitava amb bogeria i li va oferir, li va prometre, li va demanar temps... I en Campavall va fugir al món de les putes amb ganes de descarregar el seu emmurriament damunt d'algú.

—Fas mala cara, noi —digué en Gabriel.

—Problemes domèstics. La dona.

—Està bona? —demanà el macarró com per casualitat.

—Molt bona —va dir en Campavall, i repeteix ara en el xamfrà de Rambla de Catalunya i València, tancat en el cotxe, mirant-se les mans posades sobre el volant, molt quiet, commogut pel passat que torna, aclaparat per veus recriminatòries.

—Passa-me-la —va dir en Gabriel—. Jo la faig feliç i te la torno fina com la seda.

O potser van parlar de més coses abans d'arribar a aquesta proposta. Potser van passar dies. Però el cas és que hi van arribar. I plens d'alcohol, rient, recolzats a la barra, entre bromes i de veres. «A que no ets capaç?», «Què t'hi jugues?», es va organitzar el joc.

—Tu presenta'm la teva dona —digué en Gabriel—, i abans d'un mes estarà treballant per a mi, aquí, en aquest bar.

—Tu no coneixes la Greta.

—Presenta-me-la.

—Què t'hi jugues? —mormola ara en Campavall, aferrant el volant amb totes les forces, fins a fer-se mal, fent tanta força com si el volgués arrencar.

Una puta treu el cap per la finestra. El mira, inquieta, compadint-se d'ell. Està a punt de preguntar-li si es troba malament, si vol consol, però decideix que no és el moment oportú, que ella és allí per treballar i no per fer obres de caritat. I se'n va.

En Campavall ni tan sols ha notat la seva presència.

En Campavall plora.

Només té ulls per veure reflectit al parabrisa el moment en què va fer que coincidissin en Gabriel i la Greta en una cafeteria del capdamunt del passeig de Gràcia. Feien molt de goig, tots dos, tan alts, tan elegants, ella amb un vestit sastre blanc, una brusa negra i la corona d'or dels seus cabells de valquíria; ell amb caçadora i pantalons grisos, camisa blanca, esportiva, la foscor del seu rostre agitanat i pelut contrastant amb la blancor lànguida de la dona. Mà bruna, tosca i callosa que empresona sensualment (uns instants més del que és prudent) la mà pàl·lida i fràgil.

I ell presentant:

—Aquest és en Gabriel, un bon amic. Greta, la meva companya.

I el pinxo:

—Gabriel i Greta. Sona bé. —I després d'uns acudits i d'unes rialles—: Tu no ets d'aquí, oi? —La Greta és alemanya, però parla molt bé el català.

En aquell moment, com ara dins el cotxe, en Campavall estava ofegat per alguna cosa que li obturava la gola. I tenia ganes de cridar, com en té ara: «*No, Greta, no ho facis, marxem d'aquí*». Però no pot, no podia, perquè en Gabriel li feia, li fa, por. Digué:

—Gabriel. Greta. Perdoneu-me, ho sento, però no em trobo gens bé.

—Què et passa? —féu la Greta.

Me'n vaig a casa. No serà res —digué en Campavall.

—No serà res —sentencià en Gabriel.

—Espera, que t'acompanyo —la Greta.

—Demà ens veurem. —És un comiat d'en Gabriel. Hi ha una amenaça dins els seus ulls brillants, tan formosos i tan negres que semblen maquillats.

—No et molestis —quequejà en Campavall—. No et molestis, Greta. Me n'aniré sol. Tu, diverteix-te.

En Gabriel li picà l'ullot, com dient: «Així es juga, sí, senyor», com dient «Ja me n'encarregaré jo, que ella es diverteixi».

—Però si... —protestà ella.

—Deixa'l —la tutejà en Gabriel oblidant-se d'en Campavall. I prengué possessió de la mà d'ella vessant lascívia per tols els porus.

—Bé, adéu —digué en Campavall amb un pes a la llengua.

Se'n va anar excitadíssim. Necessitava més que mai tancar-se tot sol amb l'Almudena. Necessitava més que mai castigar les dones per totes les putades que li havien fet, que li estaven fent i que li farien. Tastà un somrís seductor, *castigador*, i tremolant de Santa Ràbia es desfogà violentament, cridant com un foll, els punys tancats, adolorits, tan adolorits que l'endemà se'ls va haver d'embenar, i l'Almudena deia inútilment que no li marqués la cara, que la cara no, *per favor, la cara no*.

I després la casa era buida.

—Mai no podràs seduir la Greta —havia dit ell a en Gabriel.

—Ah, no? Què t'hi jugues?

I en Campavall no va poder dormir, pensant que la Greta estaria dormint al llit d'en Gabriel. O potser no estava dormint. Potser ho estaven repetint, una i altra vegada, potser li havien agafat el gust i hi tornaven, i hi tornarien per sempre més. El pànic: què havia dit en Gabriel?, que la posaria a treballar en aquell bar de cambreres...? No, impossible, la Greta mai no ho faria.

—Què t'hi jugues? —havia dit el pinxo.

Ara, en Campavall plora. Està plorant com quan va trucar a casa d'en Gabriel i no va respondre ningú. Plora com quan la Greta va arribar i va omplir una maleta amb les seves coses, i li va dedicar aquella llambregada que el va encegar per uns instants. Ara plora i la veu acaronar el Viu, que la llepava i no remenava la cua perquè sospitava el que estava passant.

—Adéu, Viu. Cuida't. No mengis fruita, que ja saps que et fa mal, eh?

—Greta, si et plau, escolta'm. —Què podia dir?

Plora com quan la Greta va vomitar tot el seu odi, ella tan discreta, tan ben parlada, tan primmirada, just abans de sortir:

—Fastigós fill de puta pervertit.

Boom. Els ecos d'aquell cop de porta encara reboten dins el cap d'en Campavall.

Va sonar el telèfon. Era en Gabriel.

—Nen, has guanya't l'aposta. Tens una dona que no te la mereixes. No vaig poder ni pujar a casa meva. —Després, es va assabentar que la Greta havia passat la nit a casa d'una amiga—. T'ha fotut gaire bronca?

Per convèncer-la, li ho vaig explicar tot, li vaig parlar de l'aposta, de l'Almudena, ja saps...

Aquell dia, en Campavall es va prometre que la pròxima vegada que trobaria en Gabriel el mataria. I ara, tancat en un cotxe envoltat de putes, més sol que mai, plora en pensar que anava a buscar en Gabriel i l'Almudena com si encara fossin amics, com si no hagués passat res. Engega el cotxe. Fuig darrere del plor, del desconsol, de la desesperació i de l'autocompassió, darrere de tot això, com una llum intermitent d'alarma, comença a despuntar la sospita que, a la seva vida, li està passant quelcom d'estrany.

Que potser no sigui la seva vida.

Arriba a casa pensarós i angoixat, sentint-se sol, i envellit, i malalt. O no exactament malalt, potser no sigui res físic. Sospira contínuament com si l'aire fos irrespirable, verinós, com si el nivell de pol·lució urbana ja hagués arribat al grau de suïcidi col·lectiu.

—Tant de bo —diu, ficant la clau al pany.

Obre la porta i de nou s'encara al vertigen d'un pis massa gran, d'un sostre i unes parets i un terra que, a causa d'un estrany efecte òptic, semblen voler defugir el seu contacte. Quasi tentineja en entrar a l'inhòspit habitatge. Fa cinc passes, encara no ha entrat al passadís i ja intueix quelcom d'inusual, un detall que no hi era, o potser que hi havia de ser però no hi és.

Es detura, en suspens, i es queda immòbil, escoltant el silenci. No mou ni els ulls, ni tan sols parpelleja. No s'empassa la saliva, i això que se n'hi està omplint la boca. I del silenci i de la foscor del fons del passadís arriba, a poc a poc, lliscant com una serp, un soroll rugós i continuat, un gruny sortit de l'interior d'una gola profunda i plena d'ullals bavosos, una vibració a flor de pell.

En Campavall triga uns segons abans de constatar que no és cosa de la seva imaginació. Passa un minut abans que comprengui què passa.

—Viu —fa, en veu baixa, ansiós.

És que el Viu, el seu gos (un petaner d'atura), no ha vingut a rebre'l com té per costum. I, sense la seva presència, sense la seva cua bellugadissa, la casa sembla un panteó.

—Viu?

Encén els llums a mesura que entra cap a la sala.

El gruny puja de to, com una allau que s'acostés arrossegant pedres i arrencant arbres i, de sobte, en el mateix moment que s'il·lumina la sala, es converteix en una tempesta de lladrucs eixordant que esglaien en Campavall. En Campavall fa un bot i crida instintivament: «Viu! Què cony et passa? Viu!». Els seus crits es confonen, histèrics, amb l'escàndol del gos: «Calla, Viu!».

El gos calla i se'l mira sorprès, destarotat, interrogant. En Campavall es queda amb la boca oberta, esbufegant, atordit pels crits i el silenci sobtat.

—Jeu —ordena, enèrgic.

El gos jeu, obedient, però no aparta d'ell els ulls plens de desconfiança.

«Què li passa? Mai no t'havia bordat així, Jordi. Li fas por. Li fas por i et fa por. Què està passant, Jordi Campavall? Per què no t'atreveixes a acostar-te, a tocar-lo, a acaronar-lo...? Què et farà, si ho proves?»

Es posa en moviment i el Viu quasi dissimula un gest instintiu de prevenció, com un tic. En Campavall s'ajup al seu costat. Té por de tornar a sentir el gruny.

—Què et passa, Viu?

El gos acota el cap, penedit del que ha fet. Accepta les carícies d'aquella manera tan seva, amb una submissió no gens servil, sap com fer-s'ho perquè el qui l'acarona se senti acaronat. Al cap d'un moment, les manyagueries són mútues, mà, llengua i pessigolles, ja tornen a ser els amics de sempre.

—Què et passava, Viu? Que no coneixies el teu amo?

En Campavall es demana si ell es reconeix ell mateix. En Campavall comença a demanar-se si realment ell continua essent en Jordi Campavall.

En Delclòs gira la cara i es mira les ungles, fa el distret i mira de reüll i fa com si no passés res. Està intrigat.

—Què us fa pensar això? —pregunta.

—No ho sé —panteixa en Campavall, sense dissimular el seu desfici, més desemparat que mai. Amb prou feines pot dir tres paraules seguides sense intercalar-hi un sospir—. Faig coses que no hauria fet mai, que jo sé que no s'han de fer, i no sé perquè les faig. No responen a cap lògica...

—Com quan colpejàveu l'Almudena? —suggereix en Delclòs.

En Campavall es concentra en la tasca de treure una cigarreta del paquet, encendre la flama al Bic i apropar-la a la cigarreta amb mà tremolosa. Mirant a terra, fa una pipada ràpida, profunda, com furtiva; i aixeca la vista com si es despertés, com si el fum l'hagués tornat a una realitat on no existissin les preocupacions.

—Com quan colpejàveu l'Almudena? —repeteix en Delclòs.

Quan va a tirar la cendra, en Campavall descobreix una altra cigarreta encesa al cendrer. I allò sembla angoixar-lo terriblement.

—Estic tornant a ser l'home de fa dos anys... —sospira—. Ahir vaig anar a la Rambla, com llavors... Volia veure en Gabriel com si, com si... no hagués passat res... Ho... Ho havia oblidat tot... —En Delclòs arrufa les celles. En Campavall no se n'adona, perquè no s'atreveix a mirar-lo—. I vaig acomiadar l'Àngels d'aquella manera. Com si volgués que es matés de debò, com incitant-la al suïcidi... I haig de dir que jo sabia el que estava fent, sabia que, dient allò de «Mai més», ella es desesperaria, perquè sé que depèn de mi, que no pot viure sense mi... I, quan em va trucar la filla dient-me... Bé... Quan vaig sentir la seva veu.

—Doctor Campavall?

Va reconèixer l'Alícia immediatament. I es va posar molt vermell, nen sorprès amb les mans a la massa, el va envoltar una calor xafogosa i se li va disparar el cor. Al mateix temps, una riuada de sensacions confuses al cap: «Ara em dirà que l'Àngels és morta. Em denunciarà. No les podré tornar a veure mai més. Aniré a la presó».

—Sóc l'Alícia. La filla de l'Àngels Martí.

Amb prou feines, en Campavall va poder emetre un soroll gutural que semblava una pregunta. Un metge hauria dit que tenia totes les constants vitals en suspens.

—La meva mare ha fet un nou intent de suïcidi.

En Campavall s'empassà la saliva. Suava. Es trobava molt malament. Cada batec del cor era una explosió ardent dins del tòrax, i eren molts els batecs, molts i molts, el cor sonava com una metralladora.

—I...? —va fer.

—No, no s'amoïni. No ha passat res. Va caure. Es va trencar la cama, no sé com, potser va ensopegar quan tractava d'obrir el balcó. Va estar dient que es volia morir i que el volia veure, a vostè. Ara, està tota quieta i només diu el seu nom, Campavall. —El psiquiatre estava a punt de plorar. El que sentia per l'Àngels en aquell moment era amor, un amor frenètic que no havia sentit des de les millors èpoques amb la Greta—. Jo... —continuava l'Alícia, una mica tallada—. He dubtat molt si trucar-li o no i ara... En fi, ara penso que... Si vostè pogués venir... —Estava suplicant.

—Hi vàreu anar? —pregunta en Delclòs.

—No —diu en Campavall. Quasi tremola—. No... Per Déu, no la puc veure. Tot començà quan va venir l'Àngels a visitar-se...

I fuma, pipada rere pipada, fuma i fuma. I en Delclòs observa. Calla i espera.

En Campavall fuma i fuma, aspira i expel·leix el fum com si d'allò depengués la seva vida. Potser ha empal·lidit una mica.

6

Dimarts 13

S'han complert cinc dies des que l'Àngels es va trencar la tíbia i encara ningú no sap com s'ho va poder fer.

A les vuit del matí, al pis de Mitre, mentre l'Alícia pentina el petit i en Màrius s'estira pensant què maco seria tenir temps per aprofitar la trempera matinera, l'Àngels acaba de sortir disparada, de manera vertiginosa i catastròfica, des dels somnis cap a la realitat. I, en topar contra la superfície, un cop quasi mortal, obre els ulls i veu, encegada, sent, eixordada, estabornida, es troba un Esteban que balla al costat del llit, que juga, que riu, que fa posturetes mig infantils mig d'homosexual, i parla com els nens, amb mitja llengua, «*Elz mugronéz, elz mugronéz*», al mateix temps que li mostra la navalla d'afaitar, i es comporta com quan començava a fer l'amor, quan acabaven de conèixer-se, com quan el nét li explica contes, és massa innocència amb un tema tan cruel, un nen que li vol llescar els mugrons, «Déu meu, ara me n'adono, no ho puc suportar, doctor Campavall, salvi'm, salvi'm doctor Campavall». I esclata un xiscle de pànic, explosió de follia espantosa, tremolors de sacsejada elèctrica, espeternec d'epilèpsia, «ajudeu-me, que em matarà». I en Màrius salta del llit, exasperat, i diu: «L'hem de tancar, l'hem de tancar o ens tornarà tots boigs», i els nens, fascinats, volen fixar-se bé en tots els detalls per després poder-los explicar bé quan arribin al *cole*. I l'Alícia, pell de gallina, corre cap al dormitori de la mare i s'atura al llindar de la porta, impotent, amb els ulls enaiguats de llàgrimes, l'expressió i el gest rebregats pel dolor. Ella no pot veure el seu pare, l'Esteban fent posturetes grotesques, però no hi fa res, ella també té por, potser més i tot que l'Àngels, perquè l'Alícia no entén què és el que està passant, perquè la bogeria potser sigui més aterridora per a qui la contempla que per a qui la viu.

Com per donar la raó als supersticiosos, aquest dimarts 13 de gener es converteix en una data màgica, transcendental, en la sèrie de fets que es van trenant per formar una història.

L'Alícia, angoixada, repeteix els moviments que va fer quan es produí l'altre atac. Prem la mà de la seva mare, «Calma't, mamà, jo sóc aquí, calma't», i l'Àngels va dient: «Digues-li que se'n vagi, truca al Campavall, el Campavall el farà marxar». Per fi para de cridar. Però continua agitada, neguitosa, mirant a una banda i altra de la cambra, com cercant la visió que l'ha deixada tranquil·la per uns instants. Panteixa, el cor li bat amb força, els dits rebreguen el cobrellit, tota ella desprèn una aura de por i de violència gairebé insuportable per a qui se li acosta.

L'Alícia compta les gotes de la medicina a mesura que van caient a l'aigua del got. «Una, dues, tres, quatre», i pensa amb desesperació que ha de proporcionar-li alguna classe d'assistència, la que sigui, ingressar-la en un sanatori o tractar de convèncer el doctor Campavall. «Cinc, sis, set, vuit.» L'Alícia ja va trucar al doctor Campavall quan l'Àngels va tenir el primer atac fort, després de trencar-se la cama.

—... Si vostè pogués venir...

—Li faria més mal que bé.

—Torna a veure visions. El meu pare amb una navalla, en fi, tot allò...

—Doni-li Haloperidol. —«Nou, deu, onze, dotze», ara l'Alícia recorda que el to sec i tallant del doctor li va resultar sospitós. Recorda que va tenir la intuïció que en Campavall volia dir que sí, volia ajudar l'Àngels, però que alguna cosa li ho impedia. I li va venir al cap la imatge d'en Méndez.

—L'Haloperidol ja no li fa efecte. Li donem vint-i-cinc gotes tres cops al dia, com vostè li va recomanar al principi, però no serveix de res. Continua tenint al·lucinacions, i cada vegada la terroritzen més.

Silenci carregat de culpabilitat a l'altra banda del fil. Un precipitat «Ho sento, no puc fer-hi res» i es tallà la comunicació.

«Tretze, catorze, quinze, setze», i si en Méndez hagués amenaçat en Campavall?, se li ocorre a l'Alícia. «La mare necessita ajut. Què pot ser això tan important que en Méndez no vol que sàpiga en Campavall?» L'Alícia potser no s'hauria fet mai aquestes preguntes si la mare no estigués tan neguitosa, tan crispada, tan definitivament boja. «Disset, divuit, dinou, vint», l'Alícia decideix d'anar a veure la tieta

Teresa, ella és la que es va amoïnar primer, la que va avisar en Méndez. «Vint-i-una, vint-i-dues, vint-i-tres, vint-i-quatre.» L'Alícia decideix d'anar a veure la tieta Teresa avui mateix, potser a primera hora de la tarda...

«I vint-i-cinc»...

... d'aquest dimarts 13 de gener.

—Au, mamà, va, pren-te això. Ja veuràs com et posaràs bé.

És potser el primer dia de l'any que fa fred de debò. El cel blanc grisós sembla un bloc de glaç a punt de trencar-se en una estrepitosa tempesta. L'aire és humit, gairebé moll, i encara que no plou els abrics van xops. Fa un fred que irrita els ulls i que encarcara les mans, fa petar les dents i tothom tremola dins la roba, per gruixuda i abundant que aquesta sigui. Ara la gent camina de pressa, fuig del fred, amb una espècie d'ànsia reprimida, cap al refugi de les cases.

Pel carrer del Bruc amunt, l'Alícia emprèn un viatge en el temps, torna a les vegades que el seu pare l'havia dut allà, algun diumenge al matí, a l'imponent palau de la tieta Teresa, aquella dona primíssima, petita, molt maquillada, molt ben vestida, que es pintava les ungles i duia collars de perles.

La tieta Teresa convidava l'Alícia a pastes i xarop de grosella i la deixava jugar amb unes nines de delicats rostres de porcellana, nines pintades com dones grans, com la tieta, vestides de sevillana o de dama antiga, amb pamela i vestit rosa, com la noia d'*Allò que el vent s'endugué*. Nines que no li agradaven, nines que li feien venir por de trencar-les, nines que li feien venir por dels crits que després li faria la tieta Teresa (ja se la veia, com una bruixa terrorífica!) o dels mastegots del pare, aquells que feien tant de mal.

I, mentre jugava *amb molt de compte*, tenia l'atenció posada en la conversa del pare i la tieta Teresa. I, si parlaven d'*aquella bandarra*, de la *porca fastigosa*, era que estaven parlant de la mare; i, si reien, era perquè se'n fotien, d'ella; i si el pare deia alguna cosa com «Un dia, no podré més i li esclafaré el cap», l'Alícia sabia que parlava de la mare i li venien al cap aquelles vegades que al dormitori dels papàs se sentien crits, cops, plors i terribles amenaces, espantoses promeses. «Et llençaré pel balcó!» «Un dia et faré el que vaig fer al teu macarró; t'agradaria que et fes el que vaig fer al teu macarró?»

L'Alícia es recorda ella mateixa jugant amb les nines, nines que eren *bandarres* i *porques fastigoses*, i que no els trencava el cap de miracle, fins al dia *que es cansés*, i les *llencés pel balcó*, llavors veurien...

L'Alícia puja en un ascensor preciós, de fusta fosca treballada per un artesà noucentista. Com més s'acosta al terme del seu viatge, més clars són els records.

Fins que va tenir aquell atac que li va afectar mig cos, la tieta Teresa sempre va ser activa, xerraire, emprenedora, dinàmica. «Nerviosa com una cua de sargantana», deia l'Esteban. Pertanyia a una associació que recollia roba vella per als pobres, i anava a conferències sobre temes inversemblants, i escrivia cartes als diaris, i cada divendres jugava a la canasta amb unes amigues, i anava al teatre i al cinema «cada cop menys sovint, perquè s'estan posant molt immorals», i visitava malalts, i era com una metralladora quan parlava, per la velocitat i per com n'eren, de punyents, les seves paraules. Es presentava a la casa de Premià sense avisar i l'ocupava com un exèrcit invasor. Quan entrava ella, ella era qui cuinava, qui posava ordre, qui manava, i l'Esteban, el seu estimat germà, era qui li donava poders per fer-ho. I la mare se n'anava de seguida.

—Adéu —deia, seca—. Alícia, Albert, veniu amb mi.

L'Albert prou que hi anava, però l'Alícia no volia, s'hi resistia, plorava i s'enrabiava fins que el pare cridava: «Deixa la nena, si es vol quedar que es quedi!». I la tieta li donava cinc durets que després refregaria pels morros de l'Albert («Mira què m'ha donat la tieta Teresa i a tu no»). I després feia veure que jugava, però espiava el pare i la tieta, que seien al confortable gronxador del jardí i xerraven i reien i es feien pessigolles. (S'enfadaven si l'Alícia els mirava.) Escoltava les converses, «On va ara la bagassa?», «A fer-se donar pel *rulé*», i riallades salvatges que la nena compartia, en secret, sense saber per què *ha-ha-ha*, més amb la boca que amb els ulls.

L'Alícia surt en un replà on només hi ha una porta i prem un timbre que, molt lluny, fa soroll d'antic. Obre una minyona amb còfia i davantal blancs sobre vestit negre, amb cara d'haver patit molt i d'haver-se resignat a continuar patint per sempre més. La Pepita, una dona que reconeix l'Alícia amb un mínim gest de cap, que parpelleja lentament, com si tingués son, com si volgués tancar els ulls definitivament pels segles dels segles amén.

Dins la casa dringa el telèfon. En Campavall surt de l'ascensor traient les claus, enredant-se els dits amb elles.

Dringa el telèfon dos cops, tres cops, en Campavall, mentre furga el pany, obre la porta, irromp a la casa al cinquè truc. I ho fa tan precipitadament, amb tanta fúria, que el Viu s'esvera i comença a bordar, agressiu, ferotge, mostrant les dents.

El Viu té por. Molta por.

—Calla, Viu, collons!

El Viu veu un home que s'assembla al seu amo, que té el mateix rostre i la mateixa veu, i per tant ha de ser el seu amo. Però en Viu té por. Molta por. El Viu calla perquè l'amo li ho mana, però es queda amb les ganes de seguir bordant, de desfogar la seva por, de defensar la casa... Quin absurd! Defensar la casa contra qui? El Viu té por perquè no entén res del que passa.

En Campavall despenja l'auricular a la sisena trucada.

—Digui?

—Doctor Campavall?

—SÍ.

—Vostè a mi no em coneix, però voldria parlar amb vostè. Em dic Dolors Duran, i sóc filla d'una pacient seva. L'Àngels Martí, vídua de Biaix.

—Què!?

—Que em dic Dolors Duran i sóc filla de l'Àngels Martí, vídua de Biaix.

Un dia, la mare, l'Àngels, plorava al dormitori.

—Papà... —va cridar l'Alícia—. La mamà està plorant.

—Que plori! La teva mare és dolenta... I cada nit plora pels seus pecats. Perquè està castigada per sempre, perquè està condemnada, perquè se n'anirà a l'infern... I tu porta't bé o et *castigarem* tota la vida, com la mamà.

Aquell dia, a l'Alícia li havia fet por el seu pare, molta por. Ara li ve al cap la imatge d'en Méndez quan li premia la mà (*feia mal*) i deia: «Entens que el que et demano és molt important, oi? Apa, doncs, fes el que t'he dit».

Sí. Era la mateixa classe de por.

La tieta Teresa viu en un pis del carrer del Bruc que sembla un museu. És gran, dotze habitacions de sostres molt alts i decorats amb artístics estucats de caire modernista, filigranes de línies corbes que volen imitar el fum. Enfarfegadament decorat amb estàtues de dones sensuals que semblen verges i pesants cortinatges i mobles antics de fusta minuciosament treballada, calaixeres i penja-robes i escriptoris i tauletes i escambells, i catifes de complicats arabescs, i vitrines plenes d'objectes d'art, peces de cristall de roca, copes, plats decorats a mà, aquell plat commemoratiu de la inauguració de la Fira de Barcelona del vint-i-nou, i una peanya amb un gerro barroc, blanc i daurat, recargolades nanses, ple de polsoses i grisoses flors de paper, i llums de bronze d'on pengen irisades llàgrimes de vidre (tantes llums sembla que es facin ombra les unes a les altres i que enfosqueixin la casa), i l'empaperat de dibuix sobri, i els quadres foscos, natures mortes, escenes de caça, batalles navals, i labors de ganxet sota els gerros, i sota els porta-retrats de plata, i sota el brillant pèndol de sobretaula, i sota el telèfon, i sobre els braços de les butaques (grans butaques de grans orelles).

I tot plegat fa una molesta fortor de naftalina i de racons bruts i de polseguera en suspensió.

La tieta Teresa està asseguda en una d'aquestes butaques, la més majestuosa, com un cadàver dissecat en un tron que inútilment tracta de dignificar-lo.

Assegut a la butaca, en Campavall espera. «Dolors Duran?», es repeteix, ignorant l'atenció obsessiva i immòbil que li dedica el Viu: «Una filla secreta de l'Àngels Martí? Què vol dir això?». Encara no s'ha refet de la trucada telefònica que l'ha deixat bocabadat, confús i, per què no?, una mica divertit.

—*Filla de l'Àngels?* —ha exclamat llavors, incrèdul.

—Sí, sóc filla de l'Àngels, però no de l'Esteban, comprèn? Escolti... —una veu clara, infantil, indefensa, que pronuncia un català xava—. És una mica difícil d'explicar per telèfon. Si us plau, si volgués veure'm, jo li ho explicaré tot, si us plau. Fa tres mesos que no veig la mare i vaig llegir als diaris que va voler matar-se i, no ho sé, em va fer por, i l'he *buscat* pels hospitals, i per fi em van dir que havia estat al Clínic, i al Clínic em van dir que vostè s'havia fet càrrec d'ella, i vull saber què li passa, per què no la puc veure... —una veu ansiosa, desesperada, plorosa, que suplicava en un to massa agut.

Primera reacció d'en Campavall, violenta i rabiüda: «Quines bestieses! A mi què cony m'importa si l'Àngels té una filla o en té mil...». Segona reacció, entendrida i nostàlgica i encuriosida: «Una filla de l'Àngels? Una filla que es preocupa per ella?». Tercera reacció, sarcàstica, mig somriure i una cella alçada, com el trinxeraire que prepara la seva mala passada: «Està bé, serà divertit de conèixer-la i si a més a més es deixa fotre mà, doncs millor que millor». Tres reaccions barrejades en una confusió que no pot comprendre ni ell mateix. Venç la curiositat:

—Està bé. Vine a veure'm a casa. Tens l'adreça?

—Sí. Puc venir-hi ara mateix?

En Campavall mira L'hora. Les set. No té res a fer, a part emborratxar-se i veure la tele. «Per què no? Potser ens distraurem amb la nena.»

La vitalitat de la tieta Teresa va ser frenada, a l'edat de cinquanta-quatre anys, per un atac que va estar a punt d'acabar amb ella i que, després d'uns quants dies de clínica, només va acabar amb la meitat esquerra d'ella. Va recórrer un llarg viacrucis de neuròlegs, electroencefalogrames, internistes, reeducacions motrius, abans de seure en el seu tron molt estàtica, molt seriosa, amb l'esguard ben fixat enfront, parlant gairebé sense moure els llavis, i tot això perquè no se li noti que una meitat del cos no respon amb la mateixa rapidesa que l'altra meitat.

—Hola, tieta. Com estàs?

La tieta Teresa ja no es tenyeix el cabell, ja no li importa que se li vegin les canes. Tampoc no es pinta. Ni flueix collars de perles, ni costosos vestits. Gairebé semblaria que vol aparentar més edat de la que té. Quants anys té ara? Era més gran que el pare, òndima, potser en té seixanta-cinc o seixanta-sis i sembla que en tingui noranta. «Vol semblar més vella», es diu l'Alícia. «La tieta està més desperta del que sembla.» Això fa que la noia es posi en guàrdia, com si suposés que l'anciana la voldrà enganyar.

—Com se t'ha ocorregut venir per aquí? —Hi ha una mica de sarcasme en la seva ganyota de mitja cara.

No val la pena de mentir ni de quedar bé. Seria ridícul ara recórrer al «Passava per aquí i m'he dit...» o al «Estava tan preocupada per tu». Així que anem al gra.

—La mare està molt fumuda. Ja ho saps, oi?

Sense immutar-se, la tieta desvia la mirada.

—Seu. Seu aquí. Sí, ja sé que es va voler suïcidar. Mai no hi havia tocat del tot, la teva mare, i perdona.

L'Alícia seu en una cadira de respatller alt i incòmode, gens anatòmic.

—La mare ho està passant molt malament. Necessita que algú en tingui cura.

—Necessita que la *tanquin* —sentència la tieta Teresa, mirant, ara sí, als ulls de la neboda.

L'Alícia es posa molt seriosa. Serra les dents. Anem als fets, que surti tot, a veure què passa aquí.

—D'acord, que la tanquin, però en Méndez s'hi nega. El *Tío Alfonso* no ho vol. Em va venir a veure i em va prohibir que la tanqués a cap sanatori i que la portés a cap psiquiatre... Té por del que pugui dir als metges...

—En això l'Alfonso també té raó. Perquè amb la teva mare mai no se sap.

—Què podria explicar? —fa l'Alícia, per sorpresa.

—Ai, filla, jo no ho sé, mai no se sap... —*mentida*.

—*Sí que ho saps, tieta*. Quan vas llegir als diaris que la mamà s'havia volgut suïcidar, vas trucar al *Tío*

Alfonso i li vas dir que em vingués a veure, perquè la mamà no anés a veure cap psiquiatre, perquè potser podia dir no sé què de molt important, o molt perillós, alguna cosa que no convé que se sàpiga... Però la mamà necessita atenció, tieta, i és la meva mare, i m'has de dir alguna cosa molt i molt important perquè no la porti al metge. Digues... Què sap la mare que és tan important que, si ho explica, et perjudica a tu?

Sona el timbre. El Viu, que darrerament està més neguitós que de costum, borda com mai no havia bordat.

—Calla, Viu! Calla, cony!

El Viu no en fa cas. I, mentre en Campavall (una mica excitat, a què ve això, ara?) camina pel passadís, no sap si el gos està bordant a qui ha trucat o si li està bordant a ell. Una espurna de por.

—Viu, calla collons! —tan enèrgic que el Viu calla i recula.

En Campavall obre la porta.

Es troba amb una noia vulgar que es maquilla de manera vulgar, que es vesteix de manera vulgar, que du un pentinat vulgar. Una noia que ni tan sols hauria vist si s'haguessin encreuat pel carrer. Mans de rentaplats, rictus d'amarguesa i de derrota, ulls color de tabac ros, desafiants i altius com els d'una reina anglesa. En Campavall la menysprea violentament, amb tant d'èmfasi com va menysprear l'Àngels al moment de conèixer-la. Potser això és una prova que realment aquesta bleda és filla de l'altra. Quina edat deu tenir? Trenta-cinc? Malaguanyats!

—Senyor Campavall? —La veu, tan jove i confiada, desdiu dels ulls color de tabac ros.

—Sí.

—Sóc la Dolors Duran. L'he trucat, fa un moment...

—Sí, passa. No tinguis por del gos.

La fa passar davant i la segueix, fitant-la com qui valora bestiar. El cas és que la noia, fet i fet, no està tan malament. Té una bona alçada, i les cames llargues, i la cara no és res de l'altre món, però tampoc no es pot dir que sigui plena d'imperfeccions. Ni un nas excessiu, ni uns ulls esguerrats. En Campavall es passa la llengua pels llavis i reprimeix un somrís libidinós i no pot apartar la mirada d'aquell culet emmascarat per un abric gris, aquell culet que remena davant d'ell, corredor enllà (*sí que remena bé!*), culet que li agradaria de palpar, ara mateix.

I si poguessis ficar la mà sota la faldilla, Campavall? *Ara mateix*. Què et semblaria si poguessis fer-ho?

La Dolors s'ha aturat en arribar a la sala. Es tomba cap a ell, sense saber què fer.

—Treu-te l'abric —ordena el psiquiatre—. Seu.

Es treu l'abric. Sota, du un vestit de quadres escocesos que sembla l'uniforme d'alguna botiga o grans magatzems, i unes sabates barates, que hom no sap si són fetes de cuiro o de cartó pedra. Es pentina amb cua de cavall. És tan vulgar, es repeteix en Campavall, tan insignificant, que no pot concebre que la noia pugui viure enlloc, ni imaginar on deu treballar, ni que s'hagi casat. És transparent, es pot veure a través del seu cos que no existeix.

Però, tanmateix, té uns aristocràtics ulls color de tabac ros.

La tieta Teresa a penes mou els ulls. Vol somriure. Mou el cap. Comença a parlar amb ànim de frivolitzar, però se li trenquen la veu i la intenció i sense voler es posa transcendent.

—Ara, amb els socialistes al poder, mai no se sap. El que abans estava ben fet, ara és un crim; el que abans era un crim, ara tot déu ho beneeix. Això és un caos, jo ja no entenc res, ni vull saber res. Però escolta això, Alícia, escolta-ho bé. El teu pare, Alícia, va ser un home recte, un home d'honor, un home que feia el que calgués per tal de complir el seu deure...

—Com tants d'altres policies que encara són vius i no els passa res. Amb socialistes o sense socialistes —talla l'Alícia perdent la paciència—. Anem al gra, tieta. El papà tampoc no va ser cap director de camp de concentració alemany, ni va cremar jueus, ni el persegueix ningú. Així que digues què passa, què és el que teniu por que expliqui la mamà als psiquiatres...

—Que t'ho digui ella —es resisteix la tieta, mirantse la mà esquerra.

—Sap què penso, tieta? Que el *Tío Alfonso* i tu hi sortiríeu perdent més que no pas jo, si la mamà contés aquest secret. A mi no crec que m'afecti, oi que no? —La tieta fa un gest que vol ser d'indiferència i així delata la seva inseguretat, un principi d'inquietud—. I a la mamà ja no hi ha res que pugui afectar-la, així que... Per què hauríem de callar? Sí, que m'ho digui la mare. Jo ja m'encarregaré de dir-ho a qui cregui que això el pot interessar.

La tieta li clava una llambregada d'odi amb el seu ull viu.

—El bon nom del teu pare és el que t'ha d'interessar —crida—. Vols arrossegar-lo pel fang? Vols embrutar-lo?

—Què va fer el pare, tieta Teresa?

—Què vols? —diu en Campavall.

—Saber alguna cosa de la meva mare. Fa tres mesos que no la veig. Vaig llegir que havia volgut suïcidar-se i estic amoïnada...

En Campavall roman dempeus i se la mira com si la noia s'hagués esmunyit dins de la casa sense permís.

—Has de comprendre que jo no puc anar parlant dels meus pacients a la primera persona que ve dient-me que és de la família. Encara existeix el secret professional. A més a més, pel que sé, l'Àngels Martí només té dos fills: l'Alícia i l'Albert.

—I jo —insisteix ella—. Però jo no sóc filla de l'Esteban Biaix. Sóc filla de l'Àngels i un altre. No us ha dit res la meva mare de tot això?

—No. —En Campavall agafa del moble-bar l'ampolla de Jack Daniels i dos gots.

—Em pensava que al psiquiatre se li contava tot.

—Jo també.

—Quan la meva mare em va tenir, ja era casada amb l'Esteban Biaix... Es van casar el cinquanta-u i jo vaig néixer el cinquanta-sis.

En Campavall pensa: «Només té vint-i-vuit anys? Qualsevol diria que en té trenta-cinc...».

—Vols prendre bourbon? —pregunta en Campavall, per dir alguna cosa.

—Escolti. Per a mi això és molt important —recrimina la noia, francament irritada. Els seus ulls, color tabac ros, són armes mortals. El seu cos, dret, altiu, sembla resistent, cuirassat. I les seves mans llargues aferrades a la bossa són com urpes d'una agressivitat afortunadament reprimida—. Li estic explicant tot això perquè suposo que l'interessarà saber-ho, perquè em penso que, com més sàpiga de la meva mare, millor la podrà ajudar. Però si tant se li'n fot, digui'm només si la mare està bé o no, si se'n sortirà o no... Suposo que això no és secret professional, oi?... Digui'm això i doni-li el *recado* que la Dolors ha preguntat per ella i moltes gràcies per tot, me'n vaig.

No es mou. En Campavall es relaxa. Somriu amb suficiència de conquistador i serveix bourbon als dos gots que sosté amb una sola mà. Desa l'ampolla, dóna un got a la Dolors, que l'accepta com si allò fos símbol de fer les paus, i s'asseu a la butaca. Adopta la seva actitud més seductora. Premeditadament, tenyeix els seus ulls amb una eficaç pàtina hipnòtica i parla en un to greu, càlid, acaronador, com de vellut. I els seus moviments a poc a poc es van fent curosos, harmoniosos, màgics...

—No faig més que protegir els interessos de la teva mare. És clar que m'interessa la seva biografia i que, possiblement, conèixer-la sigui decisiu per a la guarició definitiva de l'Àngels... Però t'haig de confessar que estic desconcertat. Fa uns tres mesos que tracto l'Àngels i m'ha dit moltes coses, però mai no m'ha parlat d'una filla seva amb un altre home quan ella ja era casada amb el comissari Esteban Biaix. —I reconeix—: Estic intrigat.

Està convidant la Dolors que continuï la seva història.

—Eren temps molt difícils —diu la tieta Teresa, com una inexpressiva nina mecànica a la qual se li acaba la corda—. Hi havia molts atracadors, anarquistes, que posaven bombes i assaltaven i mataven policies... Nosaltres sempre estàvem amb l'ai al cor pel que li pogués ocórrer al teu pare. Hi havia el Facerias, el Sabaté, el Duran, bandes grans i bandes petites... I la hi portaven votada, al teu pare, saps?, perquè el teu pare sempre havia lluitat contra ells, perquè els de la FAI i de la CNT havien matat el teu avi l'any trenat-set. Per això el teu pare es va ficar a la policia i els perseguia com un perdiguer... El quaranta-nou, quan van posar bombes perquè venia el Generalísimo, el teu pare en va detenir molts. I sembla que fins i tot en va matar un. Per això el van ascendir i el teu pare va ser molt important a la Via Laietana. Bé, el cas és que la hi portaven votada... —Parla com si estigués inventant un conte sense fi. Està cercant una mentida—. Des dels anys quaranta fins al final dels cinquanta, el teu pare els va fer molt de mal, als terroristes. I el cinquanta-sis, quan ja tot estava a les acaballes, el teu pare va eliminar una banda petita, una de les últimes, la d'un tal Enric Duran, un que sembla que havia estat amb el Facerias però que després s'ho havia muntat pel seu compte...

—Feia cinc anys —diu la Dolors amb la fermesa de qui està decidit a relatar una llarga història de cap a cap— que la mare s'havia casat amb el comissari Esteban Biaix... —Pronuncia aquest nom amb un fàstic infinit—. Així és com m'ho ha contat ella. Va conèixer el qui passava per ser el meu pare el quaranta-nou, quan ell havia ascendit de categoria, després del merder de les bombes a Barcelona, aquelles bombes que van fer esclatar a la plaça de Catalunya quan va venir en Franco, sap de què parlo? —En Campavall fa un gest que vol dir «No importa».

»Ja s'ho pot imaginar. Ell, policia dominador i triomfant. Era fill d'un oficial republicà que va morir al front, però el trenta-nou, quan acaba la guerra, el nen té divuit anys, sap el que vol i tria. Fa el soldat, es reenganxa a la legió i va de cap a la policia. Brigada social. Ell era del bàndol guanyador i era en plena eufòria quan va conèixer l'Àngels. Ella, filla de masovers del Pirineu, treballava de cosidora amb una modista i qualsevol cosa l'enlluernava. Encara estava meravellada amb el «metro» i el telefèric de Colom, i es troba amb aquell homenàs que es menja el món, que fa que tothom es posi dempeus quan entra als bars, que fa així amb els dits i la Rambla es posa de genolls als seus peus. Què passa? Doncs que es casen, es casen el 30 de novembre de 1951, dia de sant Andreu, a l'església de Sant Pau, l'església de Sant Pau, l'església del barri Xinès, una ruïna, un símbol...

En Campavall s'empassa saliva. Li vénen ganes de despullar la Dolors i de vestir-la de puta i d'obligar-la a continuar parlant però sota d'ell. No és cap broma obscena. Comença a ser una necessitat.

—Havien passat cinc anys —continua la Dolors— i no havia passat res. No havien tingut fills i això amargava l'Esteban, ja s'ho pot imaginar, el mascle que no pot demostrar a la resta de la societat que és mascle, les bromes dels amics, l'enveja dels fills dels altres... L'Àngels que té un avortament... En fi, ja s'ho pot imaginar... l'Esteban li donava molt mala vida a l'Àngels, molt... No val la pena d'explicar-ho amb tots els detalls que m'ha donat ella, però es veu que, ja des de llavors i fins ara, el matrimoni per a la mare va ser un calvari... Així que el cinquanta-cinc va conèixer un noi, guapo i simpàtic, més jove que ella; ell tenia vint-i-set anys i ella vint-i-nou...

En Campavall pensa que la noia s'està posant figatova, com un personatge de la Corin Tellado; i somriu, fotent-se'n, i ella interpreta el somrís com una manifestació de simpatia, d'afecte. I, gairebé amb llàgrimes als ulls, la Dolors força també un somriure i continua:

—Es van conèixer al Pla de l'Ós, a la Rambla, la mare sempre en diu el Pla de l'Ós, del Pla de la Boqueria... Allà es van trobar. Ella, molt senyora, elegant, coqueta. Ell, fet un desastre, vestit amb granota bruta, era lampista. Li va començar a anar al darrere, dient-li coses, entremaliat i desvergonyit, fins que a la mare se li va escapar el riure i es va tombar i li va dir, descarada: «A veure, a tu, què et passa?» I ell li va respondre: «Passa que, de senyoretes com vostè, en passen poques, *prenda*». La mare ho recorda com si hagués passat ahir mateix, sempre ho conta amb les mateixes paraules. I diu: «I em vaig posssar vermeeeeella», ho diu així. I res, ell la va convidar a prendre aiguardent, allà a l'Arc del Teatre, i ella li ho va acceptar, encara que no era gaire ben vist, però no hi podia fer més. I es van començar a veure d'amagat en un pis del carrer de la Princesa...

En Campavall pronuncia mentalment: «La-vull-ma-tar», síl·laba per síl·laba. I mai no havia estat tan sincer. La violarà i la matarà a cops. És decidit.

—Es van veure d'amagat durant uns quants mesos —continua la Dolors Duran— en un pis del carrer de la Princesa, vora el carrer del Comerç... Fins que la mare va quedar embarassada de mi. —La vergonya la fa ruboritzar-se i li fa mirar-se les puntes de les sabates—. Llavors, la mare es va escapar de casa i se'n va anar a viure al pis del carrer de la Princesa. Allà vaig néixer jo... —Li tremola el llavi, una llàgrima aigualeix els ulls de color tabac ros—. Però l'Esteban els va trobar. Diu la mare que va mobilitzar tota la policia de Barcelona fins que els va trobar... i bé...

S'interromp per plorar.

—Beu bourbon —li diu en Campavall. I no diu «Emborratxa't, beu fins que no puguis aixecar-te de la butaca, i queda't així espaterrada, perquè jo pugui fer de tu el que vulgui, fer de tu el que vulgui, fer de tu el que vulgui... *filla de puta, filla de puta...*». Insisteix—: Beu, apa, beu.

—Al final del cinquanta-sis la banda d'en Duran va atracar un banc a la ronda de Sant Antoni. Era pels vols de Nadal. En l'atracament, en Duran havia matat un policia... Bé... El teu pare sabia on s'amagava la banda, i hi va anar... En un pis del carrer de la Princesa, on eren tots, no sé quants, cinc o sis, i va haver-hi un tiroteig, una cosa espantosa i van morir tots els de la casa... El teu pare estava rabiós per la mort del seu company al banc, i no s'hi va mirar gens... I bé, va córrer la veu que s'havia excedit... Es veu que al pis hi havia una dona... I un nen... Al teu pare li va saber molt de greu. Molt.

La idea de la mort fa un forat molt negre i molt profund en la nineta dels ulls color tabac ros; un pou d'on brollen gotes de desconsol.

En Campavall s'aixeca de la butaca, s'ajup davant de la noia, «apa, beu una mica, això t'animarà», li posa la mà a la galta, i la Dolors inclina el cap per fer més intensa la carícia, tanca els ulls i fa un esforç per refer-se.

—Em permets que et convidi a sopar? —diu en Campavall, amb la sensació que és un altre qui parla en el seu lloc.

La noia s'eixuga les llàgrimes i es miren. I el psiquiatre pensa que detesta la noia, però el seu esguard diu que la compadeix i que vol ajudar-la, a ella tant com la seva mare. La Dolors accepta la invitació perquè feia temps que no es trobava tan bé amb una persona, feia temps que no li acaronaven la galta d'aquella manera.

A casa de la tieta Teresa es fa el silenci. L'Alícia sospira, escèptica.

—Coses així —replica, impacient—, en van passar a grapats. Creus que ningú s'escandalitzaria, ara, si se sabés una cosa així? No és ni notícia per als diaris. Si llavors es va dir que els pistolers anaven armats i van resistir-se i per això van haver de ser abatuts, i si es va dir que van ser ells qui, esbojarrats, van matar les dones i els nens que hi hagués, doncs també es pot dir ara! —L'Alícia, exaltada, canvia el to. Ara es torna acusadora—: Què passa, tieta? Què hi teníeu a veure tu i el *Tío Alfonso* en tot allò?

—Jo no res! —protesta la tieta massa de pressa.

L'Alícia es posa dempeus.

—Està bé —diu. I crida—: Pepita! Porta'm l'abric! —I a la tieta—: Que m'ho expliqui la mare. Potser li serà beneficiós d'explicar-ho tot a tothom, potser li servirà per treure's fantasmes del cap...

Arriba la Pepita amb l'abric. L'Alícia l'agafa.

—Espera! —Ara, la tieta Teresa demostra que està espantada fins i tot a pesar del seu hieratisme—. Escolta, Alícia... Seu...

L'Alícia plega l'abric sobre el seu braç. Seu. Escolta.

En Campavall i la Dolors sopen en un restaurant gallec que hi ha al carrer d'Enric Granados, molt a la vora de la plaça de Letamendi. El psiquiatre té entre les seves una mà de la Dolors i, per tal d'allunyar els mals records, fa que la noia li parli d'ara, de la seva vida, de la seva feina.

La Dolors treballa de mecanògrafa a les oficines centrals de Mercabarna i viu sola en un piset del Poble-sec. No. No és casada. En Campavall juga amb la mà d'ella, molt tendrament, i s'imagina que els dos es rebolquen sobre un llit brut d'una sòrdida pensió de la Rambla, i es demana com seran els mugrons de la noia. I, mentre noves i imparables associacions de pensaments el fan pensar en navalles d'afaitar (a què ve això ara?), la Dolors torna a parlar de la seva mare, del seu passat.

Va anar d'un pèl que l'Esteban no matés la Dolors nounada aquell dia, al pis del carrer de la Princesa. La va deixar viure, *li va perdonar la vida*, amb la condició de no sentir a parlar mai més d'ella.

La van dur a la Maternitat i la van inscriure amb el nom de Dolors Duran Expósito, perquè l'Esteban no volia que ni remotament ningú pogués relacionar aquella bastarda amb ell. Però l'Àngels no va poder suportar la separació i, així que va poder, quan ja tot semblava oblidat, va anar a veure-la, es va donar a conèixer i la va treure de l'hospici. Va pagar una dona que vivia al Poble-sec, una que era del mateix poble que ella i que en deien la *Borda*, perquè es fes càrrec de la nena. I cada setmana, si no hi havia res que li ho impedís, va visitar la seva filla d'amagat de l'Esteban. Allà, al pis de la *Borda*, o passejant per Montjuïc, va ser on la Dolors s'assabentà de la història del seu pare. I l'Àngels, desviant diner d'aquí i d'allí, privant-se de moltes coses, li va pagar els estudis primaris, i després els de mecanògrafa, no res de l'altre món, tampoc no podia pispar gaire...

En Campavall imagina les dues, mare i filla, parlant en veu baixa i rient amb crits de rata, com dues deficients mentals, burlant-se de l'home que al cap i a la fi les mantenia i del qual s'aprofitaven...

En Campavall es passa la mà pel front. S'ha posat molt pàl·lid.

—Què li passa? —demana la Dolors—. Es troba malament?

No. Nega amb el cap. No. El que té és por, una por infinita, una angoixa que l'aixafa, que l'asfixia, que fa que tot el restaurant giri vertiginosament al seu voltant. Està molt i molt i molt cansat. Se sent com si acabés de beure litres i litres i litres d'alcohol. Deu ser això.

—Crec que he begut massa —balbuceja. Però no és això. Ell sap que no és això.

—No sé per on començar —diu per fi la tieta—. Pensa que el que va fer el teu pare va ser pensant en tu i en l'Albert, perquè us estimava amb bogeria i no hauria pogut suportar que us faltés res. El teu pare era molt bo, Alícia...

—Què va fer? —demana l'Alícia, impacient.

—No sé com... —A la tieta li costa de parlar—. No sé com, el teu pare va saber que els de la banda d'en Duran volien atracar el banc de la ronda de Sant Antoni. Tal dia a tal hora. Als voltants de Nadal, quan més diners devia haver-hi; és un barri amb moltes botigues, en aquella època hi havia molta vida per allà...

—Què va fer el pare, tieta? —insisteix l'Alícia.

—Va reunir uns amics. El *Tío Alfonso* era un d'ells, l'únic policia, a part del teu pare. Es van reunir aquí. El Yagüe, el Llorenç... —La tieta Teresa s'empassa saliva—... es van arriscar molt, Alícia, moltíssim, podrien haver mort tots en aquella acció. I van eliminar la banda d'en Duran. La banda d'en Duran ja no tornaria a fer mai més nosa. Tu creus que li pagaven prou, al teu pare, perquè fes això? No. El teu pare es jugava la vida cada dia per quatre quartos. Bé, vols saber què va fer? Van acabar amb aquells merdosos, van arreplegar els diners i se'ls van quedar. —Sospira i mou el cap com per treure's un floc dels cabells que la molestés a la cara, es mossega els llavis i fa un tic amb el coll. I per fi mira directament als ulls de la neboda i amb naturalitat, amb indiferència, es reafirma—: Sí, senyora. Es van endur tots els calés i així us va poder pagar el teu pare, a tu i a l'Albert, l'educació que teniu.

L'Alícia decideix d'anar-se'n. Mira el seu voltant.

—... I perquè tu et paguessis aquesta casa i aquestes obres d'art...

—Sí. També —diu l'anciana, fermament.

—Bé, ja està bé. —L'Alícia camina ràpidament cap a la porta. Fa mitja volta, s'encara a la tieta—. A qui et penses que estàs aixecant la camisa? Em parles d'uns fets que van passar fa trenta anys i que va cometre una persona que ja és morta! Em vols fer creure que et fa por que et prenguin tot això, les estàtues, els quadres, els mobles, si això se sabés?

Fa mitja volta, enfila el passadís.

—Alícia, espera! —crida la tieta Teresa.

La minyona, al rebedor, fa un gest estrany, com si temés un atac per part de la neboda, o com si pretengués saltar sobre d'ella. Mentrestant, des del saló, la tieta Teresa continua cridant.

—Què penses fer, Alícia? Vine aquí!

Amb gran parsimònia, l'Alícia es posa l'abric, es retoca el pentinat contemplant-se al mirall, obre ella mateixa la porta.

—Alícia, fes el favor de venir aquí immediatament! Alícia! Digues què penses fer...!

Surt molt dignament, molt seriosa i tibada. La minyona avorrida tanca la porta. Al mateix moment sent dringar l'extensió telefònica de la cuina. Això vol dir que la mestressa està marcant un número al saló.

La minyona escolta.

—Méndez? Méndez, sóc la Teresa... Teresa Biaix...

Així acaba un dia màgic, 13 i dimarts. En Campavall no recorda com ha arribat a casa, ni qui ha pagat el compte del restaurant, ni qui l'ha ficat al llit. Només sap que fa un moment, en somnis, ell entrava en un pis del carrer de la Princesa, pistola en mà, i disparava amb gran sang freda contra un, dos, tres homes (els rebentava el cap, els esquitxos de sang i de cervell li humitejaven el rostre), i un nen, i una dona. I deia: «El Duran no el mateu, el Duran el vull viu!».

I mira al costat, i veu la Dolors que dorm plàcidament, nua, i ell no recorda que hagin fet l'amor, i s'ha de tapar la boca perquè una por demencial el sacseja en un tremolor malaltís i l'obligarà a xisclar d'un moment a l'altre.

7

Diguem-ne Bofarull

Divendres, 2 de febrer.

A la tertúlia d'El Formiguer, seguint amb el tema que els obsessiona d'un temps ençà, en Valentí acaba de contar el cas d'una noia de Llers que de dia combregava i de nit feia de puta i una bruixa li va treure el sacrilegi del cos.

I l'Enric Nieto, avui especialment relaxat i serè, explica que va tenir una temporada en què tenia l'obsessió que es moriria aviat. I feia coses estranyes: trucava a gent que no havia vist de feia temps, recordava coses que ja creia oblidades o que, pitjor encara, es pensava que mai no havia sabut; simpatitzava amb gent que abans trobava odiosa i a l'inrevés. I tot això amb la sensació que estava a punt de morir-se. I llavors s'assabenta que ha mort un company seu de la mili, un que havia estat en coma temps i temps i amb el qual havien compartit amistats, i a l'Enric se li'n van totes les manies i torna a ser el que era. «Evidentment —conclou—, el cos eteri del meu amic havia fet servir el meu cos per resoldre coses que encara no havia resolt abans de morir...»

—Va ser el primer fenomen paranormal que vaig experimentar, el que em va incitar a seguir investigant sobre el tema. I no hi ha dubte: n'he conegut molts casos i en tots coincidia una mateixa simptomatologia. Una simptomatologia que es pot confirmar també consultant tots els llibres que parlen del tema, ja siguin mèdics o religiosos, crèduls o escèptics, relats o assaigs...

El doctor Delclòs, que no ha dit res en tots aquests dies, «Jo em pensava que era perquè te'n foties, de totes aquelles bestieses», li dirà després la Unzurrunzaga, en Delclòs l'interromp molt interessat i diu:

—Un moment. No en descriviu la síndrome...

—Per què?

—Perquè vull parlar jo d'un cas. I en vull parlar sense rebre cap influència...

Està pensant en en Campavall. No hi ha deixat de pensar des que van començar a tocar el tema, mesos enrere.

El doctor Delclòs comença a parlar d'un pacient el nom del qual, naturalment, pensa ocultar. «Diguemne Bofarull.»

En Bofarull és psiquiatre i, fa anys, va tenir unes irresistibles tendències sàdiques, perversió que desfogava colpejant una prostituta. El tractament que va fer amb en Delclòs va tornar a la normalitat la seva vida privada. Fins al mes d'octubre passat, que va rebre una pacient, «l'Antònia», vídua recent, a la qual sembla que se li apareixia l'esperit del seu marit. El relat continua endavant i dibuixa una situació borrosa formada de pinzellades impressionistes (sensacions indefinibles, expressions de rostre, problemes d'identitat, tics, la forma de parlar, la familiaritat en referir-se a «l'Antònia», la necessitat peremptòria d'insultar-la, la formació de fantasies agressives contra ella i contra la seva filla)...

—... Les seves filles, de fet, ja que es dóna el fet màgic que, de sobte, es presenta a casa d'en Bofarull una filla natural de la seva pacient... —És la història més complicada que fins al moment s'ha exposat a la tertúlia. Qualsevol diria que en Delclòs se la va inventant a mesura que parla.

En Campavall (*diguem-ne Bofarull*), a la consulta, parla, s'exaspera, apaga l'Habanos que estava fumant i, premeditadament, com per demostrar alguna cosa, ja cerca el paquet, ja el grapeja per treure'n un altre, n'aspira el fum amb ansietat malaltissa.

El doctor Delclòs mira intensament en Campavall, fingint que es concentra per interpretar el significat amagat de les seves fantasies. Però, en realitat, es pot dir que no pensa en res. En realitat, només mira i deixa que el seu cervell rutlli tot sol, al seu ritme.

I després, quan en Campavall ja se n'ha anat, el doctor continua amb la mirada perduda i el joc continua dibuixant espirals en les circumvolucions del seu cervell. I despenja el telèfon, comprova un número, el marca i espera, i si algú li preguntava què es proposa, no sabria què respondre.

—Amb l'inspector Trueba, si us plau —diu en castellà—. Trueba? Sóc en Delclòs. Us vull fer una pregunta una mica estranya. Vós em vàreu dir l'altre dia que havíeu conegut el comissari Biaix, oi? —L'altre es perd entre explicacions—. Només vull que em digueu una cosa... Recordeu quina marca de cigarretes fumava, en Biaix?

L'altre diu que sí. En Delclòs ja s'esperava la resposta. Sent «Habanos» i inspira pel nas, impressionat, mira fixament les burilles d'Habanos que omplen el cendrer.

Casualitats? Vés a saber. Resulta que l'Antònia, la pacient, és precisament vídua d'un policia que al... Diguem-ne Bofarull... li va fotre una puntada de peu que gairebé el desgracia per tota la vida.

Suggestió? Potser sí, el dia que en Delclòs anava a dir «Penseu bé això que heu dit, Es...», Esteban, anava a dir, així, en castellà, per Déu, lapsus imperdonable. «Penseu bé això que heu dit, EsCampavall», va dir...

La malaltia d'en Campavall (diu ell, ara) li va començar molt abans, en forma d'intuïcions, molèsties, migranyes atribuïdes a l'alcohol d'anit, cansaments per «haver dormit malament», absències que deia que eren distraccions o les justificava amb el tòpic de «tinc massa coses al cap». Una aspirina i a córrer, aquí no ha passat res. Tot allò li va venir a sobre aquella nit al restaurant gallec, aquella nit del dia 13 i dimarts.

Ara hi era i de sobte ja no hi era. El cervell se li feia de pedra i els ulls se li giraven cap endins i es concentraven en els seus pensaments, veien imatges, penetrava per una boira espessa i asfixiant i pudent, i li venia por, una por, una por gran com el món, una por de nen torturat, por de xiscles penetrants i d'espernegar fins a fer que s'ensorri la casa, por d'aquella que et deforma el rostre i et fa semblar el pitjor dels monstres. Una por així. I estàs massa cansat per lluitar contra res, estàs tan cansat que no et queda més remei que acostumar-te a la por, i encara que volguessis fer alguna cosa, rei, com podries saber què fer si tens una pedra en comptes de cervell?

Diu que durant una setmana va ser com viure un somni, com viure drogat, i despertar de tant en tant, només de tant en tant, per descobrir amb terror que estava fent una vida normal i responsable.

Ara obria els ulls i es trobava a la consulta del metge. «No sé què em passa, doctor», o a la consulta del doctor Delclòs explicant coses que mai no li havien passat («O potser sí?»); o dormint amb una noia, la Dolors, la filla de l'Àngels, o fent l'amor amb ella, o parlant amb un pacient i dirigint perfectament la seva teràpia, tot això sense voler, sense saber, sense ser ell qui ho estava fent realment!

Una setmana després va despertar i la Dolors ja no vivia amb ell, i ell («Diguem-ne Bofarull») recordava i no recordava, vivia i no vivia, i es va posar a plorar com un nen a la consulta d'en Delclòs i cridà que no era ell, «no sóc jo qui ha fet tot això, doctor, no he estat jo», desesperat, esbojarrat pels records i pels no-records...

Ara hi era i ara ja no.

Obria els ulls i veia una Dolors amorosa que l'acaronava, que el besava, que l'excitava per fer l'amor, que li somreia. Una Dolors que ell odiava amb ànsies d'assassí, una Dolors que volia obrir en canal. O, millor, no. Imaginava, tan clarament com si ho hagués viscut, un ganxo de carnisseria entrant per sota la mandíbula, clavant-se. I en penjava la Dolors, i la Dolors espernegava... Però llavors ja no era la Dolors, sinó que era un home... I això no era la realitat, la realitat era una cosa que el cos feia pel seu compte, vés a saber què, i ell no era res, ell simplement no existia, era una boira pudent...

Ara hi era i ara ja no.

Feia l'amor amb la Dolors amb ganes de fer-li mal, d'humiliar-la. La insultava entre dents, «puta, puta, puta», i li esgarrapava l'esquena per marcar-la definitivament: li volia fer nafres. Enviava els seus dits perquè li provoquessin el pitjor dels dolors. I ella plorava i aguantava, i moria, es podria entre els seus braços, i l'empudegava tot, i estava tota recoberta de cucs i feia fàstic de tocar, i això ja no era la realitat, això era una manera de dir, de viure, de fer, de patir les coses. Era una manera de passar por, molta por. Suor freda, tremolors a les nits, «Jordi, Jordi! *—diguem-ne Bofarull—*. Què et passa? Estàs malalt!». No és que estigués malalt.

És que ara hi era i ara ja no.

La Dolors va perduda per la vida, trampeja, es confon, escolta els altres i els fa cas, i mai no està segura de si s'ha equivocat o no, perquè no sap fins a quin punt les decisions les ha preses ella o les han preses altres en lloc seu. Una mica com en Campavall, només que el seu cas és el de molts milers de noies de la seva edat. Noies que van fer l'amor quan tocava, i els va fer una mica de fàstic perquè tocava, i es van confessar, i van pecar de nou sense ganes, i van llegir *Anna Karènina* i *Cuerpos i almas*, i van trigar tant de temps a llegir cada un d'aquests llibres que ara no recorden gaire bé de què anaven. I un altre dia decideixen no creure en Déu, perquè no cal i perquè una noia que treballa amb ella no hi creu o té orgasmes, i, no ho sé, val la pena. A la Dolors li fan il·lusió coses que *han de fer il·lusió* i se sent agraïda quan algú sembla que potser li ha volgut fer un favor. Perquè s'ha de ser així.

—Et portaré a veure la teva mare —li va dir en Campavall.

La Dolors sap que l'Àngels és a casa de l'Alícia; amb la cama trencada, en quarantena, no podrà sortir fins al 18 de febrer.

—No puc anar a casa de l'Alícia! —crida.

—Jo faré que hi puguis anar —li promet en Campavall. És tan maco, en Campavall, tan tendre, tan bo... Ell és qui li ha ensenyat a fer l'amor, a fer-lo de debò, sense inhibicions, convertint-lo en un joc on tot és vàlid, en un joc on es va resumint tota la saviesa del món. Sap tantes coses, en Campavall.

—T'estimo, Jordi...

—No m'ho diguis ara. No m'ho diguis després de l'*acte*.

—Per què?

—Perquè això és sexe, això és una necessitat del cos, res més, no confonguem les coses. Això és un acte mecànic, una gimnàstica que no implica res, que no compromet a res, que podríem fer amb qualsevol...!

—Jo, això, no podria fer-ho amb qualsevol...!

—És clar que sí! I és sa!

—Jordi! Tu...?

—Jo t'estimo, Dolors. Però t'estimo més en altres moments. Això és una altra cosa, això és gimnàstica, això ho has de fer amb qualsevol, i mentre que ho fas amb qualsevol pensa en mi, i llavors descobriràs l'autèntic amor i coneixeràs la diferència...

I ella el mira fascinada, perquè hi havia alguna cosa en ell, en els seus *ulls tristos* potser, que li provocava unes esgarrifances estranyes que no sabia com interpretar.

En Campavall (*diguem-ne Bofarull*) un dia va obrir els ulls i es va trobar en un bar del carrer de Buenos Aires, aquell que és a la vora del bingo, i davant seu hi havia en Gabriel que agafava una mà, i la mà pertanyia a una Dolors pintada, repintada, una màscara terrible. En Campavall sentia paraules, veus llunyanes d'en Gabriel, el gitano, que deia a la noia que era molt maca i que tenia molt de gust per vestir.

En Campavall va despertar just per veure els ulls ferotges d'en Gabriel que el miraven i li ordenaven alguna cosa incontestable. I ell comprenia l'ordre, perquè alguna vegada ja li havia passat i ara ja no li venia de nou, i feia mitja volta...

—On vas? —deia la Dolors.

—Em... em trobo malament... —deia ell. I no era mentida. Mal de cap, a les articulacions, mal al cervell, mal al cor, mal a l'ànima. La impressió d'haver viscut allò un altre dia, una altra vegada...

—No et molestis —va dir en Campavall—. No et molestis, *Greta*. Tu diverteix-te.

Greta. I la Greta: «Fastigós fill de puta pervertit!».

Aquell dia, i mira que ho desitjava, no va tornar a perdre el coneixement. Aquell dia va romandre despert, entaforat a la butaca, bevent whisky, esperant, esperant la trucada.

—Nen —va dir en Gabriel—. De conya, tu, de conya. Perfecta, tu, que ben ensenyada la tens. Quant en vols?

L'endemà, en Campavall plorava a la consulta d'en Delclòs. «Ajuda'm, si et plau, ajuda'm, no em vull tornar boig, Déu meu, Déu meu, no!»

I el doctor Delclòs va pensar: «Massa tard, potser sí que ja ets boig del tot». I després: «Si no és que...».

—Fantàstic! —exclama l'Enric Nieto, al·lucinant—. És un cas claríssim de possessió!

En Campavall acaba de sortir de la consulta.

En Delclòs mira fixament el lloc que ha deixat buit, com si l'altre encara hi fos, com si continués parlant. El psiquiatre deixa anar la imaginació. De fet, potser encara hi és, en Campavall, allà davant, a la butaca. Potser encara queda alguna cosa d'ell. I potser encara està transmetent un missatge, tan important com impronunciable o impronunciat. Qui ho sap?

Lentament, en Delclòs fa que no amb el cap. I no sap ben bé per què ho fa. Encén un Benson. No li agrada fumar davant dels pacients. Escriu el resum de la sessió. Avui, dilluns 5 de febrer, ha estat un dia dens. Aquest cap de setmana han passat moltes coses i molt importants.

Divendres a la nit en Campavall va tenir un somni.

Anava a veure l'Àngels. Entrava en una cambra decorada amb paper estampat de flors en diferents tons de blau. Ella estava asseguda al llit, amb la cama enguixada estirada sobre un llençol que protegia la vànova. Ella obria molt els ulls, xisclava aterrida, i es girava cap a la tauleta de nit, n'obria el calaix atabalada pel pànic. En Campavall duia un ganxo de carnisseria a la mà i, tranquil, molt tranquil, s'acostava a l'Àngels i la subjectava amb tanta força que la immobilitzava. Ella havia volgut agafar un revòlver de canó curt, semblant als 38 Especial que surten a les pel·lícules americanes. Ell, molt tranquil, mirant-la amb moltíssima pena, la renyava, i li deia que no volia fer-li mal, però que ella l'hi obligava. El ganxo de carnisseria era molt punxegut...

Després tot es feia molt confús. Hi havia molta sang, i molts xiscles, molta por, i tota una filera de gent que espernegava frenèticament, tots mirant al sostre, tots penjats de ganxos de carnisser. Tot era molt confús.

En Campavall ho havia viscut com un somni tranquil, gairebé relaxant. I ho ha relatat amb tanta tranquil·litat com si es tractés d'un plàcid conte per a nens. I ha continuat, abans que en Delclòs pogués preguntar-li si els penjats eren homes o dones:

—Dissabte al matí, vaig trucar a l'Alícia, la filla de l'Àngels, li vaig dir que visitaria de nou la seva mare... que aniria a veure-la aquella mateixa tarda, només amb una condició. Que l'Alícia, la filla de l'Àngels no hi fos present. Va acceptar. A tal hora, a casa teva. Bé, bé, està bé. Vaig trucar la Dolors i li vaig dir: «Avui podràs veure ta mare» —parla en un to àrid i avorrit, com si respongués a un hipnotitzador—. I vam quedar que ens veuríem. I... i després vaig sortir... I vaig anar a la carnisseria, per veure si em venien un d'aquells ganxos...

El doctor Delclòs encara veu aquells ulls obsessivament fixos, aquella boca que a penes es movia, aquella expressió d'absoluta indiferència. Havia volgut interpretar l'actitud, però li havia resultat impossible. Què li passava? Por? Penediment...? No, no era res de tot allò.

El doctor Delclòs s'havia imaginat de sobte el ninot d'un ventríloc.

El doctor Delclòs no creu en possessions diabòliques. No així, d'entrada, sense demanar-se res més. El doctor Delclòs es limita a escoltar, es mira les ungles de tant en tant, fa així o aixà amb el cap, pren notes i parla poc, procura parlar el menys possible. És al pacient que li toca parlar, a en Campavall. Ell és qui ha de dir què fa, què sent, què és el que l'amoïna, què somia a les nits, de què té por, per què li passa el que li passa.

—... Vaig trucar a l'Alícia, la filla de l'Àngels... —repeteix, com un autòmat.

—Sí. Ja m'ho heu dit. Què va passar en aquella trucada?

—La desitjo. Des del dia que em va venir a veure a la consulta, tinc ganes de... —s'interromp. Sembla molt malalt—. Tinc ganes d'estimar-la, d'enamorarla, tinc ganes de... de... de fer-li mal.

Quan el doctor Delclòs comenta aquest cas amb els amics de la tertúlia d'El Formiguer, no ho fa perquè cregui en dimonis elementals (com diu la doctora Unzurrunzaga), sinó que ho fa per jugar, per afegir una nota més de distracció a la reunió. I ells també l'escolten per jugar i per això insisteixen en el tema, i hi afegeixen dades amb un convenciment buit i frívol, més interessats a omplir silencis que a aprofundir en el tema. Perquè, en realitat, ells tampoc no s'acaben de creure res; en tot cas, l'entresolat d'El Formiguer tampoc no és el lloc més indicat per resoldre els misteris de la vida i de la mort. I sí, xerren, expliquen històries de fantasmes, però, després, en sortir de la màgia de la tertúlia, en Delclòs descobreix que els fantasmes s'han quedat esclafats dintre els cendrers, amb les burilles i els llumins gastats.

—Són curioses aquestes coses —comenta després el professor Nelo en un to de veu inesperadament alegre—. Segons que les miris des d'un determinat punt de vista, hom diria que realment poden ser veritat...

El doctor Delclòs, al seu despatx, encara fa que no amb el cap.

Possessió diabòlica? Quina ximpleria. Tot té una explicació lògica.

Que en Campavall va sentir una animadversió envers l'Àngels des del primer moment que la va veure? Què té d'estrany? A tots ens passa de tant en tant. Molt més li deu passar a un boig pervertit com en Campavall. Un boig pervertit que va lliurar la seva dona a un pinxo del barri Xinès perquè la prostituís, mentre ell desfogava el seu sadisme colpejant una pobra noia que es deia Almudena («No, per favor, la cara, no»). S'han de fer escarafalls perquè aquest boig depravat surti ara amb comportaments estrambòtics?

La Dolors i en Campavall van vigilar des d'una cantonada propera fins que l'Alícia va sortir de casa. Se la veia neguitosa. Va mirar a un costat i a l'altre, després va moure els braços amb impaciència i va enfilar per General Mitre cap a Via Augusta. Quan tombà la cantonada, en Campavall va agafar la Dolors pel colze.

—Anem —va dir.

Van travessar l'avinguda ràpidament, quan el semàfor ja canviava a vermell. La Dolors tremolava de nervis, però no deia res. «Ja fa dies que parla poc» (són paraules d'en Campavall a la consulta d'en Delclòs, paraules pronunciades amb orgull). «Mai no havia estat gaire xerraire, no, però ara se sap aguantar.» Es van esmunyir dins la porteria, cercaren refugi a l'ascensor. La Dolors mirava a terra. «Ja fa dies que no em mira als ulls.»

—No vull que hi sigueu, ni tu, ni la minyona, ni el marit, ni els nens —havia ordenat a l'Alícia en Campavall aquell matí—. El tractament psiquiàtric necessita intimitat i discreció, una comunió estricta entre la pacient i el terapeuta, comprès?

—Però jo a tu ja...

—Vols que visiti la teva mare? Sí o no?

—Sí.

—Doncs ja t'he dit el que has de fer. A les cinc en punt, surts i deixes la porta del pis ajustada.

La porta del pis era ajustada. La Dolors i en Campavall van recórrer el passadís fins al fons, fins aquella sala on hi ha la butaca davant la televisió. La Dolors i en Campavall avançaven sense fer soroll, amb l'ai al cor, com en un somni.

—*... I vam entrar en una cambra decorada amb paper estampat de flors de diferents tons de blau* —les mateixes paraules—. L'Àngels estava asseguda al llit, amb la cama enguixada estirada sobre un llençol que protegia la vànova. Va obrir molt els ulls en veure'ns i va xisclar...

... Però no atemorida, sinó amb alegria, enlluernada per la presència simultània del doctor Campavall, el seu salvador, el qui allunya tot fantasma, i la seva filla secreta, la Dolors, que només pot veure de tant en tant i d'amagat. Tot són paraules quequejades amb ansietat. Llàgrimes als ulls. Contrau el rostre i la cicatriu de la galta, aquella espècie d'aranya que voldria devorar-li el rostre, aquella marca del diable, s'arruga i la fa mig monstre.

No es gira cap a la tauleta de nit, ni obre el calaix atabalada pel pànic. S'abraona, en canvi, sobre la mà d'en Campavall i la besa amb voracitat obscena. En Campavall s'esgarrifa i fuig dels petons amb una estrebada brusca. La Dolors (patètica com en una fotonovel·la) salva la situació cercant l'abraçada de la mare. Mentre ploren, en Campavall no pot evitar de tafanejar dins del calaix de la tauleta.

De la mateixa manera que ell du a la butxaca un ganxo de carnisseria molt punxegut, allà dintre hi ha un revòlver de canó curt, semblant als 38 Especial que surten a les pel·lícules americanes.

Com en el somni.

El doctor Delclòs encén una altra cigarreta i s'incorpora. Parpelleja com si despertés d'un somni. Rellegeix les últimes ratlles que ha escrit a l'informe de la visita d'en Campavall.

Torna a fer que no amb el cap.

Que ell té un somni i l'Àngels en té un d'igual la

setmana següent? No hi cerquis explicacions sobrenaturals, Delclòs. Queda't amb el que és més evident, el que tothom està pensant. Aquest psiquiatre pervers t'ha mentit, Delclòs. T'està enredant, t'està fent víctima de la seva maldat, per què havies tu de ser una excepció?

Per si un cas et quedava algun dubte sobre quina classe de persona és en Campavall, ara fa una nova crisi de bogeria i, sant-tornem-hi, s'emporta la Dolors al barri Xinès, repetint el que va fer amb la pobra Greta, amb la seva pròpia dona. I, cosa pitjor encara: aquesta vegada li ha sortit bé. La Greta, almenys, es va rebel·lar, el va abandonar dient-li: «Fastigós fill de puta pervertit» (aquestes paraules que tant l'obsessionen). Però a la Dolors, l'ha pogut entabanar, l'ha emmetzinada amb el seu trencaclosques, el nus de paraules que van fer trontollar les febles conviccions de la noia, l'ha hipnotitzada amb calés, i ha aconseguit convertir-la en una més de l'escuderia d'en Gabriel.

De què t'estranyes, Delclòs? Fa dos anys que estàs tractant aquest monstre i ara t'enfiles per les parets quan fa el que sempre havia fet!

En Delclòs continua fent que no amb el cap. Hi ha alguna cosa que no encaixa.

La Dolors i l'Àngels ploren abraçades. La filla acarona la cicatriu de la galta de la mare. «Per què ho vas fer, mamà? Per què ho vas fer?» L'Àngels no sap a qui prestar atenció. La cambra s'ha omplert de joia, les dues persones que més necessita al món són allà, amb ella. Un instant abans era sola amb l'Esteban.

És horrorós, però ja quasi s'ha acostumat a la terrible i amenaçadora presència de l'Esteban. S'ha acostumat a esperar la tortura. De vegades li mostra la navalla, de vegades només li parla, li diu totes les barbaritats que li farà, li descriu els turments de l'infern; o insulta en Duran i vomita sobre ell tot l'odi del món. Déu meu, al principi era tan dur de suportar, era tan difícil respirar, viure, tancar els ulls per dormir, sabent que aquella presència cruel i malvada continuava allà, mirant-la amb ulls tristos, amb aquella cara de «jo no et volia fer mal, Àngels, però no em queda més remei»; Déu meu, al principi creia que es tornaria boja. Ara, la por ja s'ha instal·lat sobre el seu pit com una llosa i fa mal, sí, i sap que un dia esclatarà tot amb un vermell de sang i negre de mort, i que els seus crits tornaran boig tot el qui els senti, però també sap que no ho podrà impedir per molt que faci. Aquest dia arribarà tant sí com no. L'únic que ella podria fer era matar-se, precipitar els esdeveniments per estalviar-se la llarga agonia, i això també li ho va prohibir el seu torturador. Així que no li queda més remei que...

Just en aquest moment ha entrat el salvador. El doctor Jordi Campavall.

—No ploris, Dolors. Ara ja tot s'ha acabat. Ara, el doctor és amb nosaltres...

Quan en Campavall ha entrat a la cambra, l'Esteban ha desaparegut. Era allà, assegut a la cadira, al costat de l'armari, i llavors s'ha obert la porta, i l'Esteban estava dient: «La pròxima vegada que et vulguis tirar pel balcó et deixaré que ho facis, que t'estavellis contra el terra, però no et deixaré morir», però s'ha interromput quan ha entrat en Campavall i la Dolors. L'Àngels ha mirat els nouvinguts i després cap a la cadira que ocupava l'Esteban i aquest ja no hi era.

Ha arribat el salvador, Déu meu, el salvador, l'únic que la pot deslliurar de la maledicció.

—Doctor, doctor...

La muda negativa d'en Delclòs és dirigida a moltes coses contradictòries alhora. Per un costat diu que no, que no creu en la possessió. Però a la vegada li repugna la idea que el seu pacient no hagi millorat gens ni mica en els dos anys de tractament. En Delclòs està convençut (o potser vol creure) que en Campavall no és essencialment pervers, perquè ell l'ha conegut en una època que no ho era. En Campavall era sincer quan va demanar ajuda psiquiàtrica i es va esforçar per superar el daltabaix que li va ocasionar la seva ruptura amb la Greta. En Delclòs recorda el seu pacient, aquella nit, ballant a l'Up & Down, rient enjogassat, tractant de «lligar» amb la innocència d'un adolescent. Aquell dia en Delclòs s'havia sentit satisfet i va pensar que en Campavall havia sortit ja del forat.

«I sí —es diu ara en Delclòs enèrgicament, refermant-se—, sí, en Campavall havia sortit de debò del forat.» Això és el que el posa nerviós. Aquesta situació crítica, aquest sobtat empitjorament, aquest vertiginós tornar enrere. «A què és deguda aquesta terrible recaiguda, quan ja pensàvem que havíem guanyat la guerra?» El doctor Delclòs es respon a si mateix fent que no amb el cap. «No. Hi ha alguna cosa que no entenc.»

L'Àngels es fon mirant amb ulls de màrtir en Campavall. Ell es mostra distant i esquerp, com retraient-li alguna cosa greu. Ella estira la mà com qui s'ofega i cerca ajut, i ell no es mou. En realitat, tota aquella situació li produeix un fàstic infinit, una repulsió intolerable. El diverteix la possibilitat d'agafar el revòlver de canó curt, acostar-lo a la templa de l'Àngels i prémer el gallet posant els cinc sentits en aquest gest. *Bam*!, i fora maldecaps.

—Em vas enganyar, Àngels... —mormola.

—Quan véns tu, l'Esteban se'n va —gemega ella, melodramàtica—. Quan véns tu, se'n va la por...

—Em vas enganyar, Àngels! —repeteix ell, brusc, com un marit gelós—. No em vas dir res de la Dolors...

—Ara t'ho diré... —ella té por.

—No, ara no! —ell fomenta la por—. Abans, m'ho hauries d'haver dit!

L'Àngels s'empassa la saliva, espantadíssima. Ulls vidriosos, nas vermell, estel-cicatriu-esquerda, tremolor a la barra, «si et plau, no em deixis, si et plau».

—*No veus que sóc jo qui et fa por*? —etziba ell, ja fart. I ella:

—No, no.

—Amb una pistola a la tauleta de nit, amb un fantasma darrere la porta —diu ell. I, de sobte, sembla que hagi tocat alguna cosa repugnant, té com basques, flota per sobre el terra, el cap se li posa com ferro roent, li bull el cervell, els ulls giren i s'amaguen per veure els pensaments, pensaments negres de quan ell agafi el revòlver (ja, d'una vegada, ja n'està fart) i *Bam*!, i *Bam*!, i *Bam*!, fora maldecaps, ara mateix està en un pis del carrer de la Princesa, esquitxat de sang, acaronat pels crits esbojarrats dels qui cauen, Déu meu, i amb el ganxo a la butxaca... I, de sobte, per fi, un crit que no diu la seva veu:

—*Ja no puc méééés!*

Arrenca a córrer. Surt, baixa les escales. L'Àngels s'ha quedat de pedra. Se sent rebutjada, humiliada, se sent com aquell qui s'estava ofegant i des de la riba li van llençar un tortell de reis per salvar-lo.

—Déu meu, no, Déu meu, no, doctor Campavall! —xiscla.

I la Dolors, neutra:

—No, mamà, no.

En Delclòs per fi sospira i reacciona. «Hosti, ens acabarem tornant tots boigs aquí», pensa mig seriosament, mentre mira el rellotge i després l'agenda, i ell ja sabia que no tenia més pacients, però imagina't si n'arriba a tenir. Tornem a la realitat, no t'hi capfiquis, Delclòs, anem?

Sona el telèfon.

—Delclòs? Sóc l'Enric Nieto.

El doctor no sap quina cara posar, quina veu fer.

—M'agradaria parlar més extensament d'aquest cas de possessió que vas esmentar a El Formiguer. Hi tinc molt interès. Per a mi, és un cas clar...

En Delclòs no sap què dir.

8

Vateuset!

En Campavall surt del pàrquing en companyia de *la noia*, travessen el carrer d'Agulló i, després de tres llambregades furtives, desapareixen dins l'edifici.

L'Alícia, des de la cantonada, torna a pensar que la noia és molt i molt xarona.

Passen encara no deu minuts. Tres per pujar amb l'ascensor, dos per entrar a la casa, tres més perquè baixi l'ascensor... I torna a sortir en Campavall amb la mirada extraviada i les mans a les butxaques.

L'Alícia es demana un cop més què li pot estar passant. Què deu estar passant en general. Fa una setmana que vigila les estranyes visites del psiquiatre a la seva mare i, si al principi es va sentir intrigada pel fet que en Campavall anés acompanyat d'una noia, ara està frenètica per saber per què en Campavall surt de casa, sol, al cap de set, vuit, nou minuts d'haver pujat. Llavors, la noia que va amb ell es queda sola amb la mare. Qui serà? Què fan?

L'Alícia ha pensat totes les possibilitats, li injecten alguna cosa?, és una espècie d'infermera?, és tot un complot per descobrir els secrets de la família?, però fins avui no ha gosat d'intervenir perquè la millora de l'Àngels és indiscutible.

Des que en Campavall visita la mare, des que s'han muntat aquesta estrafolària combinació de trucada telefònica, «què, anem», precipitada fuga d'Alícia i visita fantasma de quaranta minuts, quan l'Alícia torna al pis es troba una mare cada cop més animada, neta d'esperit, deslligada de peus i mans, sola, sense la companyia d'aquells espectres que la feien plorar, gemegar i bellugar-se epilèpticament tota la nit.

Ara allò s'ha acabat. Ara somriu quan et veu entrar, «hola, nena». S'atreveix a caminar amb les crosses, «mira, mira què faig». Obre les finestres, rega les plantes fent equilibris i tanca els ulls oferint el rostre al sol amb expressió d'èxtasi, amb delit de pres que acaba d'inaugurar llibertat. Parla molt i molt que ja no veu fantasmes, molt, que l'Esteban, el papà, ja no hi és.

Evidentment, pensa l'Alícia, la mare cada cop és més boja però com a mínim ara no sembla que hi hagi perill que es llenci pel balcó.

Amb aquestes dades, l'Alícia no s'hauria amoïnat gens per la misteriosa conducta d'en Campavall si no hagués estat per les insistents trucades d'un insòlit *Tío Alfonso*.

Ja des del dia aquell que li exigí (ordenà com un dèspota) que impedís les entrevistes d'en Campavall i l'Àngels, en Méndez va deixar de ser l'entranyable *Tío Alfonso* que antany l'asseia als seus genolls i li explicava contes d'indis («Princesa Colibrina de la tribu dels Peus Negres») i es convertí en un inspector de policia que duia pistola i feia servir la força en els interrogatoris.

Doncs ara ha començat a trucar per telèfon.

—Alícia. Sóc el *Tiet Alfonso*. Que he parlat amb la tieta Teresa i m'ha dit que l'havies anada a veure i que havíeu estat parlant... Ara ja saps per què més val que la teva mare no conti res a ningú sobre la vida del teu pare. Oi que ho entens?

—No, tiet —es va oposar ella—. No ho entenc. Encara que el pare hagués fet quelcom dolent, s'ha de tenir present que el pare és mort. Que això, en tot cas, va passar fa trenta-cinc anys i per tant ha prescrit. Que, si algú va robar quelcom a algú, van ser uns policies a uns terroristes i que *tienen cien años de perdón*.

—Alícia, escolta —interrompé en Méndez, visiblement desassossegat—. Hi ha coses que tu no pots entendre. Tu ets jove...

—Però no sóc una nena.

—Alícia. Escolta.

El primer dia, tot va quedar així. Però van seguir altres dies. En Campavall entrava a casa acompanyat de la noia. Pujaven. Al cap de deu minuts sortia en Campavall, les mans a les butxaques i la mirada extraviada. Bevia gintònics al bar proper. I després sortia la noia...

—Alícia, escolta —insistia en Méndez—. Sóc policia i...

—M'amenaces? —replicava ella, valenta.

—Alícia. Deixa'm parlar amb la teva mare...

Va parlar-hi.

Avui en Màrius no ha vingut a dinar (i els nens són a l'escola) i, en un acte ritual quasi clandestí, les tres dones de la casa han menjat juntes, a la mateixa taula. L'Alícia pensava que la seva mare mai no havia estat tan bé i per què Méndez tindria tant d'interès a fer-la callar. La Rosario se sentia intrusa a la taula dels senyors i no sabia què fer per deixar ben clar que ella és la minyona i que es guanya el sou que li donen. L'Àngels ha portat la conversa, tan fluïda i animosa com els darrers dies, comentant notícies de la tele, o criticant el seu gendre absent o fent preguntes indiscretes a la Rosario. Aquesta es posa vermella i li agrada menjar a la cuina, com és costum.

L'Alícia i la Rosario estan desparant la taula quan sona el timbre de la porta.

—Vés a obrir, Rosario.

Atac per sorpresa. La porta acaba d'obrir-se d'una revolada i un gegant irromp al pis. Com una màquina de tren, vista i no vista, aquella allau recorre el passadís i arriba fins a l'Alícia i l'Àngels, que subjecten cada una un extrem de les estovalles.

—*¡Tío Alfonso!* —diu la jove.

—Méndez! —l'Àngels.

Ell parla amb tant d'ímpetu que enllaça unes paraules amb les altres i costa d'entendre'l:

—Vinc a parlar amb tu, Àngels! Vinc a parlar amb la teva mare, així que deixa'ns sols, Alícia. Surt i tanca la porta i no escoltis. I tu, Àngels, escolta... Vols fer el favor de sortir d'una vegada, Alícia, cony...?

No hi ha lloc per a objeccions. L'Alícia s'empassa tot el que voldria dir, fa mitja volta i surt, obedient. A l'altra banda de la porta deixa una protesta aguda de la mare i el retruc greu del policia, que està com boig. Per un moment, l'Alícia recorda les veus del pare i de la tieta Teresa, fa molts anys, quan es burlaven de la mare, i s'adona que en Méndez i la mare s'odien molt cordialment, i li passa pel cap que la mare té un revòlver del 38 al calaix de la tauleta de nit. «Però amb la cama enguixada no hi podrà arribar», es diu. Es tranquil·litza. Per fi, no pot resistir més, «Déu meu, tan bé com estava ara la mamà, només falta que vingui ara aquest bèstia i ho esguerri tot», té por, «i si la mamà du el revòlver a la butxaca?», i per fi s'acosta a la porta i escolta.

L'Àngels es va mostrar inflexible: ella volia veure en Campavall, com més millor. En Campavall era l'únic que feia fugir els fantasmes, era l'únic que sortia victoriós sobre l'infern i sobre l'Esteban i sobre un passat massa dolorós, massa tortuós i torturador... «*Però Àngels, escolta...*»

No hi va haver res a fer.

—Per protegir qui? —va fer l'Àngels, que l'Alícia ho va sentir—. A tu, covard? A tu, que cardaves amb aquella fastigosa de la Teresa, que t'ajuntaves amb l'Esteban i ella per humiliar-me? A tu, fill de puta, t'haig de fer el favor de callar...!?

—*Àngels, idiota, t'hi jugues la vida!!*

L'Alícia, després, va preguntar a la seva mare què volien dir aquelles paraules, i la mare es va fer la distreta. «Coses que es diuen, coses de vells, manies», així ho acabava tot.

I en Méndez tornà a insistir per telèfon:

—Alícia. M'he assabentat que la teva mare torna a parlar amb aquell metge. Saps qui és, aquell metge, Alícia? Aquí tinc la seva fitxa. *Jorge* Campavall. Va ser detingut pel teu pare, Alícia, pel teu pare. —Li deia la data exacta en què això havia succeït—. Te n'adones? Aquest metge voldrà ensorrar el bon nom de ton pare...

L'Alícia se'n reia i tot. Li semblava ridícul.

—Alícia —amenaçava en Méndez—, prou d'aquestes visites o te'n recordaràs. S'ha acabat el bròquil. Si aquest metge de merda torna a veure la teva mare, et juro que passarà un accident. Em sents? Res més. *Un accident.*

Per això, l'Alícia avui es decideix. Vol saber què passa.

En Campavall acaba de sortir del portal de Mitre amb la mirada extraviada i les mans a les butxaques. Com sempre, es posa a caminar cap al bar que hi ha a la vora de la Via Augusta.

Fuig.

Fuig fastiguejat de tants de plors i tants de petons. «*Vateuset!*», repeteix, com a imprecació. Tantes ganes d'agafar el revòlver de la tauleta de nit, el 38 Especial, i *bam*, *bam*, *bam*, s'ha acabat ja, s'ha acabat d'un cop...

«Redéu, t'estàs tornant boig, Jordi. No hi ha dues persones que odiïs més al món. La dona d'aquell torturador i la filla natural, la filla de puta que ara fa de puta, per Déu, mai ningú havia despertat en tu tanta repugnància. Faràs bé de beure un bon gintònic. Et servirà de desinfectant.»

L'Alícia travessa el carrer i el segueix, decidida.

Fa temps que en Campavall nota quelcom d'estrany dintre seu. No fa gaire, eren ell i un malestar. Ara són ell i un tal Campavall. (No fa gaire cas d'aquests acudits, però de tant en tant es fa bromes a ell mateix amb aquesta qüestió.) En Campavall sap que no sap qui és. Sap (perquè li diu a en Delclòs) que no vol medicines que el facin deixar de ser qui és. Li fa por que les medicines el facin ser qui era. No vol... O una part d'ell no vol saber res de l'altra part...

Vateuset!, i què és, això de les parts?

Hi ha una part (diu en veu baixa quan se sap sol) que tracta pacients, que diu la veritat al doctor Delclòs, que vol la normalitat, sí, que vol ser en Campavall, el Campavall de sempre. Però és tan difícil de dibuixar aquest Campavall, és tan amorf, tan imprecís, tan... *llunyà*... L'altra part, molt més identificable, enyora la violència, planeja matar l'Àngels, està satisfeta d'haver pervertit la Dolors i té el llunyà projecte de seduir l'Alícia.

—T'has d'ingressar —li diu un Delclòs que tracta d'aparentar impassibilitat.

—Ni parlar-ne. Ni clíniques, ni pastilles, i no et posis *xorra*, que me'n vaig.

En Campavall pensa que té completament enganyat en Delclòs i això l'omple de satisfacció. Sap que l'altre investiga per descobrir, per acusar i per condemnar un aspecte de la seva personalitat, i sap que no ho aconseguirà mai, i això reforça el Campavall subterrani, el Campavall entremaliat, pervers i indestructible que riu amagat pels racons. El que se sentia tan home colpejant l'Almudena, *vateuset*, el que va negociar la Greta amb aquell pinxo... «Fastigós fill de puta pervertit», *vateuset*. Allò sí que va ser un fracàs. Un fracàs compensat ara per l'encert amb la Dolors. La Dolors sí que ha picat, en Campavall l'ha posada on li corresponia, i ara se sent satisfet...

En Campavall arriba al bar. Empeny la porta de vidre i es dirigeix al cambrer.

—Un gintònic.

L'Alícia, rere seu, també empeny la porta de vidre. Es recolza a la barra, al costat d'ell...

—Campavall?

L'home es tomba. La mira...

... I ella té una al·lucinació.

Xiscla.

La gent mira. Què ha passat? No res. És ridícul. Déu meu, per un moment li ha semblat que veia son pare. Aquells ulls tristos, l'esguard extraviat de tan tranquil, l'expressió de fàstic com si hom l'obligués a mirar un cuc repugnant.

En Campavall es tomba. La mira...

... La dona fa un xisclet i un gest defensiu, com si esperés un cop de puny.

Ella l'ha reconegut i en Campavall la reconeix a ella. És la filla de l'Àngels. Automàticament la desitja. La mira de cap a peus taxant-la amb cara de perdonavides, calibrant el volum dels pits i la qualitat dels malucs i la possibilitat de les cuixes. Li agrada molt. Molt. L'Alícia, no la donaria a en Gabriel. Se la quedaria per a ús propi.

—Perdó —diu ella, amb somrís de beneita—. No acostumo a presentar-me així. T'havia confós amb el Dràcula.

L'Alícia espera en va una reacció positiva de l'altre.

Sembla que ni tan sols l'hagi reconeguda. La mira com si ella fos molt lluny i a ell li avorrís veure el que veu.

—Se'n recorda, de mi? —ella recupera la serietat—. Alícia Biaix, la filla de l'Àngels.

Ell se la mira com es mira les putes. Els ulls tristos, la boca severa i, sobretot, l'halo d'electricitat entorn el cos una mica encorbat i molt envellit, cansat, desesperançat. Fa dies que no s'afaita i que no es canvia de camisa. I potser fa massa dies que no menja bé i massa hores que va prenent gintònic rere gintònic.

Fa que sí amb el cap. Sí. La reconeix. I ella decideix d'anar al gra.

—Qui és la noia que està ara amb la meva mare... *a casa meva*?

Ell se la mira insolent. Sí que sembla embriagat. *Com el pare, Alícia, com quan el pare arribava a casa i colpejava la mare. Ho recordes, Alícia? Feia aquesta mateixa fila.*

—No n'has de fer res —respon—. No hauries pas de ser aquí, tu.

—Doncs hi sóc —ella es posa valenta—. Tota aquesta comèdia era perquè vostè visités la mamà mentre ella està en convalescència. Jo no en sabia res de la noia. Vull saber qui és i per què la mare li explica el que li explica.

—*Què* li explica? —salta en Campavall amb acritud. Fins ara, sempre havia suposat que l'Àngels i la Dolors parlaven de bajanades sentimentals de mare i filla i de sobte una part d'ell ha descobert que podria ser que parlessin d'altres coses, de coses prohibides... L'altra part de la seva ment no sap res, no sap quines poden ser les qüestions secretes entre mare i filla, però s'esvera de l'esverament de l'altra part. Una lucidesa tan diàfana i una confusió tan fosca a la vegada. «Què li explica?», insisteix.

—Prou que ho deu saber vostè —diu ella mirant fixament en Campavall per comprovar si sap realment quelcom—. Si la noia sostreu res a la mare serà per comunicar-li a vostè els secrets, no? —Potser, després de tot, la sospita és falsa. Insinua—: Tot el que fa referència al Duran.

En Campavall arrufa les celles. Veu en Duran dins d'un pis on regna una confusió de boig. Explosions, com una traca de festa major, una mare que abraça al seu fill, ulls esbatanats, olor de pólvora, sang, aquell home caigut al costat de la cadira caiguda, xiscles i trets, i l'home a la cambra, «aquest el vull viu». «El Duran el vull viu.»

—Duran? Què li diu del Duran?

«Així que ho sap», pensa l'Alícia. I la cobreix una onada d'angoixa.

—Doncs això s'ha d'acabar! —diu—. No pot ser que...

La mà d'en Campavall surt disparada com una serp, aferra el canell de l'Alícia i, amb força inesperada, atrau la noia d'una estrebada. «Ah!», l'Alícia no es pot resistir. La gent torna a mirar-los. Els cambrers pensen a fer-los fora abans que facin un espectacle. L'Alícia gairebé topa amb en Campavall i el contempla esfereïda. Els ulls tristos diuen «no vull fer-te mal, no m'obliguis». Hi ha un llarg silenci reflexiu, una mena de sospir. Ara ja no podran parlar tranquils: la gent fa veure que està per les seves coses però en realitat paren l'orella molt atents.

—Jo me n'encarregaré —diu en Campavall, per fi, amb veu tan baixa com pot—. Jo me n'encarregaré, que no parlin del Duran ni de tot això. Tens raó. Aquestes coses no s'han de remenar gaire. —I, molt ferm, convertint el xiuxiueig en advertència de ser verinosa i augmentant la pressió dels dits al canell adolorit de l'Alícia—: *Però la teva mare m'anirà visitant.* Quan li treuen el guix?

—El 19 —panteixa ella, emocionada—. O el 20.

—El 22 l'espero a les deu del matí a la meva consulta. Sola. I no t'amoïnis. Digues al Méndez que el que hagi contat la mare no sortirà d'entre nosaltres. Ara vés-te'n.

L'Alícia obre i tanca la boca, atabalada. No sap què dir. Fa que sí amb el cap, mitja volta i surt del bar. El fred la colpeix i solidifica els seus pensaments, que comencen a concretar-se en realitats innegables.

Méndez.

En Campavall ha parlat d'en Méndez amb una seguretat absoluta, una espontània naturalitat, com si l'hagués conegut de tota la vida. No com si acabés d'aprendre's el nom.

La mare.

Ha dit «el que hagi contat la mare»... Per què li ha semblat a l'Alícia que en Campavall estava implicat en aquella paraula, com un germà quan diu «la nostra mare» o un pare quan vol dir «la teva mare, la meva esposa?»...

Ara vés-te'n.

Per què ha reconegut i ha acatat l'ordre, com reconeixent que aquell home té un ascendent sobre ella...?

L'Alícia camina maquinalment, hipnotitzada per la terrible sensació que en Campavall no és en Campavall. No ho sé: una cosa molt difícil d'explicar.

En Delclòs escolta l'Enric Nieto una mica com escolta els seus pacients, procurant més de descobrir el que hi ha amagat darrere les paraules que no pas de cercar el significat de les mateixes paraules.

Agressió psíquica, autodefensa psíquica...? Diferents graduacions: l'enamorament, la simpatia, l'antipatia, la telepatia, l'hipnotisme...

—Tu saps que el teu pacient està posseït, Delclòs. Saps que és a mans d'una força sobrenatural...

En Delclòs somriu de manera inexpressiva. Mou el cap, es mira les ungles. Pensa en l'altre dia quan no li venia al cap el nom d'en Campavall. Un lapsus. Només va durar uns segons. «Perquè vós sabeu...», llarg silenci on hauria d'haver dit Campavall. En Delclòs recorda que, en aquell breu instant, el nom d'Esteban li va pesar a la punta de la llengua, va ser com un llampec, com un llum que s'encengués i s'apagués dintre del seu cap. *Es-te-ban*. Òndia, se li posen els pèls de punta.

—Està bé... Posem que ho estigui. Què es pot fer? Què proposes...? —talla en Delclòs, amoïnat davant la possibilitat que l'altra acabi per convèncer-lo.

—Un exorcisme —diu l'Enric Nieto amb naturalitat.

—*Exorcisme?* —A en Delclòs se li escapa una rialla, «no em facis riure, ha, ha, ha», una rialla insegura i eixuta. Es queda movent el cap, fent que no lentament, que no, que no, mentre l'Enric Nieto continua insistint, reprèn les argumentacions, descriu els símptomes que els llibres asseguren que delaten el posseït.

Pel que es veu, aquest pacient «diguem-ne Bofarull» participa de tots els signes maleïts: no té ganes de menjar, no té energia per fer les coses, sembla que tot el deixi indiferent malgrat que a primer cop de vista hom pugui pensar que conserva la vitalitat de sempre, tremola de por, respira com si contínuament estigués molt cansat o exposat a un esforç superior a les seves forces...

Exactament el Campavall que en Delclòs ha tingut davant aquest mateix matí. Mal afaitat, trist, inexpressiu, feble, abandonat a un estrany cansament...

—Vós no li fareu cap mal a l'Àngels —diu en Delclòs fingint una seguretat que no té—. Com a psiquiatre, vós sabeu que qui parla molt d'una cosa així és precisament perquè no vol fer-la, perquè vol que li ho impedeixin. Els veritables assassins, com els veritables suïcides, Campavall, disfressen les seves intencions...

En Campavall mira en Delclòs i llavors (*al·lucinació?, aquí ens estem tornant tots boigs*) el metge s'esborrona en observar que potser sí, que aquell rostre li ha semblat una màscara que oculta una altra persona, que els ulls eren buits, foradats com els d'una carota...

—Ajuda'm, si et plau —ha dit. I en canvi la veu sembla que ha sortit de llavis cap enfora, no hi ha hagut res que subratllés el missatge. Ni els ulls, ni el to de veu, ni l'èmfasi...

El ninot d'un ventríloc.

El psiquiatre mira amb interès científic el pintor que parla tan efusivament davant d'ell. La llarga barba, les galtes clivellades per un acné de fa molts anys i els ulls mansois, benèvols i innocents formen un conjunt místic i convincent. «Mai no hauria dit que aquest paio tingués aquestes afeccions.» Els seus vestits moderns desdiuen de la màgia de les paraules. L'Enric Nieto hauria de vestir una túnica i un capell cònic decorat amb estels. I, fet i fet, els dos homes haurien de ser en el clarobscur d'un monestir medieval.

«Avui dia, no es poden dir aquestes coses», s'exaspera en Delclòs, distanciant-se mentalment del seu interlocutor.

—... El cansament, la por, l'opressió al pit, aquests són els autèntics signes i no els detalls més folklòrics, que en Campavall fumi la mateixa marca que fumava el seu possessor, o que parli amb familiaritat de la vídua, o que tinguin somnis en comú; tot això són fenòmens de fàcil explicació... —L'Enric Nieto parla amb una vehemència que atordeix. I, de sobte—: Has notat si fa pudor? No. No, no riguis, és un altre dels símptomes...

—Enric, si et plau —talla en Delclòs—. Sento decebre't però no em puc prendre seriosament res del que em dius... —Fa una pausa. Alguna cosa dintre seu es demana si aquesta afirmació és certa del tot. No. No ho és. I l'Enric ho sap, per com el mira—. A més, t'hauria de dir el nom del meu pacient, te l'hauria de presentar... No pot ser. Existeix un secret professional, saps?

—I si ho esbrinava jo sol, qui és aquest... «diguemne Bofarull»?

En Delclòs se'l mira i no respon. Pensa: «En aquest cas, ja en parlaríem, potser sí», i l'Enric Nieto somriu satisfet, com si hagués sabut el missatge per telepatia.

—Bé, doncs —diu, molt content—. Ho esbrinaré i et vindré a veure.

En Delclòs s'empassa saliva quan el veu marxar. Es queda francament preocupat, gairebé convençut que l'Enric és capaç d'esbrinar el que vulgui en el moment que vulgui.

En Delclòs bufa, remena el cap, es treu les ulleres, es frega els ulls i a poc a poc, molt a poc a poc, comença a creure en fantasmes.

És alt, ample d'espatlles i estret de cintura, vesteix sempre amb colors clars perquè sap que és bru, trepitja fort perquè sap que és fort, somriu perquè sap que als seus quaranta-quatre anys és a la plenitud de la vida i mira al front amb insolència perquè sap que és honrat.

Mentre avança pel passadís de *Jefatura*, el comissari Blanco Torres fa una ganyota quan sent les veus exaltades que arriben del despatx del Grup Cinquè. De primera impressió, s'imagina que es tracta d'un interrogatori brutal, d'aquells d'abans de la democràcia, i s'incomoda, arrufa el front i endureix la mandíbula disposat a posar ordre amb la severitat que el caracteritza.

El comissari Blanco Torres, ara, no és partidari de la brutalitat en el tracte amb delinqüents. Quan va entrar a la democràcia, els seus superiors li van explicar el perquè del canvi de mètodes i ell ho va entendre de seguida. Està molt orgullós de ser policia. Ho diu sempre, i ben alt, i és tan aferrissat enemic del crim com d'aquells col·legues corruptes que contribueixen a blasmar la professió. El seu pare va ser policia, i va morir en acte de servei ara fa vint-i-tres anys, i la imatge que en Blanco Torres conserva d'ell és èpica, solemne, impressionant. El veu tan alt, amb aquell gest greu que ara ell s'entesta a imitar, aquells ulls implacables, aquella mandíbula que s'enduria com ara s'endureix la del fill gràcies a tants assaigs davant el mirall. «Fill meu —encara el sent—, fes de manera que sempre puguis mirar tothom als ulls. Viu, treballa, estima i odia amb tanta dignitat que ningú no gosi ofendre't.» El comissari Blanco Torres venera tant son pare que es fa dir així, amb els dos cognoms, per diferenciar-se d'aquell gloriós comissari Blanco (*a secas*) que va morir cinc dies abans del Nadal del cinquanta-sis, pistola a la mà, quan s'enfrontava a una banda d'atracadors.

Ja està disposat a recriminar la salvatge actitud del suposat interrogador quan reconeix la veu, i es relaxa, somriu, es fica al despatx amb actitud sàvia i benèvola.

És en Méndez, que parla per telèfon. Com molta gent gran, crida molt, com si no confiés gens en l'eficàcia de l'aparell.

—... Estàs molt equivocat, és cosa de tots! No és cosa meva, Yagüe, no ho és! Allà, van ser-hi tots...! —S'interromp en veure en Blanco Torres. Als ulls, un fulgor d'ira.

—Apa, Méndez, crides tant que no et cal telèfon. Se't sent des de la Guaiana.

En Méndez, amb la mà, fa un gest peremptori, brusc, i exigeix silenci. En Blanco Torres el perdona, condescendent.

—No! «Què t'explico», no! Que ja estic fart que em deixeu sol...!

Pobre home. En Blanco Torres se'n compadeix mentre distribueix la seva feina sobre l'escriptori i escolta distretament el que diu l'altre. Es pregunta quants anys deu tenir. Uf, molts, almenys seixanta, deu estar a punt de jubilar-se. I pensa: «Ja li toca, ja. És ben bé de l'escola antiga». Fins fa poc, era dels que tenia un geni massa viu amb els detinguts i la mà llarga. Bé, en Blanco Torres reconeix que ell mateix també era així quan era permès. Però amb la democràcia tot va canviar. I uns policies, obedients, han fet com ell, s'han sotmès al nou ordre; uns altres han continuat amb els mètodes de sempre (aquests es poden comptar ara entre els que denigren el Cos); i uns altres, com en Méndez, amb tants mèrits, tant d'honor i tants anys que ja no són de canviar de manera de ser, han estat deixats de banda tot i que se'ls tracta amb respecte i només se'ls confien casos perquè estiguin entretinguts i no molestin.

«Pobre Méndez», es diu en Blanco Torres.

Pobre Méndez, sol, en una petita cambra d'una miserable pensió del carrer del Carme, sempre solter, sempre *putero* («A mi les putes no em cobren!», diu a crits al que el vulgui escoltar), curull d'alcohol cada dia a partir de les vuit de la tarda. Pobre Méndez, de robes brutes i sense planxar; Pobre Méndez, d'ulls indiferents, d'ulls plens d'odi; Pobre Méndez, sempre enyorant altres temps, temps millors, temps gloriosos en què les putes no li cobraven i a *Jefatura* li deixaven posar la mà sobre els detinguts. Pobre Méndez. Ell no voldria que això li passés mai, ell vol evolucionar amb els temps. Si ara toca democràcia, ell seguirà les consignes de la democràcia, que s'ha d'evolucionar, que els temps canvien; i quan mori estarà al dia com el primer o, com el seu pare, tindrà la pistola a la mà i no se n'anirà sol a l'infern.

—D'acord! —crida en Méndez, pobre Méndez al telèfon—. Hi aniré sol, Yagüe, però te'n penediràs, d'aquesta, em sents? T'ho tindré en compte, ho sents...!?

Penja l'auricular amb estrepitosa violència, esquiva l'esguard plàcid d'en Blanco Torres i surt esperitat del despatx, sense dirigir la paraula al nouvingut, com si fugís d'algú o de quelcom.

En Blanco Torres sospira molest, una mica irritat. Si en Méndez no fos tan gran, si no hagués estat amb el pare quan aquest va morir, per descomptat que li cridaria l'atenció. Tampoc no és forma de comportar-se, rondina. I després:

«Pobre Méndez.»

Camines per un carrer i no saps per què ni cap on. T'atures davant d'un aparador i, en el reflex, veus una runa inconsistent, una pila de cendres que es volatilitzarà quan bufi una mica de vent; maniquí insensible, ni fred ni calor, ni amor ni odi. Com es diu aquest pallasso que et mira des del vidre? T'agradaria saber-ho?

No. No t'agradaria perquè ja ho saps.

Aquest pobre home es diu Campavall.

Ja fa massa dies seguits que tens por, por sobre por

com maó sobre maó que construeixen una paret, i tu te n'adones, una paret que et separa de la resta del món. La vida transcorre silenciosa com una pel·lícula muda, llunyana com la vista a través d'uns prismàtics invertits; tova, sorda, densa, desmaiada com un grapat de cotó fluix dins la boca.

I ara ets al llit de la Dolors, o parles amb en Gabriel, ara escoltes un pacient, ara expliques penes a en Delclòs, però és com si tot estigués passant a una altra persona.

Ara entres en un bar fent un gran esforç per vèncer el pes de la porta. Caus en la foscor de llums vermells. Què hi véns a fer, aquí? Véns a veure la Dolors. Allà llampeguen els ulls de color de tabac ros. O véns a veure en Gabriel. No ho saps ben bé. La Dolors ja la vas veure ahir, oi?

En Gabriel t'agafa el braç, t'empeny, topes contra la paret, entre la màquina escurabutxaques i un racó, i abans que et puguis fer càrrec del que està passant, la mà enorme del pinxo ja t'esclafa els ous, ja es tanca el puny entorn d'ells.

Flash, ahir vas ser tu qui va colpejar. La Dolors. *Pam*, contra la paret, i ella obrí els ulls com si fos un ressort mecànic, molles i palanques, i els ulls esbatanats, com els deus tenir tu ara mateix.

Vateuset!, estàs tan cansat, tan esverat, tant i tant, que trigues anys a moure't, a enfocar amb els ulls un Gabriel brutal que et mira i se'n fot:

—Però... —xisclà ahir la Dolors.

I una altra bufetada perquè no xiscli. I una veu divina, una veu que surt de tot arreu i d'enlloc. La teva veu, Campavall.

—*Qui cony et mana parlar de segons què amb l'Àngels, imbècil?* —vas dir—. Et penses que és per això que et porto a veure la teva mare? Perquè parlis de mi, de coses secretes, de tot, que parlis de tot amb ella, tafanera de merda? —Un indici, de cop, un altre xiscle, un moviment, instintiu, ulls de pànic, *prou, no em peguis més*—. De què heu parlat? Digues! —Estava tan forassenyat que aquest crit el deuen d'haver sentit tots els veïns—. *De què parleu?* —«No xisclis tant, cony! », el renya una veu interior, «que sembla que t'hagis tornat boig!».

La Dolors diu de què parlen. De què han de parlar? Què et pensaves? Del pare, d'en Duran, d'aquella incursió al carrer de la Princesa...

Va continuar parlant mentre tu, Campavall, entraves al pis del carrer de la Princesa (com vas poder-hi arribar, si ningú no te n'havia donat l'adreça?) i reconeixies cada detall, els mànecs de les portes, tan lluents, i el balcó que dóna davant de l'antiga lleteria... Ara hi viuen una colla de joves trinxeraires que ho han adornat tot amb tapissos de l'Índia i cremen encens i fumen porros. Es van pensar que eres un *poli*, Campavall. Et miraven amb desconfiança.

—Però vostè, què vol? Això és un escorcoll legal?

—És que els meus pares van viure aquí, fa anys... —menties, encantat, arravatat pels records... *Records?...*—. Entre aquestes mateixes parets ha mort molta gent, sabeu? Sota d'aquest empaperat hi ha taques de sang... —Les veies. Aquell esquitx, els dits crispats en l'aire, els forats de les bales, aquelles cares, aquells ulls, el quinqué que van esclatar en l'aire. Els joves trinxeraires començaren a simpatitzar amb tu quan van pensar que estaves boig—. Aquí hi havia l'Àngels... —Ningú no entenia res en veure't gesticular, dibuixar els objectes amb els moviments—. I aquí el bressol de la nena... I per aquesta porta va entrar en Duran, amb la pistola a la mà...

Ho veus... *Ho veus tan clar...*

En Duran entrant, «Fills de...!», i tu que ostensiblement dirigeixes la teva arma cap a la criatura, «Que la mato!», i l'Àngels «No, Esteban! Enric, per Déu, la nostra filla!». I en Duran que s'atura derrotat, envoltat de mort, i tot esverat llença l'arma a un costat. «No, no, no li feu mal», que mormola.

I tu, Campavall, que l'encanones, el tens a l'abast, ja és teu. T'ho penses, amb el cap ple de gemecs de l'Àngels. I per fi:

—Agafeu-lo. No el maltracteu.

Policies que es llencen sobre en Duran. Policies amb abrics grisos, tot molt antic, tot és una reconstrucció, és una pel·lícula. No és veritat.

La manassa d'en Gabriel que es tanca amb força i et prem els testicles, i obres molt la boca, i et vols morir...

—No tornis a tocar mai més la Dolors. Em sents? Mai més no li tornis a posar la mà a sobre. —Al fons, algú diu: «Va, Gabriel, tinguem la festa en pau». Així que el que ve tot seguit és un murmuri que esmussa els sentits—: Torna a tocar la Dolors i et mato. Et mato, sents?, te'ls arrenco i deixo que et dessagnis.

En Campavall odia el pinxo, l'odia, *oh, Déu meu, quina manera d'odiar-lo.* Però no li pot fer res perquè els braços li pesen massa i el cervell, embolicat de boira, es nega a donar ordres a la resta del cos, i els ulls es tanquen, i (*Vateuset!*) perquè aquest tremolor és por, *la mare que els va parir*, és la por més espantosa, és la foscor més grossa, el buit més vertiginós, el no-res més solitari, la caiguda més interminable, la ceguesa més blanca...

A en Campavall només li queda un consol. El dia 22 donaran l'alta a l'Àngels, i l'Àngels l'anirà a veure a la consulta, i llavors ell es podrà venjar.

9

Crisi

Dimecres 21 de febrer, a les vuit de la tarda, en Campavall ha entrat a la consulta d'en Delclòs, ha penjat la gavardina mullada al penja-robes del racó i, tremolant, capcot, encongit com un animaló que acaba de sortir de l'aigua, s'ha assegut davant d'en Delclòs, «Bona tarda», «bona tarda», i no ha sabut què dir. O potser no podia dir res. Mal, tot el cos li feia mal, i sobretot el ventre, *vateuset*, el ventre, aquest nou dolor sí que no el pot suportar...

En Campavall és una ruïna humana. Ulls tristos i esmorteïts, subratllats amb unes bosses impossibles, taques blaves d'insomnis torturats; la pell pàl·lida enganxada en uns ossos massa angulosos; el cos que s'ha deixat anar, vençut per un pes sobrenatural, cos sense forces, recargolat per mil dolors impossibles. Als mals de cap i d'articulacions de dies anteriors s'hi ha afegit ara una espècie de nus als budells, una terrible punxada que el travessa fins a l'esquena i que li envolta el tors com un martiritzant cenyidor.

En Delclòs grapeja per enèsima vegada les anàlisis clíniques que asseguren que en Campavall té una salut de ferro. Tot aquest quadre d'angoixa, turment i derrota no pot correspondre a un home que, segons papers plens de percentatges, té perfectament equilibrades totes les constants vitals.

—Quan us ha vingut aquest dolor nou?

—Ara... Abans de sortir cap aquí... No vol que vingui...

—*Qui* no vol que vingueu...?

—*Ell*... el... —Tanca molt els ulls, estremit per una fiblada de dolor—. *El dolor.* —Se subjecta el ventre amb les mans, es doblega, crispat—. *Déu meu...*

—Parleu —l'anima en Delclòs—. Esteu patint i em veniu a veure perquè us voleu curar, i sabeu que jo puc ajudar-vos. Endavant... —Ell està fent servir el vós. En Campavall ho mal interpreta.

—*No venim! Vinc jo sol!* —Es pensa que el psiquiatre parla en plural—. Ell no vol que vingui, no em vol deixar venir!

—Qui és *ell*?

—Ell! Deixeu-me en pau! *Em fa molt de mal*!

En Delclòs sap que demà el seu pacient pot matar l'Àngels Martí, després de torturar-la brutalment. Demà, 22 de febrer, a les deu del matí, en Campavall rebrà l'Àngels a la seva consulta i es tancaran els dos en el despatx i la pobre dona es trobarà a mans d'un boig que s'ha comprat un ganxo de carnisser i una navalla d'afaitar amb la intenció de desfogar el seu sadisme.

Tractant d'aparentar una distant tranquil·litat que no sent, en Delclòs parla, rebusca arguments i els exposa una i altra vegada, de mil formes diferents, cerca un punt dèbil en la resistència de l'altre amb una veu neutra que oculta una absoluta urgència, la desesperació del *no-hi-serem-a-temps* barrejada amb un *fem-ho-bé*: que sigui el pacient qui arribi a la conclusió o, si no, res no servirà de res.

—... Aquest *ell* a qui us referiu i que no vol que vingueu, no vol curar-se, no vol pensar en el que us passa, només s'interessa per actuar. Vós, en canvi, si veniu és perquè sabeu que esteu malalt i us voleu curar...

El Campavall que plorava i que espontàniament demanava ajut i que temia estar tornant-se boig del tot, ja no existeix. Va deixar pas a un breu estadi de doble personalitat, uns instants de desdoblament psicòtic que van fer que en Delclòs pensés que ja entenia tot el nou procés de la personalitat del pacient. Però allò va durar poc. Qui ara seu davant d'ell és un home que gemega i que no sap el que vol, un ninot de ventríloc manipulat per un instint destructiu. Un ninot que mira fixament endavant, que es queixa quan alguna cosa li fa mal i que cada cop comprèn menys els motius d'estar tancat amb el terapeuta i tractant de fer-li entendre coses que ell mateix no entén.

En Campavall veu en Delclòs lluny, molt lluny. En Campavall és al fons d'un pou molt negre i, molts metres més amunt, en el cercle de llum de la superfície, hi ha un Delclòs que el crida (en Delclòs no té expressió, com una fotografia de carnet), i ell vol pujar, vol respondre, però una mà d'acer el subjecta dels turmells i no el deixarà pujar, al mateix temps que una veu, o potser moltes altres veus, una babel demencial, amb prou feina li permet sentir la veu d'en Delclòs. *Vateuset*, amb aquest mal de ventre no hi ha qui es pugui concentrar. Què està dient ara? Sí, és clar que en Campavall es vol curar, es vol alliberar de tot això, és clar.

Però parlar...? Com pot parlar si tothom està parlant alhora, si aquestes rialles, aquesta veu burleta, «i què n'ha de fer aquest, del que tu pensis?», «Fixa't que n'és de babau, potser sí que es pensa que li ho diràs», tot interfereix en el teu cap, els teus pensaments...

A en Campavall li agradaria col·laborar amb el doctor, però no pot perquè quan obre la boca no està segur d'haver-la oberta, i quan emet un so no sap exactament què és el que ha dit.

—Què és el que us amoïna ara mateix, Campavall? —està dient en Delclòs—. Què és el que em voldríeu explicar i no podeu?

En Campavall vol dir-ho. *Ha de dir-ho*, perquè demà ja serà massa tard.

—L'Àngels... No li vull fer mal, a l'Àngels...

Les paraules li han cremat la gola. Han sortit fines, inaudibles, com un ultrasò. I, al mateix temps, la mà que subjectava el turmell ha engrapat el cap d'en Campavall i, «Déu meu, ara sí, és el final», t'arrossega cap al fons del pou, amb tanta força com si tots els esforços que el teu enemic ha emprat fins ara haguessin estat un joc de nens. No tens temps ni de prendre aire abans de submergir-te en aquesta espècie de mar gelatinós on és impossible nedar, fang viscós que se't fica pel nas, per la boca, pels ulls, per les orelles, i et tapa tots els sentits i...

Parla en Campavall i en Delclòs aixeca els ulls exactament igual com si algú l'hagués bufetejat.

—No t'amoïnis, Delclòs —una veu bronca i punyent, tan segura de si mateixa que salta sobre les espatlles d'un, s'hi enfila, i pesa i aclapara—. No li faré res a la teva *Àngels*. Et penses que sóc un boig? Si li fes el que tinc ganes de fer-li sortiria de la meva consulta directament cap a la comissaria, emmanillat i amb les mans brutes de sang, Delclòs... No, encara no ha arribat el moment...

Ho diu cínic i sorneguer, amb una mena de somrís remot que no inspira cap confiança. Com si ell conegués un sistema de fer el que té ganes de fer sense patir-ne les conseqüències, com si ho tingués tot maquiavèl·licament calculat.

—Està bé —diu el doctor sense alè—. Parleu de l'Àngels, de fer-li mal o de no fer-li'n. Parleu... —La interpretació serveix per impedir l'acció.

—L'Àngels és una puta. —Mansuetud que fa pudor de sofre, de crueltat a punt de deslligar-se. En Campavall s'aixeca—. L'Àngels és una bèstia immunda i repugnant que no mereix més que una escopinada a la boca.

En Delclòs ajunta les mans, creua els dits i en això gasta tota la força que voldria desfogar donant cops a la taula imposant la seva autoritat a crits.

Acaba de reconèixer-lo, és ell, és *l'altre*, ara sí que podríem parlar de possessió, per Déu, ara sí, ara el veu, i en reconeix els ulls tristois, i l'expressió eixuta. Gairebé gemega:

—Per què parleu així de l'Àngels? En realitat... Una llambregada contundent com un cop de puny el deixa bocabadat.

—En realitat —acaba en Campavall—, ha passat l'hora, Delclòs —com si ell fos el terapeuta, com si en Delclòs fos el pacient angoixat.

Es posa dempeus, agafa la gavardina. Delclòs imagina l'Àngels entrant al despatx d'en Campavall, innocent i desarmada, com la màrtir que surt al pas dels lleons. En Campavall és un déu per a ella, és el bruixot que l'ha salvat del fantasma, és l'àngel, l'única persona en qui la dona pot confiar. En Campavall la té al palmell de la mà i només li caldria tancar el puny, tancar i prémer, per aixafar-la, per convertir-la en polpa sanguinolenta. I en Delclòs mai no s'havia sentit tan impotent: «No pots emprar la força amb aquest home, no el pots fer tancar al·legant que amenaça de fer mal a l'Àngels!».

En Campavall, després d'un lleu dubte, com si estigués segur del que vol dir però cerqués la fórmula més encertada, diu:

—És l'últim dia que ens veiem, Delclòs...

En el to de la seva veu hi ha una pinzellada d'infinita crueltat. Es posa una mànega de la gavardina.

«Què ha fet?», et demanarà tothom si el vols tancar. «Encara no res, però ho farà.»

«I com ho sap?»

«Perquè és boig, perquè m'ho ha dit!»

«No es pot fer cas del que diu un boig.» I li demanaran a l'Alícia: «Què en sap, d'aquest Campavall?».

«És un home excepcional. Ha ajudat la meva mare, l'Àngels, a no veure més fantasmes, l'ha tornada normal...»

No pots fer res, Delclòs. Potser demà aquest home ja s'haurà tacat les mans amb la sang de l'Àngels...

En Campavall surt del despatx.

Era la darrera visita del dia.

En Delclòs decideix que s'ho pot permetre, que

s'ho ha de permetre. Un psiquiatre no pot interferir en la vida dels seus pacients però, en realitat, ara en Campavall ja no és el seu pacient...

De manera que agafa la caçadora d'una revolada i surt darrere d'en Campavall.

En Campavall travessa el carrer amb sorprenent vitalitat, ningú no reconeixeria en ell l'home derrotat que una hora abans entrava a la consulta d'un psiquiatre. Ha estat com una guarició miraculosa. «Massa miracles», pensa en Delclòs, convençut que assisteix a un fet sobrenatural. Si no fos per la gavardina, que volava com una capa i pel fet que la pluja fa escassos els transeünts, hauria tingut problemes per identificar el seu perseguit.

Allà va.

«Ajuda'm, Delclòs, vine, segueix-nos!»

En Delclòs mira al voltant, cerca un taxi, se li acut que podria aturar un cotxe particular. «És una urgència!», però no hi ha taxi, ni cotxe particular abans que en Campavall obri la porta del seu Opel Corsa color beix, s'hi fiqui, en tanqui la porta. «Si et plau, Delclòs, no em deixis sol!» (són imaginacions d'en Delclòs, o potser missatges telepàtics, o potser sentiments de culpabilitat). En Delclòs es desespera. Aquest cas sempre se li ha escapat de les mans, és un fracàs vivent, crema en el record. Més tard es demanarà de què serveix el que està fent, però de moment el sacseja la necessitat d'un cotxe, Déu, un cotxe.

L'Opel Corsa d'en Campavall fa senyals amb l'intermitent, llum groga que es reflecteix en la lluentor de l'asfalt moll. Surt de l'aparcament.

«Vine a casa! Per pietat, Delclòs, no em deixis! Anem a casa!»

Intuïció o imaginació, és igual, en Delclòs torna a la porteria, a l'ascensor, cagundena, puja, irromp en el despatx, està segur de tenir l'adreça a l'agenda.

Una mica després, al seu auto, de semàfor en semàfor, hipnotitzat pels raspalls del parabrisa que dansen davant d'ell i per les gotes irisades que fan dibuixos abstractes en el vidre, pensa què cony està passant.

«Una intuïció», es diu. No sap de què. Una intuïció.

L'intrús es treu les claus de la butxaca i, malgrat el tremolor que denuncia el fogós combat intern que sosté, encerta a la primera el forat del pany, empeny la porta i penetra a la casa amb ímpetu triomfant. L'altra mà, aquella que viu dintre d'aquesta, aquella tan petita i tan inofensiva que està amagada en el moll de l'os, no té prou forces per frenar-lo. A penes una lleu vibració interna. Total, no res. Ah, sí: i aquella mena de gemec llunyà, gemec ridícul que només serveix per enaltir el triomf, exalçar el guanyador i humiliar abjectament el vençut. «No, no!» Fa riure.

El Viu aixeca el cap, esverat. Fins a ell arriba un corrent de vibracions negatives, una agressió que s'apropa a gran velocitat. El Viu s'incorpora amb tots els músculs en tensió, tremolant de por. Pressent una mena d'olor gelada, les urpes esmolades d'una bèstia invisible i ferotge i cruel. Els gossos pressenten la presència de la mort.

Gruny, amenaçador, advertint que és allà i que està disposat a plantar cara. He decidit lluitar...

L'intrús ha entrat fent llargues gambades, sembla que no el pugui parar res (ni tan sols la mà tova i dèbil que tracta de subjectar-lo des de l'interior). Els ulls miren neguitosos, alerta, a un costat i a l'altre, com tement una emboscada; però ho fan més per costum d'anys que no pas de forma premeditada. Les cames el duen on l'han de dur i ell confia en les cames i només pensa a embutxacar-se els estris, el ganxo i la navalla que necessita per castigar la porca.

«No, vine, quiet, prou!», la veu que gemega, tan feble.

La prevenció arriba al mateix temps que ell entra a la sala, es concreta en el gruny que se li clava al cervell, un *crescendo* sinuós que li puja per l'espinada i li congela el cerebel. Un gruny que ràpidament es converteix en lladruc i després en bram...

«Viu!»

El qui acaba d'entrar té l'aspecte de l'amo, però no ho és. S'hi assembla, però només físicament. Aquest és dolent, terrible i perillós, desprèn tal quantitat de maldat que tota la cambra s'esquerda de sobte, i brut com la cosa més fastigosa del món, la pudor fereix les narius del Viu amb tanta força que gairebé l'encega i està a punt de fugir. Però no pot fugir. Està acorralat, i no li queda més remei que saltar, jugar-se el tot pel tot...

«No, Viu!»

Bram negre i bavós que ve catapultat des del nores, ulls com dards de foc, rosari de dents blanques llargues com ganivets, xoc brutal, gest defensiu, pànic, tenalles que enxampen l'avantbraç i n'arrenquen un renec eixordant.

Un sotrac instintiu, una ensopegada, l'intrús topa amb la paret, el gos cau a terra, un intent de correguda, una passa, dues, l'atac de nou. Ensopec amb la taula de cafè, aparatosa caiguda que aixafa el moble, coses que es trenquen, xiscles, roba que s'estripa, gos que burxa amb ànim de trobar les entranyes, cos de l'intrús que espernega i roda per terra mentre les dents, com ganivets, han arribat a l'os, «Vateuset, quina mar de sang!, Vateuset, ara només faltaria que tot s'esguerrés per culpa d'aquesta bèstia, d'on ha sortit?, què li passa?, mai no hauria imaginat que fos tan perillosa...».

«Delclòòòs!»

En Delclòs pensa que no pot ser ni imaginació ni intuïció.

Aquest darrer crit ha estat a punt d'esberlar-li els timpans, li ha crispat tot el cos, l'ha forçat a deixar el cotxe en doble filera, precipitar-se a la voravia mullada, compte no patinis, i córrer fins al portal d'en Campavall. Quin pis era?

En Delclòs frena els seus moviments. «Déu meu, quiet, a què ve tanta pressa?, què li diràs quan respongui?, què li diu, a un pacient, el psiquiatre que corre darrere d'ell? Si et plau, no em deixis, et necessito.» Dubta. A l'adreça d'en Campavall consten dos pisos, l'un és on viu, a l'àtic, i l'altre, el consultori.

En Delclòs truca a l'àtic. Molt nerviós, comença a elaborar un pretext, una justificació, una veritat a mitges.

Insisteix en la trucada. No respon ningú.

El Viu surt disparat d'esquena sobre el sofà i, automàticament, gira sobre si mateix i torna a la càrrega. De la boca li pengen baves sagnants. En l'aire comprova que l'intrús s'ha aixecat i va cap a la calaixera, i l'animal corregeix la trajectòria i aconsegueix d'enganxar-se al coll de la gavardina, que s'esquinça. L'home, sorprès en ple moviment, no pot suportar el pes, cau de genolls, i en Viu el deixa anar, s'apuntala amb les cames de darrere i, com un ressort, torna a saltar i mossega la barbeta punxeguda de l'home que crida, i barreja salives, xoquen les dents. Unes mans frenètiques enganxen la pell del gos, l'estiren amb energia, hi ha una caiguda a terra que és com una rebolcada per jugar (imatges de la Greta fent pessigolles al Viu), i l'intrús passa a l'atac. Mans que cerquen el coll amb ànsia d'escanyar, el gos es mou convulsivament per escapolir-se, és molt ràpid, fa una esquitllada a la dreta, una altra a l'esquerra, i de nou es converteix en un ariet amb tenalles de dents esmolades.

Però l'intrús ja s'ha agafat a la nansa d'un calaix, el gos li cerca el coll, mossega l'espatllera de la gavardina, mastega penetrant la roba i trobant carn, gust de sang...

Una manotada instintiva cau sobre el cap del gos, l'arrapa d'una orella i l'allunya, ulls de pànic, ulls desorbitats que fan pensar que l'animal ja ha estat vençut...

Sona el timbre de la porta.

La mínima expressió de ment presonera en un racó del cos xiscla i es desespera i és com el que es troba atrapat dintre d'una casa en flames i corre d'un cantó a l'altre, esbojarrat.

«Delclòs, Viu, no per pietat, no, per pietat!», sacsejat per la impotència.

Perquè no s'hi pot fer res, perquè l'intrús ja té la navalla a la mà i en Viu s'abraona sobre el braç que li ofereixen, carn fresca i sagnant, parany de caçador avesat que t'esperava. Viu, que t'arrapa pel coll i te'l sega amb un moviment fred i indiferent, esclata un sortidor de sang, i en Viu fa cara de molt sorprès, ha estat un gest rutinari de qui s'ha de defensar, no li quedava més remei, a l'intrús li sap greu de fer mal, però se li escapa una rialleta de perdonavides, una ganyota que vol dir «Sempre haig d'acabar demostrant que sóc el més fort!», i llença el cos pelut, com si fos un sac ple d'escombraries.

... I al mateix temps dintre seu creix un llarg i agut plany punyent, esgarrifós, «Viu, Viu!», alarit d'impotència, el plor del gos és una mà invisible que esgarrapa l'ànima del vencedor, li mossega les entranyes, com cercant una sortida, i de sobte sembla que s'esberlin les ferides, com escletxes d'un dic que es derroca, i per elles surt un raig de dolor terrible que fa tentinejar el vencedor, que el vol fer caure, la ràbia ha donat forces a *l'altre*, que fa servir una espantosa estocada per venjar-se, una estocada de ferro roent que li incendia el ventre, que li nua els budells, i el cos tremola febrilment, es fonen les cames, la boira dissol el cervell i els pensaments... «Haig de sortir d'ací, immediatament!», és el darrer pensament. Un segon després, amb la navalla ensagnada a la mà ensagnada, deixant un regueró sagnant, baixa les escales ensopegant com un borratxo...

I en Delclòs ha aconseguit que l'obrís un veí, i entra a l'escala i puja amb la sensació que la sirena d'alarma que l'adverteix del perill va augmentant inquietantment de volum.

El senyor Moyanes, rodó com una pilota i pesant com un cadell d'elefant, està molt vermell, sua com una font, tremola d'indignació d'esgotament. Ell sempre ho ha dit, i ara li ho repeteix a la seva dona, ell sempre ha dit que era molt perillós tenir a la casa un expert en boigs. «Els boigs són ells», repeteix enfilat en una cadira i colpejant el sostre amb l'escombra. «Que no ho veus que els boigs són ells?». Al pis de dalt s'esberlaven mobles i s'esbardellaven coses de ceràmica i de vidre, i hi havia crits curts com de rates, i el lladruc del gos, i cossos que queien amb tot el seu pes i feien que es gronxessin els llums.

—Truca a la policia! —suggereix la senyora Moyanes.

—I ara! —com a rèplica. La por a l'escàndol, al ridícul, a assumir responsabilitats es barreja amb la por als boigs i als monstres.

Llavors sona el timbre, el porter automàtic. «Contesta», diu la dona. «No.» «Contesta.» «No.» «Contesta, coi!»

—Qui és?

—Sóc metge! El seu veí, en Jordi Campavall, té problemes. Vinc a ajudar-lo, però no m'obre...

Oh, i tant que en Campavall té problemes. En Moyanes dóna pas a qui ha trucat i immediatament, sentint-se ajudat en la seva protesta, obre la porta i surt al replà.

La sensació, llavors, és com si una gran roca caigués

rodolant des de l'àtic, rebotant graó a graó, una muntanya imparable, conjunt de gavardina, sang, ulls en blanc que li cauen al damunt. «Déu meu!», i un cop que desequilibra el senyor Moyanes («*Tòniu*!», diu la dona esgarrifada), el senyor Moyanes plega el genoll esquerre i dóna un cop de cap contra la paret mentre la gavardina tacada de sang continua escales avall, de tres en tres, fent un terrabastall de tempesta.

—*Tòniu*, per l'amor de Déu, estàs ferit!

A la màniga del *pullover*, un tall net, línia recta de fulla d'afaitar, quasi imperceptible. I una taca fosca que es transparenta a través del teixit i es va estenent.

Abans d'entrar a l'ascensor, en Delclòs ha sentit la successió de cops pesants, *bom-bom-bom*, augmentats i deformats per la sonoritat del buit de l'escala. No ha sabut identificar-los fins que ja ha premut el botó de l'àtic i l'aparell ha començat a pujar. A l'alçada del quart pis, per l'estreta escletxa de la porta de l'ascensor, distingeix fugaçment la gavardina sagnant, el rostre afilat, el vermell brillant que ha passat com una fletxa, ha topat contra una paret del replà i s'ha llençat en un descens cec, esbojarrat i sorollós.

Gest instintiu. Al *Stop*. Era en Campavall. Hem de veure què li passa. Cap a la planta baixa, esperem-lo allà. Un neguit frenètic mentre baixa molt a poc a poc, els cinc sentits obsessivament concentrats en els *badabums* que giren dibuixant el remolí, el mareig, l'espiral de cada tram, cada replà, cada tram, cada replà...

Arriben a baix al mateix instant. En Delclòs empeny la porta de l'ascensor. «Campavall!» L'altre, allà davant para en sec, el mira (si d'allò se'n pot dir mirar) i té un tremolor, fa una passa de costat, com en un rodament de cap, i camina cap aquí, cap a en Delclòs...

«Delclòs, *vateuset*, mireu-lo, matem-lo ja d'un cop, *vateuset*, que sempre s'ha de fotre pel mig...» La veu bronca, rugosa de gola rovellada, parla enmig d'un caos de veus i sorolls i presències i colors... I allà va, cap a la diana d'un rostre ridícul, infantil, vençut per endavant...

Delclòs, si et plau, ajuda'm. La veu que gemega, veu encara humida per les llàgrimes per la mort del Viu. Veu que demana venjança i ajut contra el sàdic fill de puta que li ha matat el gos, que l'està matant ell mateix, que fa servir el seu cos i que... Per tot això, corre cap a en Delclòs, hi corre desesperadament.

I l'altra part diu: «Collonut! Per una vegada estem d'acord, anem cap a ell, som-hi!».

Navalla a punt.

En Delclòs, per primer cop a la seva vida, veu un monstre, *un monstre de debò*, un ésser que no és ni animal ni persona, figura humana que no fa pensar en humanitat, ulls extraviats i desorbitats, boca de línia trencada, expressió d'animal mort fa dies, moviments segurs però mecànics, moviments que no són humans ni animals, com els d'una immensa màquina d'enderrocar edificis, com una aplanadora, com un carro de combat, *que no hi ha qui el pari*.

«Un monstre. *Això* ja no és en Campavall.»

Por. Salt enrere. Refugi dins l'ascensor. Tanca la porta just quan la navalla ja el cercava. Vidre pel mig, veu els senyals que la mossegada del gos ha deixat a les barres del monstre, i s'obsessiona amb la sang i, curiosament, pensa que hi troba a faltar ullals, en aquell rostre de vampir. I al mateix temps, com sense adonar-se'n, dispara un dit cap a un botó, qualsevol, tant se val, i l'ascensor puja lentament...

... «Ara ell obrirà la porta. I es pararà l'ascensor, i ell tractarà d'enfilar-s'hi o de tallar-me els turmells, però jo li donaré una puntada de peu a la cara», tot això a l'instant que puja en Delclòs i el monstre es queda a baix, tantes imatges per segon. Imaginacions. No ha passat res. En el segon següent atura l'aparell i dubta, i es renya: «Bé, no et pots quedar aquí tota la vida!». La possibilitat del crit tradicional (*Ascensor!*) el posa molt nerviós. Surt al tercer pis i baixa i mira cap avall amb mil precaucions, «*Déu meu, qualsevol que em vegi pensarà qui sap què*», però no es pot treure del cap la visió de la gavardina tacada de sang i esparracada i oberta com la capa d'un vampir, i la navalla oberta.

En Campavall ha desaparegut.

El raig de sang duia fins al límit del marbre amb la vorera enfosquida per la pluja. Tot fa suposar que ha fugit en el seu Opel Corsa de color beix.

—En coneix la matrícula? —pregunta mitja hora més tard un policia de paisà al doctor Delclòs.

—No. No m'hi he fixat.

S'han fet les tantes de la nit. A la policia, no li agraden les reticències en les respostes i encara menys qualsevol invocació al secret professional.

—No vull que m'expliqui cap secret professional! Només vull que em digui quina mena de bogeria té aquest manso i si pot fer mal o no! Vostè és el seu metge, no? Doncs, si no ho sap vostè, ja em dirà qui ho ha de saber...! On ha pogut amagar-se?

En Delclòs menteix:

—No ho sé.

El veí d'en Campavall no ajuda gaire a tranquillitzar els ànims. Ell ja sabia que en Campavall estava boig, «tota aquesta gent està boja, és clar, sempre tractant amb boigs!».

El cas és que, el 22 de febrer a les deu del matí, quan l'Àngels Martí es va presentar a la consulta del doctor Campavall, es va trobar amb una Berta desencaixada («Que et trobes malament, nena?», «No, no», sense alè. «Deu tenir la regla») que li va dir:

—Avui... el doctor Campavall no vindrà...

—Per què? —Ara va ser l'Àngels qui es va quedar sense alè.

—Perquè... No m'ho ha dit. Truqui... Truqui demà passat.

Que absurd. Demà passat, tots els pacients d'en Campavall hauran llegit la notícia. L'enrenou és suficient i el titular prou cridaner perquè tots els diaris de Barcelona hagin donat més o menys importància a la notícia.

«*Psiquiatre enfollit mata el seu gos i fereix un veí.* Ahir, al voltant de dos quarts de deu del vespre, el doctor psiquiatre Jordi Campavall, en el seu pis de la plaça de Letamendi, va atacar i degollar amb una navalla d'afaitar el seu propi gos, segurament en un rampell de demència. Tot seguit, en el replà de l'escala, agredí el seu veí, senyor Antoni Moyanes, i l'altre psiquiatre, Claude Delclòs, que feia temps que el tractava i que en aquell moment anava a ajudar-lo. En Jordi Campavall, armat, ha desaparegut. La policia ha decretat una ordre de recerca i captura i se'l considera probablement perillós...»

Què pensarà la noia pigada que té problemes amb els nois quan sàpiga quins són els problemes del terapeuta, senyor Campavall, que tracta de curar-la?

10

Yagüe

—Isidre? Saps qui sóc? Recordes la meva veu? Sóc en Biaix. Sí, home, l'Esteban Biaix, el *Polaco*. I em deus peles, nen. Diguem mig milió de peles. Porta-me-les avui, aquesta nit, a les dotze, al Teatre Grec de Montjuïc, i no passarà res. Pensa-ho bé, Isidre. No me la vulguis jugar... perquè els morts arribem a tot arreu.

Penja l'auricular, sospira i mou el cap negativament. El primer que se li acut és que acaba de parlar amb en Méndez encara que no li ha reconegut la veu, i ja ningú no pot treure-li allò del pensament. Ja fa dies que en Méndez cerca alguna cosa, el truca contínuament, li diu que han d'anar a visitar l'Àngels, que tot corre perill. «Tot? Perill?», respon ell amb aquell to burleta i cantaire que posa tan nerviós l'altre.

Ben pensat, què vol dir que tot corre perill? L'empresa de transports d'en Yagüe no corre perill (*això t'ho puc dir ben bé jo*) i si avui dia se sabés el que va passar al carrer de la Princesa l'any... (*quin any va ser? Ho veus? Ni jo no me'n recordo*). Bé, no hi hauria cap jutge que s'hi fiqués. *Redéu, no en fa pas pocs, d'anys!*

L'home vell i atrotinat serra els llavis, es frega la barbeta i mira el calendari de la noia de mamelles grans. Parets descrostades de pintura verda que figura que era impermeable, neons al sostre, pudor de cigarretes. La veu de la consciència: «No et pots queixar; has aconseguit el que volies: estudis per als nois, comprar un pis, una torre al Montseny, un Ford que et condueix un xofer d'ençà que el metge et va prohibir de portar-lo...».

—... Però no facis bromes, Isidre —diu ell en veu alta—. Ara et fan una jugada i et quedes amb un pam de nas, i què? Els últims anys de la teva vida demanant almoina al «metro»...?

Estudis per als nois, torre al Montseny, Ford... Tampoc no és tant si un s'ho mira des del seient d'aquest despatx rònec on fa anys que ningú no renova la pintura ni els calendaris de la paret. De sobte, tot sembla molt fràgil. Si la policia revisés la documentació de cada un dels camions...

En Yagüe lliga caps i darrere de tot hi veu en Méndez. Sí, ara ho va entenent tot. Les trucades alarmistes («per què ara i no pas fa dos anys, o tres anys, o quatre anys?»), les complicades i absurdes explicacions (que l'Àngels, la dona del *Polaco*, va a un psiquiatre, que ha volgut suïcidar-se...?). A on vol anar a parar amb tot això...?

Ara hi hem arribat, es diu en Yagüe. Em volia fotre la por al cos, em preparava per donar-me ara aquest ensurt... disfressant la veu per telèfon. (Ara que ho pensa, se'n fot: *Ensurt*? Per a la canalla, potser...) I treure'm... Quant ha dit? Mig milió de peles?

En Yagüe es frega la barbeta mal afaitada i recorda la xifra que li ha demanat un mort (*un mort? Ridícul!*) i sospira de nou i mou el cap amb indulgència. El que hagin demanat és poc, si garanteix la seva llibertat fins que es mori.

En Yagüe mai no ha estat avar. Ara té setanta anys i artritis i no pot caminar si no s'ajuda amb un bastó, però el cinquanta-sis, quan va passar allò, en tenia quaranta ben portats i ja en sabia prou, de la vida, com per no mullar-se el cul gratuïtament... I la seva màxima principal era estar bé amb la policia. Com més al marge de la llei et trobis, més a favor de la llei has d'anar. El cinquanta-sis, en Yagüe era una mitja merda que sobrevivia de l'estraperlo i les confidències i el contraban de tabac ros i els suborns als duaners del port. Ja se'n feien, de calés, ja, però si no hagués estat pel cop del carrer de la Princesa (*el Polaco*, Méndez, Llorenç i ell), en Yagüe hauria continuat sent l'home gris del carrer de Basea que no s'atrevia a respirar perquè la gent no el mirés i que es considerava afortunat amb un torró i una ampolla de xampany per Nadal. Després del cop, tot es va arreglar. Curiosament, com més calés tens, més fora de la llei pots estar (i això ho va descobrir, meravellat, el dia que els duaners de confiança li van refusar els calés i van continuar fent el fet). De sobte, pots comprar més cartrons de tabac i et surten més barats i tens més possibilitats de col·locar-los. De sobte, hi ha gent que et cerca. De sobte, trobes que tens un nom.

És clar que darrere de tot això hi ha els teus amics policies, és clar que sí. I que es protegeixen protegintte. És clar que sí. A la llarga, Yagüe, amic meu, has de comprovar que aquell qui està fora de la llei és qui està més a prop dels qui lluiten per mantenir-la.

«Quants calés ha dit?», sospira en Yagüe. «Mig milió? Encara són pocs. Som-hi i que em deixi en pau.»

Ara els té en un maletí i els lliurarà al lloc acordat pel xantatgista sense fer cap enrenou. És el preu de la seva llibertat. Considera: «Quants anys em deuen quedar? Deu, a tot estirar? Em moriré als vuitanta? No ho crec, perquè estic molt cardat, però suposem-ho. Diguem deu anys. Són cinquanta mil peles per any de vida, per viure com estic vivint fins ara... No és car. Me'n sobren».

En Lluís, grandot i ferm, curt de gambals però segur de fidelitats i de qui és primer i qui va després, diu «*Sinyor*» i obeeix, perquè no pot fer-hi més, però tot allò no li agrada gens. Es posa al volant del 131 i obre la guantera amb gest de complicitat, mostra la pipa: «Ja ho sabeu, eh, patró, per si un cas...».

—Llença-la —diu el patró—. No em sents? Llença-la! Després la recolliràs!

En Lluís llença la pistola a la cuneta. «I on anem?»

—Al Teatre Grec.

Allà a Montjuïc, aquell lloc fora de lloc que només té sentit a l'agost, quan els actors, les llums, la música, els textos i els aplaudiments ho converteixen en teatre.

Avui és febrer, dilluns 26, i el vent gelat corre entre els arbres i belluga branques i crea fantasmes i despulla de màgia lúdica les pedres que només són pedres, les graderies que només són graderies. Més que mai, un comprova que un teatre sense públic no és teatre.

—Espera'm aquí, Lluís —diu en Yagüe—. No trigaré.

I, com un aventurer boig, travessa la barrera de boix que fa el clos d'herbes, i desapareix escales avall, graons avall, com els protagonistes del *Viatge al centre de la Terra*. En Lluís, amb menys anys que el patró, però sens dubte amb més dificultats per respirar, treu el nas cap al Teatre Grec, cap als graons que fan d'embut amb l'escenari al mig.

Majestuosament, en Yagüe ha arribat al centre de l'escenari. S'atura i pensa: «Tants d'anys estalviant-los!». I passen molts minuts.

—Estic perdent el temps! —crida per fi en Yagüe, impacient, dominant la situació—. Ara deixaré el maletí aquí al mig. El mig milió hi és, ho podeu comprovar. Deixo el maletí i me'n vaig, que demà haig de matinar.

—*Un moment!* —crida una veu honrosament deformada pels altaveus. Realment, sembla una veu d'ultratomba—. Us vam dir que no portéssiu ningú.

—I no he portat ningú!

—Ah, no? I el pinxo de dalt, qui és? Una ombra?

En un instant, en Yagüe es demana per què voldrà calés un fantasma, i per què ell que ha sabut estalviar i muntar un negoci ha de donar els seus calés, ara, a un pendó com en Méndez, a qui els quartos no van durar ni un any. Encara els veu tots dos, en Méndez i el *Polaco*, rient i jugant a cartes allà al Boston, a la vora del carrer d'Aragó. Encara sent els comentaris que li dirigien: «Hola, formigueta. Que véns a veure les cigales com juguen?».

I ell s'ho empassava i callava. I pensava: «Ja veureu, ja».

I ara, quan més necessita dels calés (frases que la gent fa per infatuar-se però per a res més), ve aquest pendó d'en Méndez i els hi pren.

—Lluís! —ordena, sense veu—: Vés-te'n! Fuig.

Ara ja sap de què va la cosa.

En Lluís obeeix. No li agrada gaire, perquè no ho veu clar, tot això, però obeeix. Es retira unes passes cap allà, fins que l'escenari i en Yagüe amb el maletí queden ocults pel boix del clos. Aguanta la respiració. *Un, dos, tres...*

Un pressentiment.

Alguna cosa impulsa en Lluís cap endavant altra vegada. Ultrapassa la línia del clos, del boix, dels graons, del prosceni, i els seus ulls engeguen esguards de pànic al centre de l'escenari, on hi ha un cos desmanegat i desproveït de maletí. I una gran taca de sang sota el coll del mort.

Perquè és mort, la mare que el va parir, en Yagüe *és mort*.

A un quart d'una de la matinada, des d'una cabina telefònica, un home anomenat Lluís Fernández ha trucat al 091 per dir que el seu patró ha estat assassinat al mig de l'escenari del Teatre Grec.

A dos quarts, la policia ha trobat un homenot cepat i malcarat que, assegut a la primera grada, plorava molt emocionat per l'espectacle que oferia un vell degollat que sagnava de manera inversemblant. De seguida, i fins a dos quarts de dues, l'homenot s'ha vist envoltat, atacat físicament, per la fira de les sirenes histèriques i pel parpelleig de llums blaves i taronges, corre-cuites de gent de civil i d'uniforme i de bates blanques, flaixos de fotògrafs, expectació davant del tan esperat número final, el jutge i el metge, dos personatges nerviosos, embolicats en aparatosos abrics grisos, que han fet la feina tot rondinant, de manera rutinària, sense gràcia ni afició i no han obtingut cap aplaudiment.

En mig del batibull, dos inspectors parlen impacients amb l'homenot que somiqueja i lluita contra les llàgrimes a cops de mà.

—Com us dieu?

—Lluís Fernández Gespa.

—Què hi fèieu, aquí?

—He vingut amb *ell*.

—Qui és?

—Es diu Isidre Yagüe. És el director, el president de Transports Yagüe, el meu patró. Jo li feia de xofer i acompanyant perquè li han prohibit conduir. El metge, vull dir. Coses de la salut.

«Sí, sí», fan els policies amb el cap. La cartera del mort ha anat passant d'una mà a una altra en un llarg recorregut, fins arribar a ells, que són capaços de mirar documents i parlar alhora. Total, no res, quatre preguntes. I quatre respostes: «A les deu de la nit, el senyor Yagüe m'ha dit que el portés aquí, al Teatre Grec. No m'ha donat cap explicació, mai no en donava. Sí, duia un maletí de cuir. No sé què hi havia dintre. Documents, potser. Potser diners. No: el maletí ja no hi era quan jo he vist el cos. No sé qui l'ha matat».

—Haurà de venir a la comissaria a signar la declaració.

Al voltant de les dues, en Lluís Fernández Gespa, quaranta-dos anys, solter, de professió xofer, inicia una llarga declaració que, a poc a poc, es transforma en un intens interrogatori policíac. A dos quarts de tres, mentre un periodista espavilat fica la notícia a l'«Última Hora» del seu diari, els policies ja han descobert que en Lluís Fernández Gespa té antecedents per agressió, proxenetisme i estafa.

Treballava de camioner el seixanta-set, quan es va barallar amb l'amo d'un parador de carretera i el va engegar a l'hospital i, enfollit, va enclastar el camió dins del bar de l'establiment. Afortunadament, no hi va haver víctimes. Va complir una curta condemna, després de la qual va fer de camioner i de taxista fins que, el setanta-dos, una noia de setze anys el va denunciar i el va acusar d'haver-la violat i obligat a prostituir-se. Un jutge estricte i meticulós va comprovar que l'homenot, tenia, almenys, quatre noies *treballant* per a ell en un carrer de Sarrià. Al mateix temps (quan has caigut, tots et trepitgen), li van descobrir una suculenta font d'ingressos en forma de talons bancaris amb signatures falsificades. Així va acabar la seva època daurada i delictiva. L'estada de nou anys a la presó el va fer molt malbé i semblava que havia decidit fer bondat.

Fins que ara el troben amb un assassinat massa a la vora. I el comptable de Transports Yagüe assegura que el patró li ha demanat mig milió de pessetes a les deu de la nit, negant-se a dir perquè les volia. El comptable ha trigat una hora a reunir els calés i els ha dut a casa d'en Yagüe. Allà, en presència del xofer, en Lluís ha dit quelcom semblant a: «*Aquí té el mig milió de pessetes*».

Els policies somriuen, es freguen les mans, «ara sí que t'hem enxampat, no deies que no sabies el que hi havia al maletí...?».

—No ho sabia. El comptable no va dir res d'això...

Els policies es miren, es freguen les mans, riuen, es conviden a fumar els uns als altres. Un d'ells, una espècie d'ogre, monstre de caminar feixuc, el més veterà de tots, que no ha preguntat res, només ha escoltat amb tota l'atenció, s'aixeca i surt de la cambra.

És en Méndez.

A la sala del costat, l'inspector, Lallana, el «Novellista», llegeix en veu alta la fitxa on es descriu Isidre Yagüe Llano com a home de dubtosa honestedat que anys enrere va tenir bones relacions amb la policia. Els anys quaranta i cinquanta, feia negocis no gaire clars al port, però hi havia l'ordre de no molestar-lo perquè proporcionava confidències molt profitoses sobre moviments subversius. El cinquanta-sis va fundar Transports Yagüe, que han sobreviscut fins enguany tot i que hi ha serioses sospites que no hi ha un pam de net en aquella agència.

—... Tot això fa pudor de xantatge —acaba en Lallana—. Aquest Yagüe es deu haver mullat en alguna cosa i ara li han tret els calés i l'han matat... —reflexiona en veu alta, creient que és sol—: L'extorsionador ha matat la gallina dels ous d'or? Sí. Això és una venjança...

—Això està llest —el sorprèn la veu d'en Méndez—. Ha estat el xofer. Un estafador, delinqüent habitual, en combinació amb d'altres penques, li ha preparat el parany a l'amo. Potser es pensava que trucant ell al 091 ens enredaria ben bé, però li ha sortit malament. Aquests fills de puta es pensen que som imbècils. Ara només cal saber qui són els seus còmplices. Jo em faré càrrec del cas.

En Lallana fa que sí amb el cap. A ell tan se li'n fot qui porti el cas. Ara, si el porta en Méndez, farà tots els possibles per mantenir-se'n al marge.

Així són les coses amb els veterans. Diuen «això ho vull per a mi», i s'ho emporten. Si no és una cosa de gaire importància ningú no li diu res, i el cas de la mort d'en Yagüe no en té cap, d'importància. Afers de malfactors de segona categoria. Hi ha d'altres coses que en tenen més, d'importància.

—Jo me'n faré càrrec, d'això de la mort d'en Yagüe —repeteix en Méndez, incontestable, al dia següent.

I en el cervell del comissari Blanco Torres es fa un buit. Com un pressentiment, com un efecte d'haver viscut aquesta situació pocs dies abans. Arrufa les celles i es frega la boca.

—Com?

—Jo me'n faré càrrec, d'això de la mort d'en Yagüe —un altre cop, impacient, en Méndez.

—Ah. Està bé, està bé... Precisament ara l'estava estudiant... —En Blanco Torres mira els papers mecanoscrits que té davant i sospita que l'estranya sensació li ha vingut de la lectura i no de les paraules d'en Méndez. (Encara que... No el va sentir un dia parlant per telèfon i dient «Yagüe», tal com ho acaba de dir ara...?)

—Hem parlat amb els empleats de Transports Yagüe —està dient en Méndez—. Aquest *pàjaru* de xofer tenia una pipa il·legal, és clar. No la hi hem trobat ni a sobre, ni al cotxe, ni a casa seva. Se n'ha desfet, segurament per allunyar sospites... —En Blanco Torres pensa: «Pistola? Per què em parla, ara d'una pistola...?»—. Ens ha dit que el seu patró el va obligar a tirar-la a la cuneta. Ridícul, oi? Doncs ho diu...

«... Si el tal Yagüe l'han matat amb *una navalla...*», acaba el raonament amb què el comissari se sorprèn a si mateix.

—Un moment, Méndez, un moment —diu, movent la mà; fent-lo callar per poder concentrar-se en la lectura dels papers. Sí, és allà. «Navalla, potser tan esmolada com una d'afaitar.» Què et recorda això, Blanco Torres? Un psiquiatre que va matar el seu gos i va agredir un veí i duia una navalla d'afaitar a la mà.

—Cerca'm quina relació hi havia entre aquest Yagüe i aquell psiquiatre boig de l'altre dia... —demana el comissari a un inspector proper—. Si era client d'ell, o veí, o alguna cosa per l'estil...

—En Méndez ha sortit.

En Méndez parla per telèfon. S'ha abraonat sobre l'aparell amb l'ànsia del drogoaddicte sobre la seva dosi.

—Llorenç —crida—. Em sents, Llorenç? Saps el que li ha passat al Yagüe? Has llegit el que li ha passat al Yagüe...?

Han trucat a la porta just quan en Delclòs parlava per telèfon amb una col·lega tractant de convèncer-la que acceptés un sopar íntim. És com si li haguessin portat malastrugança. Eren allà, tots dos, somrient: «Hola, Delclòs, podem parlar amb tu un moment?», «Bé, el cas és que no tinc gaire temps perquè tinc un compromís, un moment...». Ha corregut cap a l'aparell, «Rosa, Rosa?», i ella ja havia penjat. Diantre! I els dos visitants, dempeus, somrient, callats i encuriosits, mirant-lo fixament com qui demana permís per entrar donant per descomptat que la seva presència resulta agradabilíssima a aquell qui els rep.

—És un moment, només —diu ell, tímid, lleugerament encorbat, potser com un cambrer que demanés «En què puc servir el senyor?».

—Està bé. Seieu —es rendeix en Delclòs.

Mira fixament, atònit, els dos germans Nieto, pintors, que tornen a parlar de possessions diabòliques i d'exorcismes.

Tots dos allà, traient-se la parca i el tabard, fent comentaris de dimonis i perills sobrenaturals, en Delclòs no se'n sap avenir.

—Una copa? —diu.

—Un *raf* de Giró —demana ell.

—Vinet blanc, en tens? —ella.

En Delclòs, sentint-se vagament envaït, va a la cuina i del frigorífic treu una ampolla de Blanc de Blancs. I torna a la sala.

—Bé...? Què hi ha?

—Ja sabem qui és en «Diguem-ne Bofarull», Delclòs... —diu l'Enric Nieto, molt satisfet. Es treu fulls de paper de diari d'una butxaca insospitada.

Hi ha la notícia del dia 22 passat on es fa saber, gairebé en to de gresca, que un psiquiatre s'ha tornat boig i ha fet una carnisseria amb el seu gos. Jordi Campavall. En el cas hi ha embolicat un altre psiquiatre anomenat Delclòs.

En Delclòs fa un gest d'enuig. Maleïts periodistes.

—Encara existeix el secret professional... —diu.

—No t'estem preguntant, Delclòs —diu l'Enric. Ara tots dos germans s'han posat molt seriosos—. No tenim cap dubte que el «Diguem-ne Bofarull» és aquest Jordi Campavall que dimecres passat va matar el seu gos i va fugir amb una navalla. I tu el vas veure, Delclòs. Ho diu el diari...

—Més vi? —ofereix en Delclòs a la Trini Nieto com a resposta. Indiferent, críptic, es nega a parlar.

—Sí, gràcies —diu la Trini.

Però l'Enric segueix, impertèrrit. Una dona que veia el fantasma del seu marit, una dona que anava acompanyada d'un esperit que la vol castigar, acut a un home que té una escletxa en la seva personalitat...

—Un psiquiatre amb antecedents perversos. Li agradava copejar les dones, oi? Un punt feble que l'*enemic* ha aprofitat per atacar-lo...

—L'*enemic*? —fa en Delclòs amb un punt de neguit.

—L'*enemic* no té cos, Delclòs. I en necessita un. Sense cos no pot fer mal...

—... I va aprofitar l'escletxa d'en Campavall. Com qui fica un ganivet a la juntura de dues fustes, comprens?, i fa palanca, i s'obre pas, i s'obre pas... *Fins que entra*.

—D'això, els psiquiatres en diem simplement psicosi. Potser psicopatia. Sempre em vaig negar a creure que en Campavall fos un psicòpata, potser perquè hi vaig veure una receptivitat i una millora notables. Potser vaig ser massa optimista...

—*Potser*. Molts *potser*. En canvi, nosaltres estem segurs. És un home posseït, un home que ha fet un ritual de sang... Dos, si comptem l'assassinat...

—Assassinat?

La mà d'en Delclòs tremola i una mica de vi cau fora de la copa. Al psiquiatre li agradaria sentir-se sorprès, escandalitzat. Però no és així. Tots sabem de què estem parlant. El diari amb la notícia de la mort d'en Yagüe és obert allà mateix, sobre la tauleta del telèfon. Un home degollat «amb quelcom que podria ser una navalla d'afaitar», sagnant com un porc, en un escenari tan sorprenent i *fantasmagòric* com el Teatre Grec a la nit.

—Sí, Delclòs. Assassinat. Pots creure o no en aquests fets, però el cas és que existeixen —diu l'Enric Nieto.

—L'hem de trobar *nosaltres* —diu la Trini.

—I quan el trobeu vosaltres, què li fareu?

—L'exorcitzarem.

—Que sou capellans, potser?

—L'home és rei i sacerdot. Ho diu la Bíblia.

En Delclòs s'impacienta. Vol banalitzar demanant «I les dones?», fer broma, acabar d'una vegada amb una conversa que li semblaria ridícula en qualsevol altre moment i que ara el treu de polleguera. «Ens estem tornant tots boigs.»

—Bé. Jo no n'haig de fer res, de tot això. No sé on s'amaga en Campavall, però encara que ho sabés no us ho diria...

—Dóna'ns alguna pista, explica'ns el cas, per tal de treure el fil conductor de tota la història...

—Tens alguna cosa d'en Campavall aquí? Un objecte, qualsevol cosa, una targeta... —gairebé suplica l'Enric—. *Tinc poders*, Delclòs, t'ho asseguro, amb un objecte podré...

En Delclòs per aquí ja no hi passa. Ho sent molt, però no té cap objecte propietat d'en Campavall (i si el tingués, naturalment que no els el confiaria a ells) i en canvi té molta feina per fer. (Està decidit a trucar de nou a la Rosa i insistir perquè accepti el doble sacrifici de sopar amb ell i treure-li totes aquelles falòrnies del cap.) «Ho sento molt», i pràcticament es treu de sobre els dos visionaris.

I, en el mateix moment en què tanca la porta darrere d'ells, pensa, *decideix*, que sí, que ha de fer quelcom si vol ajudar en Campavall...

... *Impedir que continuï matant gent.*

11

Premià

Encara que no l'ha vista mai, en Delclòs reconeix tot seguit la dona que obre la porta. No hi ha dubte que és la propietària del pis, majestuosa reina en el seu palau. Els ulls d'esguard soberg i el gest eixut de la boca autoritària són tan cars i distingits com la roba d'estar per casa que porta. El cos menut i ben proporcionat desprèn una vitalitat aclaparadora, gairebé agressiva. El posat desafiant fa pensar que de seguida increparà, insolent: «Què hi veniu a fer a casa meva? Per què em molesteu?».

—Alícia Biaix?

—Jo mateixa.

En aquell moment, en Delclòs pensa que s'ha equivocat, que allà no trobarà notícies d'en Campavall. «Què esperaves, Delclòs? Què pensaves dir?: No haureu vist per aquí, casualment, un home vestit amb una gavardina esgarrinxada i tacada de sang, que portava una navalla i feia una fila així, com de boig, com de monstre de cinema, amb els ulls en blanc i la boca deformada per la queixalada d'un gos?» Quan venia, tot semblava molt lògic. L'obsessió d'en Campavall sempre havia estat de castigar la mare de l'Alícia. Era obvi pensar que el boig fugitiu havia anat directament a cercar la seva víctima. Però ara, en el net replà de l'escala i davant la severitat de l'Alícia, aquestes suposicions li semblen ridícules.

Veu un Campavall grotesc, bellugant-se amb turpitud de pallasso, de pèssim actor fent de monstre de Frankenstein. I veu l'Alícia fulminant-lo d'una llambregada, «no feu bestieses, per l'amor de Déu, que ja sou grandet», i el monstre assassí es relaxa, canvia d'expressió, arronsa les espatlles i demana humilment perdó.

—Em dic Delclòs. Sóc psiquiatre, col·lega d'en Jordi Campavall. Puc passar? Això és una... visita oficial? —menteix.

Una llarga pausa. Un pinzell invisible canvia el to del rostre de la noia.

—Una visita oficial? Què vol dir això?

Por. El que té la mestressa de la casa és por. Ha mirat amb por cap a l'interior del pis. Com si hi hagués quelcom que en Delclòs no pogués veure. O com si volgués reclamar l'ajut d'algú amagat. Por. La paraula és por. Això és el que vol dir la seva inseguretat, la inquietud, l'hostilitat amb què l'ha rebut.

—Ja deu saber que el doctor psiquiatre Campavall va desaparèixer en estranyes circumstàncies. Bé. Pertanyo a una comissió mèdica d'investigació. Comprendrà que aquest és un fet que podria perjudicar notablement la meva professió. Per això tenim interès a parlar i tenir cura de tots els pacients d'en Campavall. No s'ha descartat que pugui tenir tendències agressives envers ells, ho sap?

Queda agarrotada de pànic, en sentir el nom d'en Campavall. Mira a en Delclòs tan intensament que els seus ulls semblen a punt d'esclatar en llàgrimes.

—Qui es visitava amb el doctor... —li tremolen els llavis—... Campavall... —quin esforç pronunciar-ho!—. No era jo, sinó la meva mare. I no és aquí.

En Delclòs parpelleja.

—Puc preguntar on és?

—La mare està bé. —És evident que l'Alícia vol xisclar: «Marxi! No el vull tornar a veure mai més!»—. Ha patit molt amb això, però se n'ha sortit perfectament. No necessita que ningú en tingui cura...

Si la deixa que continuï parlant, l'Alícia tancarà la porta del pis davant del nas d'en Delclòs. Per això, s'ha de jugar el tot pel tot.

—No sé si m'ha entès. Li estic dient que la seva mare pot estar corrent perill de mort. En Campavall va fugir armat amb una navalla...

Campavall, perill de mort, navalla. Paraules que encenen quelcom en el cervell de la noia.

—En Campavall no pot fer-li mal a la mamà! —crida. *I ho sap segur*. Molt segur.

—Com ho sap, vostè?

No hi ha resposta. Només el tremolor, l'angoixa, la por que l'està posant malalta.

—Com ho sap, vostè?

—Està protegida!

—On?

—A Premià. A la casa on havia viscut amb el meu pare...

«A la casa on se li apareixia el fantasma del marit», recorda en Delclòs. Una casa amb jardí. Una casa on ja hi ha hagut un fantasma sí que és un lloc adient per a un boig posseït i armat amb una navalla d'afaitar.

—Qui la protegeix.

—Ningú...

—Hi és sola?

—Sí.

—Qui la protegeix? Per què pensa que en Campavall no pot fer-li mal?

—Perquè... Té un arma.

En Delclòs pensa en el revòlver del 38 de què parlava en Campavall. De canó curt, com el que surt a les pel·lícules americanes. Però els ulls de l'Alícia li diuen que allò no és tot. El psiquiatre té una intuïció.

—Segons tinc entès, quan la seva mare es va trencar la cama, en Campavall venia a veure-la aquí, a domicili. Això no és normal en un psiquiatre. No és convenient que surti del seu àmbit... —I ara la pregunta—: Venia sol?

I la resposta:

—Sí. Venia sol.

La intuïció ha estat confirmada. L'Alícia li amaga la presència de la Dolors. Així que segurament és la Dolors qui protegeix la mare a Premià. Tots dos saben que l'altre sap molt més del que diu. Respiren amb dificultat. L'Alícia reacciona com si li haguessin impedit que respirés durant més d'un minut.

—Per què no va a Premià i li fa a la mare totes les preguntes que calgui? —Es precipita a una tauleta que hi ha sota un mirall. Fa servir un retolador sobre un quadern quadriculat. En Delclòs observa que la casa és decorada amb un gust antiquat, massa sobri i pretensiós i tradicional i neutre per a l'edat de l'Alícia—. Tingui! Aquí té l'adreça!

De sobte, sembla molt més tranquil·la. Potser perquè creu que ja s'ha lliurat d'en Delclòs.

—Com és que va deixar que la seva mare marxés, sola, a Premià, si estava convalescent...?

L'Alícia sospira com dient: «Alguna explicació li hauré de donar; som-hi, doncs, amb tal que marxi...».

—Quan a la mare se li va curar la cama, va anar a la consulta del doctor Campavall, per a la seva visita habitual i... li van dir, li van donar la notícia que el doctor no hi era, que havia desaparegut i no se sabia quan tornaria... Bé, va tornar molt afectada. Però no va plorar ni res. Es va quedar asseguda en una butaca, així, mirant a l'infinit, absorta. *Com atenta a alguna veu molt llunyana que només ella pogués sentir*. Em va fer por. Vaig tenir por que no hagués estat un cop massa fort per a ella haver de prescindir d'en Campavall, però... No plorava, ni se la veia agitada, ni angoixada, ni... Bé, ella no en tenia, de por. I, per fi, dilluns passat, 26, ens va demanar a mi i al Màrius, el meu marit, que la portéssim a Premià...

Pensa en Delclòs: «Aquell home, en Yagüe, va ser degollat el dilluns, 26...».

—... Va dir que ja es trobava bé, que ja no podia passar-li res... Va dir-ho així: «Tu no t'amoïnis, que a mi ja no em pot passar res de dolent».

—I què volia dir amb això?

—No ho sé! —Ja ha arribat al límit de la paciència—. Potser ja es pensa que està curada i vol posar a prova la seva resistència psíquica tornant a la casa... Jo què sé! Pregunti-li-ho a ella, no li ho dic?

En Delclòs baixa la vista per mirar el paper que acaben de posar-li entre els dits. Quan l'aixeca, la porta ja s'ha tancat. Tot el discurs ha estat un núvol de fum, una boira espessa que oculta la part més interessant de la història.

A baix, al vestíbul, un conserge d'uns seixanta anys ordena correspondència sobre un taulell. Té una gran virtut: du uniforme. Això li donarà dret a tafanejar amb el primer vingut sense cap sentiment de culpabilitat. Sobretot, si aquest nouvingut se li dirigeix dient:

—Perdoneu... Us puc posar unes quantes qüestions extraoficials?

A la paraula extraoficial intervé el concepte de quelcom tan important que ningú de la direcció d'algun estament governamental no s'hi ha volgut veure complicat. El conserge gairebé es quadra després d'un instant d'analitzar la vestimenta d'en Delclòs. Sí, és elegant, sí, sembla que val calés i està neta, sí, i encara que el paio llueix barba, la té ben retallada i polida. Bé, pot passar.

—Què desitja?

—Vinc de parlar amb la senyora Alícia Biaix. Sóc metge. Ja deveu saber que la mare de la senyora Alícia Biaix va estar malalta, residint aquí...

—Sí... —l'avi, molt seriós. Atent com si li parlessin de coses molt misterioses i enrevessades.

—Però la mare se'n va anar no fa gaire...

—Se'n va anar no fa gaire...

—Us recordeu del dia?

El vell s'ho pensa només un segon.

—Dilluns passat.

—Sabeu per què se'n va anar?

Ara seria potser el moment que el conserge uniformat hauria de fer fora l'intrús. Però s'ha deixat convèncer per les ulleres, la calba i la roba; i a més a més té poca oportunitat de parlar amb gent. Està sol massa temps al cap del dia. O, per dir-ho d'una altra manera, resulta ser tan tafaner com en Delclòs esperava.

—No ho sé... —rondina—. No, no ho sé. No sé què li passa, a aquesta família, darrerament. Jo crec que era que no s'entenien la sogra i el gendre, ja se sap. Abans, no feien cap soroll, ni ells ni les criatures. Però ara, des que va venir la mare, més d'un veí se m'ha queixat. Bé, ja deu saber que ella estava una mica *tocada*... Uns xiscles, pobra dona...

—Se la van endur? —demana en Delclòs, sense saber per què.

—No, no. Se'n va anar ella sola. Ben contenta que anava. Em va demanar que li parés un taxi i així ho vaig fer. Però jo no me'n fio ni un pèl, dels boigs. Miri, jo vaig dir: «Ja veuràs com aquesta n'acabarà fent una de grossa». I efectivament, aquell mateix dia va venir per aquí un home i vaig dir: «Ho veus? Això segur que té alguna cosa a veure amb la boja aquella...».

—Un home? Com era aquest home?

—Alt, ample d'espatlles, cos d'atleta. Vestia d'una manera una mica extravagant, no pas brut, ni amb estrips ni res d'això, sinó més aviat llampant, *xava*, per entendre'ns. Tenia uns ulls molt grossos i molt macos, i barbeta enèrgica, i una expressió com burleta, desvergonyida. Pentinat amb un tupè que li feia una espècie de visera sobre el front, tot xop de brillantina com temps enrere, que ara sembla que es torna a posar de moda. Ah, sí, no ho havia dit? Era gitano, sí. Tenia la pell fosca i, en fi, sí, semblava gitano.

En Delclòs comprèn de sobte que l'antipatia que l'home va despertar en el vell conserge derivava exclusivament del color de la seva pell. Es forma la imatge d'un gitano ben vestit, atractiu i fatxenda i es diu: «En Gabriel». El conserge el va parar:

—Ei, vostè, on va?

—A casa de la senyora Alícia Biaix. —Parlava bé el català.

—Un moment, que li truco.

Pur tràmit. Més val assabentar-se de qui deixes entrar a la casa. Un telèfon comunica el taulell del vestíbul amb cada un dels pisos. Encara no havia acabat de marcar quan es va adonar que l'home obria la porta de l'ascensor, s'hi ficava.

—Digui? —l'Alícia.

—Un senyor la puja a veure. No m'ha dit el nom...

—Ha demanat per mi...?

El vell conserge es va sentir ridícul, allà com un babau, incapaç de parar el qui acabava d'entrar, parlant amb una veïna sense poder respondre a les seves preguntes, pensant si no fóra massa gros, ara de sobte, trucar a la policia i organitzar tot un aldarull per a no res. *Per a no res*?

Després de tot, no va passar res. Al cap d'uns minuts, s'obrí de nou la porta de l'ascensor i en sortiren el gitano i la senyora Biaix, agafadets del braç, amb una mica de pressa. El conserge va pensar llavors que la mare de l'Alícia ja en devia haver fet alguna de les seves. Potser l'havien atropellat, o havia caigut i s'havia trencat un altre os...

Quan va tornar l'Alícia (*sola*), li ho va preguntar:

—Que ha passat alguna cosa?

—No, no... —va dir ella.

Però no el va mirar als ulls, i semblava molt nerviosa...

—... I vol que li ho digui? Semblava com si li haguessin fet mal, l'haguessin tirada a terra, o li haguessin rebregat el vestit, no sé si m'entén. Anava despentinada... Jo, per mi, que va passar alguna cosa tremenda...

En Delclòs li agraeix la seva espontània col·laboració i surt de l'edifici amb la sensació que hauria de preguntar més coses, que hauria de pujar un altre cop a veure l'Alícia, potser, no sap... L'ha posat molt nerviós l'aparició d'aquest gitano que li fa pensar en en Gabriel. (*Qui podria ser, si no?*) Li entren presses per arribar immediatament a l'adreça de Premià.

Premià de Mar.

Plou amb agressivitat. A la dreta, a l'altra banda de la via del tren, el mar respira de manera feixuga, com un drac amagat i amargat que rondina, bramula, amenaçador, contenint amb prou feines les ànsies de llançar-se contra la terra amb totes les seves forces. Ve i recula, s'ho pensa millor, però torna i colpeja les roques amb ràbia abans de retrocedir de nou exasperat.

El doctor Delclòs abandona la N-II, s'allunya del

mar per si un cas i penetra en la solitud de la població. Li costa de trobar un vianant que li indiqui com trobar la casa dels Biaix. Per fi, el dirigeixen cap a l'interior. A l'esquerra trobarà una carretera asfaltada i...

És una carretera fosca i poc transitada que s'allunya del centre del poble. Ara només es veuen cases aïllades, ombres negres entre arbres que també són siluetes negres.

La pròxima vegada que vol consultar, en Delclòs ha de baixar del cotxe i, encongit pel pes de la pluja que el xopa, xipollejar en el fang i els bassals fins a un bar sinistre on el reben amb desconfiança.

Ara va per un camí de carro i la nit és molt negra. I, més enllà d'on arriba el cercle de llum dels fars, sembla que no hi hagi món.

L'eixugaparabrises va fent *flip-flap*, a un costat i a l'altre, en una lluita grotesca i inútil contra la pluja insistent. I en Delclòs, malgrat la calefacció que du connectada, té fred dins dels ossos.

La casa és protegida per una tàpia d'uns dos metres d'alçada per sobre de la qual treuen el nas uns quants arbres no identificables enmig de la nit i de la tempesta. El reixat rovellat és obert i dóna pas a un jardí on fa anys que ningú no s'ha adonat que hi ha herbes i plantes. Però en Delclòs, qui sap per què, no hi entra amb el cotxe. Qui sap per què. Diguem-ne aprensió.

Malgrat la pluja, en Delclòs decideix arribar caminant fins a la casa. No gosa apagar els fars del cotxe («No trigaré gaire, no donarà temps que s'acabi la bateria»), però al cap de tres o quatre passes comprova que és inútil, que els arbres o els matolls o la pluja o la por o l'ombra llarga que ell mateix projecta li dificulten més la visió que si hagués avançat a les palpentes.

El doctor Delclòs sent una por infantil, una por de les que no s'expliquen mai a ningú, una por sense motiu. No vol pensar en en Campavall, perquè potser imaginaria que s'amaga darrere d'un d'aquells arbres, amb la seva navalla d'afaitar, i que potser l'està esperant a ell. «Ara veuràs, Delclòs!», el sent cridar. «Ara veuràs!», però són imaginacions.

Hi ha llum en una finestra del pis baix.

En Delclòs pensa que està fent ximpleries. El normal seria anar directament, amb fermesa, a la porta principal i, un cop allà, trucar un parell de vegades. Això és el que faria qualsevol, fins i tot ell mateix si no fos de nit i plogués amb tanta intensitat i pensés que en aquell jardí, un cop, algú va veure un fantasma. En Delclòs va cap a la finestra il·luminada i mira cap a l'interior procurant que des de l'interior no el puguin veure.

Una dona gran asseguda al mig de la cambra somriu melancòlica i mira a l'infinit amb tendresa, com si pensés en un amant complaent. No sembla fer gaire cas a la noia jove que deambula per la cambra, fumant i xerrant amb una mica massa d'energia.

La dona gran ha de ser l'Àngels, és clar. I en Delclòs l'observa detingudament, tractant de reconèixer-hi la persona de qui tant li ha parlat en Campavall. Té una gran cicatriu en forma d'estel a la galta esquerra. En Delclòs sospira. És com si li haguessin parlat d'un món desconegut, inquietant i fabulós, i de sobte descobrís que el tenia allà, a l'abast de la mà. Veure l'Àngels i la seva cicatriu indueix Delclòs a creure en fantasmes.

—Delclòs, estàs boig —diu en veu alta.

La noia jove que xerra, xerra, de pressa, de pressa, de pressa, nerviosa, nerviosa, nerviosa, respon perfectament a la descripció que en Campavall va fer de la Dolors, la filla secreta de l'Àngels. El primer que fa pensar és en vulgaritat, sí, perquè no hi ha res de la seva persona que hom pugui retenir com a característic. Ni tan sols ara que en Delclòs sap que es prostitueix seria capaç d'esbrinar-ho per la manera com la noia es vesteix o es belluga. Els ulls... Tracta de veure-li els ulls. «Color tabac ros», que deia en Campavall.

«Què és el que et colpeix d'aquesta escena, Delclòs?»

La Dolors és una noia rebutjada, que la mare veia regularment. La mare es privava de coses per donar-li estudis, i una col·locació. I la noia pràcticament es va deixar prostituir a canvi de veure la seva mare (bé, o aproximadament). No és precisament aquest comportament que estàs veient el que esperaries d'unes persones com les que t'han descrit abans. Ara...

Ara, passa alguna cosa. Hi ha una espècie d'autoritat, de domini, per part de la filla. I una resignada absència per part de la mare. Com si la filla l'estigués renyant, ordenant, comminant... («No sé què hi fas aquí, sola!», podria estar dient) ...i la mare estigués desitjant que l'altra se n'anés i la deixés en pau.

«La noia, la Dolors, té por», decideix en Delclòs. «Té una por molt semblant a la que tenia l'Alícia; una por ambivalent, una por barrejada amb agressió i odi; *por que facin mal a la mare per culpa seva.*»

En Delclòs té un calfred. Imagina que en Campavall l'ataca per l'esquena. Retrocedeix. Veu el cotxe a la llum de la finestra.

Un 127 blanc, molt atrotinat. És clar. Com hauria pogut arribar la Dolors fins allà si no hagués tingut cotxe?

Però, per què el sorprèn tant, a en Delclòs, que la Dolors tingui cotxe?

Per què continua fent ximpleries i s'aprèn de memòria la matrícula del 127 blanc?

Truca a la porta. Silenci. La filla deu estar dient: «Qui serà? Esperes algú? Deixa, deixa, ja hi vaig jo».

La Dolors que s'encara amb en Delclòs és formosa, i sòlida, i valenta, i molt segura d'ella mateixa. No correspon a la imatge que n'hi havia donat en Campavall. En Delclòs endevina que les coses no van ser tan màgiques com li va explicar el seu pacient. La Dolors, amb els ulls, tria i accepta o rebutja els homes amb una fredor analítica digna del més eficient executiu agressiu. Ella es va voler enllitar amb en Campavall i per això ho va fer i no perquè ell estigués posseït o disposés de qualitats màgiques. I, quan va parlar amb en Gabriel, la Dolors sabia perfectament de què parlava i per què ho deia, i quan va accedir al que va accedir, n'era perfectament conscient. En Delclòs suposa tot seguit que la Dolors ja s'havia prostituït abans de conèixer en Campavall i que la seva concessió a en Gabriel va ser un acte voluntari, serè i adult. Bé, aquesta és la sensació que produeix. Una dona molt ferma.

—Què vol? —diu, dolça, sol·lícita.

—Vull parlar amb l'Àngels Martí de Biaix. Em dic Delclòs, sóc psiquiatre amic d'en Campavall. La puc veure?

Un somriure.

—Passi.

Per dintre, la casa respon al model «Estiueig nousrics anys cinquanta», amb decoració barata i mobles que feien nosa a la casa de Barcelona. L'escala que puja cap al primer pis amb passamà de fusta fosca, un quadre amb flors seques i el seu nom científic escrit a sota, mobles de l'època funcional, amb quadriculats repenjats sobre potes de filferro.

—Mamà, mira, que aquest senyor és amic d'en Campavall.

L'Àngels aixeca la mirada i se li enfosqueix el rostre. La seva expressió és defensiva, els seus ulls són mig clucs, se li encarcara tot el cos.

En Delclòs, que s'està acostumant a fer i pensar ximpleries, pensa que ella li ha llegit els pensaments, que ja sap per què és allà i que allò la disgusta profundament i que el vol fer fora com abans millor.

—Puc parlar un moment amb vostè? —demana en Delclòs.

—Campavall? —diu de sobte ella com si al·lucinés, com si s'esverés de no reconèixer la persona que entra tot i estar convençuda que l'havia de conèixer. Repeteix:

—Campavall?

—No és el doctor Campavall, mamà... —diu la Dolors.

Els ulls de l'Àngels recuperen a poc a poc la raó. Diríeu que han estat mirant alguna cosa borrosa que ha anat prenent cos i significat. Ara veu bé que és en Delclòs el qui té al davant.

—Em dic Delclòs, senyora. Sóc amic del doctor Campavall.

—Que sap on és? —s'il·lusiona ella.

—Em permet la gavardina? —La Dolors està una mica massa sol·lícita. El seu to comença a resultar embafador—. Vol prendre alguna cosa? Segui, si us plau... —En Delclòs li dóna la gavardina d'esma, atent a l'Àngels.

—L'estic buscant —respon—. I vostè, Àngels? No en sap res, d'ell?

Amb la gavardina al braç, la Dolors s'ha dirigit a una porta de vidre translúcid, però no acaba de sortir de l'estança. De cua d'ull, en Delclòs veu un gest de neguit, una mà crispada, una inquietud frenètica.

—No en sé res —diu l'Àngels somiadora—. Però vindrà. Encara no en sé res, però vindrà.

La Dolors està atenta a la conversa. Massa atenta.

—Perdoni —diu el psiquiatre a l'Àngels. I es tomba ràpidament cap a la Dolors, que recupera el somrís un segon massa tard—. Puc parlar un moment amb vostè sola?

No li dóna temps de respondre. Va cap a ella. La porta de vidre translúcid ja era gairebé oberta. En un no res ja són tots dos a l'altre costat, protegits de l'atent esguard de la vídua. La Dolors perd el somriure. En Delclòs, en canvi, n'adopta un de circumstàncies.

—Policia, oi? —Ara ella és la viva imatge de la prostituta a la defensiva.

—No sóc policia. Sóc psiquiatre. De fet, vull trobar-lo abans que la policia per fer-me'n càrrec. Ja us podeu imaginar que el Col·legi de Psicòlegs està molt preocupat per això. Imagineu la policia interrogant un psiquiatre que es dedica a matar gent amb una navalla d'afaitar, el que dirien els diaris... Perquè sabeu que pot ser perillós, oi? Ja sabeu que va matar el seu gos i que va ferir un veí... I diuen que ha matat un tal Yagüe... El coneixeu?

—Yagüe? —diu la Dolors com si aquesta interrupció li semblés absurda—. No...

—Bé. Doncs ja heu sentit la vostra mare. Està disposada a obrir la porta a en Campavall. L'espera. Li obrirà...

—Això és el que em té amoïnada. Voldria convèncer-la que tornés a casa de la... —Què vol dir?: «Alícia»? Pot ser un insult? Acaba—: ...seva filla.

—Vós sou filla seva. La Dolors, no? —Un pas enrere, la crispació, l'odi a les ninetes, «Com ho saps, això?», vol dir. «I què més saps?»—. En teniu cura? Viviu amb ella, aquí?

—Sí —un «sí» que vol dir «no».

I ara en Delclòs ja decideix que té el terreny propici per atacar.

Diu:

—Vull parlar amb en Gabriel.

Un instant sense so, ni espai, ni vida, ni temps.

—Qui? —diu ella, amenaçant.

—Ja sabeu de qui parlo, Dolors. D'en Gabriel, un amic vostre del carrer de Buenos Aires. Us el va presentar en Campavall i des de llavors li feu uns treballets...

—No sé de qui em parleu. —Ella fa el gest d'anar-se'n, però no es decideix.

—És clar que sabeu de qui parlo. No calen més explicacions. En Campavall, que jo sàpiga, només podia anar a tres llocs. A casa de l'Alícia o aquí, cercant la teva mare per fer-li mal... I, quan dic fer-li mal, ja saps a què em refereixo... O potser va sortir molt mal parat de la baralla amb el gos i va anar al seu amic Gabriel que li curés les ferides...

—T'has tornat boig. Té la gavardina. Adéu.

—Quina relació hi ha entre en Gabriel i la teva germana Alícia?

Reacció brutal, instintiva:

—*Cap!*

Somrís de suficiència d'en Delclòs:

—O sigui que saps de qui parlo? On viu en Gabriel, Dolors?

—Fora d'aquesta casa. —Ara la Dolors comença a semblar molt perillosa.

—No, Dolors. No sé què cony porteu entre mans tu i l'Alícia, però sabeu, perquè ho noto, que la vostra mare és en perill. Et conec, pel que m'han dit sé que estimes l'Àngels i que no li vols cap mal. Per això et demano que col·laboris amb mi... *On és en Campavall*?

—No ho sé!

—On viu en Gabriel?

—No ho sé! *No he anat mai a casa seva!*

Per segona vegada es marca una pausa de no res, d'insonorització, de pou negre i sense fons. Tots dos tensos (ell, interrogador, que controla la situació; ella, desafiant, poderosa i feble a la vegada, un sospir i una súplica i una ràbia a flor de pell). I es relaxen.

—Ho hem fet sempre en hotels —diu ella.

—En quin hotel?

—Un de petit que es diu Central, vora la Diagonal...

—*Què passa, Dolors?*

I ella, dòcil:

—Passa que la mare és boja i que l'Alícia l'ha fotuda fora de casa seva. Passa que un boig perillós cerca la mare per matar-la i ella està disposada a obrir-li la porta i a oferir el coll a la navalla...

—I per què no te l'endús a casa teva?

I ella, furiosa:

—Perquè no puc! Jo hi treballo, a casa meva!

—Deixa el treball!

—Vés a la merda i fica't en les teves coses! *Fora!*

Li tira la gavardina, en Delclòs no l'entoma i la deixa caure a terra. Posa la mà en el pom de la porta.

—Ara parlaré amb la teva mare.

—T'ho prohibeixo.

En Delclòs fa gest de desobeir i la Dolors el subjecta pel canell, i ell estira per desprendre-se'n, i ella estreny i es resisteix, i de sobte en Delclòs descobreix que la Dolors té molta més força del que sembla, noia que deu haver fet treballs durs, potser al camp, *Déu, i fa mal!*, i el que era gest suficient de l'home que pensa ser més poderós que la dona es converteix ara en una prova de força, una competició de músculs tensos, llavis estrets, mirades fixes, cames que s'arrelen fortament a terra per resistir a l'embranzida de l'altre, i ella somriu, i ell fa cara de «estic a punt de ser humiliat, però tant és», i per fi el psiquiatre surt ensopegant d'esquena i topa contra la paret amb un cop sonor.

—Fora —diu la Dolors.

—No. No crec que vulguis trucar a la policia i tampoc no crec que vulguis que muntem una baralla, ara, aquí al mig. He de parlar amb l'Àngels, he de saber per què sembla que m'hagi confós amb en Campavall, he de saber si va venir sola o acompanyada...

—Això, ja li ho puc dir jo. Va venir sola i amb molt poc equipatge. Van discutir, l'Alícia i ella. La mamà diu que va decidir de venir aquí i l'Alícia li ho volia impedir. O sigui, com si tingués por que en Campavall la trobés aquí a Premià, sola... —La Dolors riu, sarcàstica—: Ha! Hauria estat el primer cop que l'Alícia s'havia amoïnat per la salut de la mamà. El que jo penso és que l'Alícia va fer fora de casa la mamà perquè li feia por que en Campavall anés un dia a casa seva amb la navalla a la mà i la trobés despentinada...

—Molt bé. M'hauria agradat que m'haguéssiu dit tot això sense necessitat de tanta comèdia. Ara resoldré les altres qüestions amb l'Àngels i després continuarem parlant tu i jo sobre la connexió que hi pugui haver entre en Gabriel i l'Alícia.

—T'estàs ficant en un embolic —diu la Dolors—. Vés-te'n.

—No —diu en Delclòs. Obre la porta, somriu i passa a l'habitació on l'Àngels l'espera somrient.

L'Àngels dóna dos copets al seient de la cadira propera, «vine, vine», convidant Delclòs a asseure-s'hi. En Delclòs obeeix lentament, amb molt de compte, com fent un esforç per no trencar alguna classe de màgia que pugui estar omplint la sala.

—Com has dit que et deies?

—Delclòs.

—I coneixes el doctor Campavall? Sí. Us assembleu. Digues: on és?

En Delclòs pren entre les seves, las mans artrítiques de la dona.

—No ho sé, on és. L'estic cercant per tenir-ne cura.

En algun lloc de la casa dringa un telèfon. La Dolors ha anat a trucar. Potser a en Gabriel. En Delclòs es vol fer el valent i pensa: «Millor, que vingui, així podré parlar amb ell», però en realitat no li ve gens de gust l'experiència. Què està dient ara l'Àngels? Per què prem amb ànsia les mans d'en Delclòs?

—En Campavall no necessita que ningú en tingui cura. *Ja no necessita que en tinguin cura*: ara ell tindrà cura de tots els altres. De mi i de tots els altres...

—No sabeu on és en Campavall? No sabeu on pot ser?

—No cal. Vindrà ell. Em vindrà a cercar. Només cal esperar aquí amb la porta oberta i ell entrarà...

—Esteu molt segura que vindrà?

—Mai no m'ha deixat.

—No us fa por en Campavall?

L'Àngels té un calfred i perd el somriure, com si se l'acabés d'empassar, però tot seguit l'escup i el torna a tenir a flor de llavis. «Por?»

—No sabeu que pot ser perillós? No heu llegit els diaris? —insisteix en Delclòs. I ella torna a posar-se seriosa, torna a somriure, *por?* I en Delclòs gosa llançar la pregunta, tan tensat que gairebé no toca amb el cul el seient:

—No us recorda l'Esteban?

Por. Sí, por. Una sacsejada de cap a peus, i aquells ulls per un segon esbatanats, aquella ombra de plor als llavis. I el somriure fràgil i trist torna a la boca mentre la mà artrítica puja cap a la galta del psiquiatre i l'acarona. I gairebé podríem sentir els seus pensaments que dubten: «Sí que s'assembla a l'Esteban... L'Esteban bo del principi, el que tot ho podia... Però no, no té res a veure amb l'Esteban que reia i que colpejava, l'Esteban que se'n fotia d'ella, l'assassí, el torturador, no, no, és indecent de comparar-lo amb el bon Campavall...».

—No... —diu ella per fi—. No, i és clar que no... —I després d'una pausa de carícies mecàniques—: És bo... Molt bo... M'ajuda. Completament diferent de l'Esteban. De fet... —desvarieja, parla com si estigués explicant un conte a un nen—. De fet, quan venia en Campavall, l'Esteban se n'havia d'anar, el fèiem fora entre tots dos... —riu.

—L'Esteban us venia a veure? —En Delclòs la incita a continuar parlant.

—Sí. I em volia fer mal. Em prometia que es venjaria...

—De què havia de venjar-se l'Esteban? —Els ulls de l'Àngels el guaiten amb complicitat, amb tendresa, amb satisfacció. Feia estona que estava esperant que li fes la pregunta, potser. Després, els ulls es tanquen i la mà que acaronava s'enganxa als cabells del clatell de Delclòs...—. De què es volia venjar l'Esteban...?

... I en Delclòs pensa que ell ja ho hauria de saber, que l'Àngels està parlant amb ell per telepatia, que hi ha una connexió indefinida i indefinible, sensacions de *déjà vu*, «El que em va explicar en Campavall a la consulta, potser?»; la constatació que en aquell mateix moment l'Àngels està estimant en Campavall en la figura de Delclòs, *està estimant una part de Campavall*, està estimant la part de Campavall que pot haver impregnat la personalitat de Delclòs després de dos anys de tractament...

—L'Esteban es vol venjar de tant com el vaig fer patir... —riu com una nena entremaliada.

—Mamà, calla. —La veu arriba simultàniament amb el *cric-crac* d'obrir la porta, el *bam* de tancar-la amb energia—. Tot això són bajanades teves. I vostè, doctor...

En Delclòs es nega a tombar-se per mirar-la. Es manté atent a una Àngels que, en canvi, ha interromput el seu discurs, acovardida per la filla.

—... Si no anava a dir res. Només que...

—*Calla!*

—Digueu, Àngels... El vau fer patir? Com el vau fer patir...?

La Dolors, des de la porta, rabiüda:

—Doctor, és una manera de parlar. És boja. Són coses de família. Vostè cerca en Campavall, oi? Doncs no és aquí, i no sabem on el pot trobar, així que toqui el dos, més li val... He trucat...

En Delclòs no li fa cas:

—Àngels... Sabeu el que va fer el doctor Campavall... o el que se suposa que va fer... el dilluns 26?

—Què? —va dient l'Àngels. Repeteix—: Què? —com si no entengués el que li diuen—: Què? —Però ho entén, ja ho crec que ho entén—: Què? —I de sobte—: Vagi-se'n!

—Senyora...

—*Vagi-se'n!!*

—En Campavall és perillós...

—No ha sentit el que diu la mare? —diu la Dolors.

—... Heu de tornar a casa l'Alícia...

—Deixi'm en pau! Que se'n vagi, Dolors, que se'n vagi!

—*Té la pistola reglamentària del seu marit?*

Aquesta pregunta, com si fos fora de lloc, immobilitzà tots tres en un significatiu quadre plàstic. L'Àngels mira fugaçment i furtivament la seva filla. En Delclòs, en canvi, es força a continuar girat d'esquena a la Dolors.

—Doctor Delclòs, he trucat a uns amics. Li faran mal...

—Àngels, què està passant aquí? Ja sentiu la vostra filla: em vol treure per força. *Què està passant aquí?* —A en Delclòs li tremola la veu.

—No, no tinc la pistola. Se la van quedar quan jo... —L'Àngels s'acarona la cicatriu de la galta. També li tremola la veu. Vol desviar la conversa, però no sap com fer-ho.

—No parlo d'aquella. Parlo de l'altra. Un revòlver del 38, si no m'equivoco, que teníeu al calaix de la tauleta de nit... El teniu el revòlver, Àngels?

L'Àngels mira per damunt l'espatlla d'en Delclòs i la impressiona quelcom que veu, es posa en tensió, i en Delclòs sent que darrere creix l'amenaça com un monstre invisible i impalpable que, això no obstant, anés omplint l'espai de la cambra, que els anés privant d'aire, però es nega, es nega amb un violent esforç a tombar-se i a mirar les maniobres de la Dolors. Si pressiona una mica més, l'Àngels parlarà. Només que digui una paraula, darrere d'aquesta seguirà una altra i una altra i una altra, i s'anirà construint la veritat. Perquè ara en Delclòs ja sap que la veritat la té l'Àngels... Interfereix la veu de la Dolors, farcida de ràbia continguda: «Fora d'aquí d'una vegada; si vénen els meus amics et faran una cara nova, i no servirà de res que ens denunciïs a la policia, direm que vas entrar per força...».

—Coneixeu en Gabriel, Àngels? —Potser sigui aquesta la pregunta clau.

—No... No el conec. —No. No el coneix. Diu la veritat.

—... I un senyor que es deia Yagüe?

Aquesta era la pregunta.

És com si tot passés en un segon i a la vegada fos etern. En Delclòs, després, confondrà l'ordre com van passar les coses. Recorda «... I un senyor que es deia Yagüe?», i l'expressió de l'Àngels, com si acabés de ser bufetejada, i el plor que brolla dels seus ulls, i el monstre que bramula en silenci o potser que xiscla «Tu t'ho has buscat!» (o potser això és un pensament del mateix Delclòs), i aquella detonació inaudible dins el seu cap, cop que de moment no sembla pas tan fort al mateix temps que fa que tot rodi, que l'envaeixin les basques per dins i per fora i que caigui a terra, «ai, que em faré mal», amb la sensació d'haver-se begut litres i litres de conyac.

En algun instant d'aquest procés l'Àngels deia: «No, no, Campavall, estimat, què t'han fet?».

12

La visita

Aquesta nit, la tieta Teresa no sap què li passa. Un desfici, un tremolor, un mal de cap agut i persistent, una precipitada taquicàrdia, una llàgrima tèrbola en el seu únic ull viu, li han amargat el programa de televisió. El pressentiment de la mort li ha impedit de gaudir d'un programa musical i d'una pel·lícula d'espionatge, i del telenotícies...

El pressentiment de la mort que no havia sentit quan va tenir l'atac que li va destruir mig cos. Aquella sensació que només va intuir molt de lluny el dia en què l'Alícia li va trucar per dir-li que l'Esteban havia mort. «Tieta Teresa... El papà s'ha mort», *pam*, aquella fiblada al cor que la deixa sense respiració.

Ara és el mateix. L'angoixa veure com passen les imatges a la pantalla com si fossin les darreres imatges que hagués de veure en sa vida. Cada canvi de pla a la pel·lícula, cada anunci, és un pas més cap al final. Cap al final del programa. S'acaba el telenotícies i sembla que s'hagi acabat una etapa de la vida. Ara en comencem l'últim acte. Hi veu sense veure-hi per culpa d'una llàgrima, i el cor li va *pom*, *pom*,

pom, com si la vida estigués colpejant amb els punys una porta, com si la vida exigís peremptòriament que la hi obrissin, perquè se'n vol anar. «Deixeu-me sortir!», xiscla la vida. I colpeja, colpeja, i aviat trencarà una membrana, o una fibra, o un nervi, farà un forat, i la vida fugirà i la Teresa es quedarà allà, asseguda a la butaca d'orelles, amb un ull i la boca oberts, paralitzat ja del tot el seu cos menut.

Sona el timbre que fa soroll d'antic.

Taquicàrdia, i mal de cap, i angoixa desapareixen per uns instants, i amb ells la sensació de viure. «Qui deu ser en aquestes hores?», pensa la Teresa. I després, incongruent: «Potser el truc m'ha esverat, he tingut un cobriment de cor i m'he mort...».

La Pepita arrossega els seus peus pesadíssims de cinquanta anys pel passadís, cap a la porta, sense piular, sense estranyar-se que algú hagi trucat a hores tan inadequades. La Teresa, calor a la cara, cansament infinit a les extremitats, vol dir-li «No obris, no contestis!», però no pot parlar, perquè se sent morta, perquè pensa que ja va sent hora d'acabar d'un cop amb tot això. La Pepita respon per l'auricular de l'intèrfon «Qui és?». La Teresa vol dir-li: «Si és el metge, que se'n vagi, que no pugi, m'ha arribat l'hora i ell no n'ha de fer res».

Cau l'auricular, rebota contra la paret. La Pepita es commou, frenètica, i sanglota, i quequeja xisclets ridículs, recula, topa amb la paret.

—Qui és? —crida la Teresa, crispada—. Què passa? Qui és?

—L'Esteban —articula amb prou feines la minyona—. El seu germà, l'Esteban... Diu que vol pujar!

Serenitat als ulls de la tieta Teresa. És com si li haguessin dit «La mort!». I està bé que la mort arribi així, en la figura del germà benvolgut, d'aquell beneït que sempre tenia una sortida per a tot, amb el qui tant havia rigut. Està bé que la mort arribi amb ganes de fer riure en la persona que més has estimat a la teva vida. Recorda com rèieu, allà, a Premià, en el gronxador, les carícies d'ell, aquells petons atrevits de *jugar a festejar* («entrena't per quan t'arribi el moment», que deia l'Esteban, *vateuset*, com havia d'arribar el moment després d'haver-te conegut a tu, Esteban, a tu, l'home, el germà, el company...!).

No és tan dolenta la mort si arriba així!

—Digue-li que pugi.

—Però, senyoreta...

—Que pugi, et dic.

De lluny i amb molt de compte, com si l'aparell li pogués cremar la punta del dit, la Pepita prem el botó que fa accessible la porta del carrer.

El televisor s'ha cobert d'espurnes blanques i emet un soroll raspós i desagradable.

«S'ha acabat l'emissió», pensa la tieta Teresa. I s'aixeca penosament de la butaca d'orelles.

Potser tindrà temps d'arreglar-se una mica abans que l'Esteban se l'emporti.

Soroll d'ascensor que puja. Tremolor dels cables. Lenta caiguda del contrapès. La Pepita que se'n vol anar a la seva cambra i no pot moure's d'allà, ulls com plats fixos en la reixa de l'ascensor, «No pot ser que pugi l'Esteban», joc de llums a les parets de l'escala a mesura que puja l'aparell...

Ranquejant, repenjada en el bastó, tota la figura

retorta cap al costat inútil, un ull boig, l'altre fix al final del corredor, un tremolor a mitja boca, una cama fa figa, l'altra fa de puntal i avança amb desmanyotats moviments obstinats, en l'ombra sinistra d'un corredor abarrotat de barroquismes.

—A qui sigui, digues-li que passi.

A la Pepita se li posen els pèls de punta. No pot dirho. Ara, ella també sent l'alè de la mort. Sap que la senyoreta morirà, i ella no vol morir, no vol estar allà al llindar de la porta *mentre la Mort puja en ascensor*.

La tieta Teresa es mira al mirall i es veu tan vella que se li escapa un plor inconteniblement.

Has arribat al final del trajecte. Ara t'adormiràs tranquil·lament i despertaràs enmig de la foscor (dóna una ullada al corredor, negre de nit fosca), i a poc a poc vindrà la llum, a mesura que tu obriràs els ulls al nou món, a la nova vida, on potser podràs bellugar les dues meitats del cos de la mateixa manera, on tornaràs a ser maca com ho eres, o com et veia el teu germà...

... Esteban...

... Tot el que l'Esteban et pugui donar ha de ser bo per força...

... L'ascensor s'atura en aquest pis.

L'ascensor s'atura en aquest pis...

La Pepita voldria no mirar, però no pot. El que veu a la llum de la cabina li sembla espantós, però potser sigui l'aprensió, no pot ser que els morts tornin d'allà on són, i se li ocorre que *aquell home pesa* prou per mantenir encesa la llum de l'ascensor, i és prou sòlid per empènyer la porta i obrir-la i, ara que ja és al replà, la llum de la cabina s'apaga, i això vol dir que l'home de la gavardina pesa, i és sòlid, i per tant les seves mans no passaran a través d'un cos si ell no vol que passin a través...

L'home somriu i la Pepita retrocedeix.

I hi ha un moviment molt ràpid, i un cop sonor, i la Pepita surt volant, cau, s'amorra a terra, s'humilia, es desmaia en un racó.

Farcell negre i tremolós en un racó.

—Teresa?

Ella diu: «Ja em criden».

S'ha pentinat, s'ha pintat una mica les galtes i els ulls, i els llavis, i ara pinta un somrís i una ganyota, i als seus anys ja és la verge preparada per al sacrifici. Com una adolescent asteca, amb el vestit escaient, amb la pintura escaient, joiosa davant la perspectiva de sortir al pas del ganivet d'obsidiana que t'esquinçarà el cor i et farà deessa.

Ella diu: «Ja estic llesta».

Surt al corredor. I es troba amb la figura alta i fosca, la gavardina esgarrinxada i bruta de sang, els ulls que fan pensar en l'Esteban, i la navalla d'afaitar, l'instrument del sacrifici...

... Però, a l'últim moment, la conclusió és: «*No ets l'Esteban!*», pànic, com si algú vingués a profanar la teva tomba abans que t'hi hagin sepultat, algú que ve en lloc d'altri, un usurpador que somriu, sí, però no com ho feia l'Esteban, l'intrús que belluga la mà, que colpeix amb ella, sí, però no amb l'energia i la virilitat de l'Esteban...

Bufetada. Gest net que dibuixa un tall de sang en la galta exsangüe de la Teresa, que ara vol recular perquè sap que no és el seu germà, tall, esquitxada que desprèn l'ull mort, talls sense dolor que fan recular i que porten mort natural malgrat les taques de sang a la paret, malgrat les caigudes aparatoses, malgrat el soroll i la por; mans insensibles, inútils, que surten al pas de la fulla esmolada i brillant que ara sega el coll sense esforç, així, sortidor de sang que brolla alegrement, festa major de la mort, escopinada. Gargall vermell contra el passat o contra el que vindrà, qui sap.

Qui sap què vindrà.

13

Aigua passada

Foscor i un xuclador que t'arrossega cap al fons d'un pou negre, vaivé d'un vertigen esfereïdor que et fa sentir ninot sacsejat, maltractat pels déus, i de sobte el punt de dolor que ja és clapa de dolor, cop de martell, broca que perfora, tot es fa trossos, explosió de dolors, crit i veu que calma, i mà que toca el front, «*Xxxxut*, tranquil, no cridis, ja ha passat», i obres els ulls i veus el rostre maternal de la velleta que et somriu com disculpant-se, i mentre parpelleges confús, marejat i dèbil, ja saps el que et dirà.

—Li prego que disculpi la meva filla, no sé com dir-li-ho, és tan esbojarrada, tan impetuosa... Tenia por, sap? Por de vostè, i del que vostè pogués pensar i del que vostè pogués dir... M'entén? Sap de què li estic parlant...? Vostè preguntava, i preguntava, i preguntava, i ella tenia por, comprèn?, por que la castigués, por que fes córrer la veu que ella... Ja ens entenem, oi? Que ella fa la vida. Que es pensa que no ho sé? Sí, sí que ho sé... Ella mateixa m'ho ha dit. M'ha parlat del poca-solta que l'ha entabanat, el tal Gabriel, un gitano que no toca enlloc, un mala bèstia que s'aprofita de la inexperiència i la necessitat d'afecte d'una noia, una pobra noia, que no sap què fer de la seva vida... Jo no li he pogut donar res de millor a la Dolors, pobra... No en vaig saber, no vaig poder donar-li una educació... Ella trampejava treballant aquí i allà... desorientada... Mai no va tenir una família...

El doctor Delclòs s'incorpora sentint que el cap li pesa molt més que la resta del cos. Se l'ha d'aguantar amb les dues mans perquè no basculi endavant i el faci caure. Es recolza als genolls, es frega el rostre, palpa el voluminós paquet de benes que té a la templa. I va tornant a la vida mentre l'Àngels, marona deliciosa, continua parlant-li d'una nena incompresa, que va néixer fora d'un matrimoni i que va ser condemnada implacablement per un home intransigent i cruel.

Es pot culpar la pobra noia si en un moment d'ofuscació ha colpejat aquell qui l'atabalava i ha fugit, esverada per si li havia fet massa mal?

—Una mica de conyac, per refer-se? Prengui'n una miqueta més, ja veurà com li va bé.

Delclòs tus i amb la mà indica que està bé, està bé, el pitjor ha passat. Li fa molt mal el cap.

La Dolors va ser engendrada en unes condicions especialment terrorífiques, no se li han de tenir en compte les seves reaccions esbojarrades. I, sense que ningú li ho demani, l'Àngels s'embranca en un relat llarg i minuciós que al psiquiatre no li ve del tot de nou. Abans de sortir de l'atordiment, ja contempla amb la imaginació aquella Àngels de vint-i-tres anys que es va quedar enlluernada davant l'home dominant, cínic, simpàtic, entremaliat i seductor. Ella cosidora i ell inspector de policia. En aquella època, una se sentia tan segura al costat d'un policia! I quina boda més maca el 30 de novembre del cinquanta-u!

Dues setmanes de lluna de mel i cinc anys de turments aclaparadors. La seguretat en si mateix es transforma en fatxenda, el somrís irresistible és en realitat una ganyota despectiva, aquella energia és simple mala llet, la desimboltura en el parlar acaba essent una grolleria ofensiva, i un dia una carícia es converteix en bufetada i un altre dia entre els crits que li esberlen els timpans apareixen insults fora de tota mesura, paraules punyents com cops de puny, unes frenètiques ànsies de fer mal, d'humiliar, de menysprear, d'anihilar... L'Àngels, de tant en tant, té por que aquell homenot que un dia fou simpàtic i seductor ara la mati a cops, o l'escanyi o quelcom per l'estil... I tot això, per què?

Perquè en cinc anys no havien tingut fills. En cinc anys, l'actitud del policia en entrar a la *Brigada* havia canviat del tot. El seu posat ostentós d'abans, quan anunciava que tindria un fill que es diria Albert i que seria policia com ell, s'havia anat amagant. Com si, a partir d'un moment determinat, els seus companys el rebessin amb una mirada reprovadora del seu fracàs. Com si en l'aire planés la pregunta burleta «Què! Encara no, noi?». Com si estigués segur que se li'n fotien quan ell no hi era. S'imaginava el comissari dient a un inspector a cau d'orella: «Diuen que és impotent el pobre»...

—*Per culpa teva em diuen impotent!* —va xisclar un dia, ventant un revés a l'Àngels.

Bé, aquest era un dels motius de la seva tribulació. Potser el més important, però no l'únic. També hi havia el joc. Quan perdia, i perdia molt sovint, el seu humor s'enfosquia. I l'alcohol també hi contribuïa. Ara mateix, a l'Àngels li ve al cap la imatge del marit de quatre grapes a terra, vomitant líquid, insultant-la a ella entre perbocada i perbocada.

Sense dir paraula, Delclòs s'ha concentrat en un autèntic escorcoll de la casa. Obre portes, clava una ullada, tanca, segueix el passadís fins a la propera, obre, mira, tanca, està cercant la Dolors, o no sap ben bé el que cerca, obre, mira, tanca la porta d'un lavabo que fa temps que no es fa servir. Ara puja l'escala i l'Àngels el segueix tranquil·la, reposada, indiferent al que ell faci, sense perdre el fil del relat.

A qui pot estranyar que en aquestes circumstàncies l'Àngels s'enamorés d'un altre home?

Un lampista de vint-i-set anys que li va tirar floretes al Pla de l'Os.

—A veure, a tu què et passa? —li va dir ella, descarada, quan se li va escapar el riure.

—Passa que de senyoretes com vostè en passen poques, *prenda*.

Aiguardent a l'Arc del Teatre. Espurnes als ulls, un xic pitof tots dos, mirades descarades, somriures que els feien joves i bells. El desig de viure, de riure, de ser feliç. L'alcohol i l'excitació van posar color a les galtes i l'Àngels no volia tornar a casa, no ho volia de cap de les maneres, sabia que mai més no es podria tornar a tancar amb l'energumen després d'haver vist els ulls de l'Enric.

Enric Duran es deia ell. I el cercava la policia perquè dirigia una guerrilla anarquista. Era tan valent que l'estava cercant la policia i, a ella, li va tirar floretes al bell mig de la Rambla un dia de primavera de 1955.

Van fer l'amor per primer cop al pis del carrer de la Princesa, a les onze d'un matí d'estiu, embolicats en una xafogor desesperada, suant, xopant els llençols, rodolant cap al fons d'un barranc sense fons, volant a milers de quilòmetres per damunt del món, a milers de quilòmetres per hora. Déu meu, va ser com estar plantats al mig del món, a la plaça major del món, en plena festa major de l'univers, contemplant bocabadats i marejats com les cases, i els mobles, i els cotxes, i les persones, i els animals, i els núvols, i cada un dels objectes que hi havia damunt la tauleta de nit, i les flors i les papallones i la roba que havien llençat damunt la cadira, i els records i el futur i els déus de totes les religions del món, tot, tot, tot, tot, ballés al seu voltant una magnífica dansa d'homenatge.

En Delclòs obre una porta i, abans de mirar a l'interior, es tomba cap a l'Àngels i li dirigeix una mirada de sorpresa. L'Àngels s'interromp, es posa vermella i somriu un xic avergonyida i molt coqueta.

—... Bé, o una cosa per l'estil —acaba la descripció.

—Teniu golfes? —diu el psiquiatre mirant al sostre.

—Soterrani —diu ella.

I ara és l'Àngels qui obre el camí. Baixen les escales cap al soterrani. A la cuina, s'aturen un moment perquè l'Àngels agafi una làmpada de butà i l'encengui. Obre la porta d'una fresquera molt gran i desendreçada, oblidada per culpa del frigorífic, i al fons hi ha una altra porta. Uns esglaons gastats cauen a plom, gairebé verticals, dins una foscor densa, impenetrable, com de vellut negre.

—Al *tantu* de caure —diu l'Àngels. I després, amb la mateixa naturalitat, com si res, continua el relat—: Però res de tot allò no passava per casualitat, eh? No ho cregui. L'Enric sabia perfectament qui era jo. Sabia que jo era la dona de l'Esteban Biaix, el seu pitjor enemic.

Han arribat al fons del pou. De moment, la foscor és tan intensa que sembla enganxar-se a la pell. I en Delclòs, sobresaltat, s'atura i es tomba cap a l'Àngels, interrompent l'escorcoll per dedicar tota l'atenció a la dona que se li està confessant. No diu ni una paraula i, com si estigués assegut darrere l'escriptori del seu gabinet, procura no expressar res amb el rostre. Però intueix que aquí, sota terra, lluny de la llum i de les coses palpables, sòlides i reals, lluny del present, és a punt de viatjar vertiginosament cap al passat. Cap a un moment del passat tan fosc i sinistre com el soterrani que l'envolta.

A la feble claror de la làmpada de butà que l'Àngels ha deixat sobre una taula, el psiquiatre es disposa a sentir la part més sòrdida d'aquesta història de mort.

Sí, l'Àngels s'assabentà de tot un inoblidable 10 de març, el dia en què ella es va atrevir per fi a dir a l'Enric que estava embarassada d'ell, un inoblidable dia de primavera avançada en què plovia i feia sol, i les gotes brillaven amb colors d'arc de Sant Martí a fora, al carrer, i sobre els vidres de la finestra i a les galtes de l'home i la dona que parlaven i ploraven en aquell pis del carrer de la Princesa.

L'Àngels havia constatat la seva pròxima maternitat el dia 25 de febrer, quan ja estava embarassada d'un mes. A partir d'aquell moment, havia viscut esparverada al costat d'un home que de tant en tant tornava a casa amb la roba tacada de sang i pensava que havia de fer avortar un fill que desitjava per sobre de totes les coses del món. El fill de la persona que millor l'havia tractada en la seva vida.

Quan l'Àngels ho va dir a l'Enric, ja havia decidit de tenir el fill, fos com fos. Tot i sabent que potser s'hi jugava la vida.

Van plorar. I plorant llàgrimes irisades, en Duran li va confessar que no s'havien conegut per casualitat, que ell sabia que ella era la dona de l'Esteban i que, sense que ella se n'adonés, li havia anat traient dades importants per al grup anarco-sindicalista que dirigia. Gràcies a ella, havien constatat pas a pas que una important maniobra de distracció els havia reeixit del tot. Quan l'Àngels havia comentat que el seu marit havia estat uns dies pel Montseny primer i per la Seu d'Urgell després, ells havien comprès que havien enganyat la policia i li havien fet pensar que la colla d'en Duran s'amagava a la vora de la frontera francesa. Gràcies a les inconscients indiscrecions d'ella, havien interceptat un trasllat de presos de la Model, companys que van deslliurar en un fulminant cop de mà. L'últim que preparaven, basant-se en les informacions que obtinguessin d'ella, era l'execució de l'Esteban. I l'Enric deia tot això plorant convulsivament, com una criatura. Però abans estaven planejant uns quants atracaments... I ella l'escoltava plorant.

I abraçats, desconsolats, decidiren que havien de tenir el fill i que l'Àngels havia de separar-se de l'Esteban.

Aquella mateixa nit, Enric Duran va proposar als seus d'accelerar l'execució d'en Biaix. La proposta va ser rebutjada per unanimitat. Feia un any (de primavera a primavera, precisament el temps que duraven les relacions de l'Àngels i l'Enric) que tot els anava molt bé. Havien desorientat la policia i això els havia permès de portar a terme impunement moltes operacions. És clar que això també era atribuïble a l'atenció que la policia prestava aquells dies al Facerias, del qual es deia que ja havia tornat d'Itàlia, però aquest fet reforçava l'actitud dels membres del grup. Creien que el Facerias tornava d'Itàlia amb ànim de canviar els mètodes que s'empraven a Catalunya, consideraven revisionista aquesta actitud «i ara menys que mai no ens podem permetre el luxe de cedir al revisionisme i, quan els caps fan figa, són els camarades els qui els han d'empènyer, i ara que tenim l'oportunitat i la perspectiva dels cops planejats fins a cap d'any, no tenim dret a interrompre la nostra font d'informació»...

En Duran va haver de claudicar.

—Ja veurem què fem —va dir a l'Àngels l'endemà.

El 19 de març tot es va complicar per als dos amants.

El Facerias i un altre home van atracar el garatge

El Escorial del carrer de Pàdua. Això va enfurismar terriblement la policia que, sabent que el dirigent era a Barcelona, ho van posar tot damunt davall per tal de trobar-lo. El grup d'en Duran va haver de tancar el pis del carrer de la Princesa i dispersar-se discretament.

I, encara més, el 21 de març el Quico Sabaté, al Poble-sec, va matar un inspector de policia anomenat Lázaro. La inseguretat per als grups anarquistes va augmentar inquietantment...

... I l'Àngels no va poder tornar a veure l'Enric fins a mitjan abril, quan estava ja de tres mesos...

—Déu meu —plora ara, amb les mans damunt la taula, decantada damunt la llum fantasmal de la làmpada de butà—. Mai no ho he passat tan malament. Déu meu, va ser espantós, amb la Dolors al ventre, sense poder veure l'Enric i convivint, *compartint el llit*, amb aquell home que feia pudor de sang, que quan arribava tard perquè «havia tingut interrogatori» em feia l'amor, Déu meu, no, no li diguem fer l'amor a aquella animalada, em violava, sí, em violava amb ganes de matar-me, de destrossar-me...

Van treballar molt a *Jefatura* aquells dies.

I el malson que es repetia nit rere nit, el malson del qual es despertava garratibada, dura com una biga de ferro per dissimular el tremolor frenètic de tot el cos; aquell malson que va ser profètic...?

L'Esteban abraonant-se sobre un gran tros de carn sagnant, com un vedell espellat, ensorrant les mans en aquella massa bategant, i li sortien els ulls, i li petaven les dents, i es congestionava amb totes les venes a punt de rebentar, com en el moment de l'orgasme. I tenia l'orgasme. I la sang li esquitxava la cara i la roba. I ell rebufava satisfet, es relaxava, tancava els ulls, mansoi i vençut per la descàrrega de plaer. I es deixava caure al costat de l'Àngels, esperant que se li normalitzés la respiració, i així ella podia veure que el tros de carn era l'Enric Duran, assegut en una cadira, amb les mans lligades a l'esquena, un Duran espellat, amb el rostre horriblement desfigurat, mutilat, panteixant, mirant-la al·lucinat... Un Enric que no s'acabava de morir mai...

El 20 d'abril a les onze del matí l'Àngels va rebre una trucada que la va fer emmalaltir de felicitat. Va ser com si se li omplissin els pulmons d'un gas embriagador, hilarant, una droga una mica massa forta per prendre'n tanta quantitat d'un cop. Per uns moments es va tornar boja. Reia, no podia parar de riure, i tremolava, va haver de seure perquè les cames no l'aguantaven.

A migdia, un Citroën s'aturà davant la casa dels Biaix, al carrer de Santa Anna. L'Àngels va sortir, riallera i radiant, amb una maleta. Més que córrer, feia saltirons. Acabava de recuperar l'alegria, la il·lusió, les ganes de viure, Déu meu, tot era tan meravellós.

Va trobar l'Enric en una masia vora de Vilafranca, i el sol era més sol que mai, i el camp més camp, i els arbres més alts, i l'abraçada va ser més càlida, i acollidora, i ferma, i segura, i definitiva que mai. I l'Àngels mai no havia estat tan bella i l'Enric va ser l'home més ben plantat del món... «I ara sí que serà per sempre, oi, Enric?»

El primer cop, l'Enric va dir «Sí, és clar, com sempre».

Primavera de felicitat, d'alleujament, de somriure i d'amor, primavera en què no hi havia lloc per a la mort ni el perill, dies de fer l'amor sobre l'herba refrescada per la rosada i sota el sol que escalfava els sentits, follia frenètica de dos enamorats que devoraven l'amor àvidament, perquè feia massa temps que el desitjaven...

... I perquè, en el fons, sabien que tot allò no podia durar...

Mentrestant, en una fosca i turbulenta Barcelona, l'Esteban es convertia en un monstre descomunal, fera rabiosa d'ullals bavosos, d'urpes esmolades, bèstia diabòlica que només era capaç de bramular insults i blasfèmies, màquina destructora a qui els col·legues havien de subjectar durant els interrogatoris, boig perillós, cridant com un possés «On és l'Àngels? On és l'Àngels?»: un dia es va trencar la mà a força de colpejar la cara d'un obrer que no coneixia ningú que es digués Àngels.

L'Enric i l'Àngels havien decidit de passar a França a començament d'estiu. Però no ho van fer.

—Em dec al meu grup i a les actuacions que tenim previstes, ho entens, oi? Marxa tu sola.

—No, no podria anar-me'n sola, Enric. Vull ser amb tu quan neixi el nen. —Es pensava que seria un nen i volien posar-li Salvador, perquè gràcies a ell l'Àngels s'havia salvat.

El 2 de juliol el grup es va reunir de nou al pis del carrer de la Princesa. Al migdia van atracar una sucursal del Banc Central propera a la Boqueria, van quedar citats per al 7 de setembre i es van tornar a separar.

Per l'agost, quan semblava que la policia estava relaxada perquè ja se sabia que el Sabaté i el Facerias eren fora del país, una colla de joves exaltats i irreflexius van decidir de fer un disbarat que encara no ha quedat aclarit. El *Manlleu* era l'encarregat de robar el cotxe per fer el que fos. El van sorprendre dos grisos. Ell duia una pistola. El van ferir. Va ser detingut.

El *Manlleu* no va poder ser interrogat fins a final d'agost, que va sortir del Clínic. Allò no el va afavorir en absolut perquè, si hi havia entrat com a delinqüent comú, quan va comparèixer davant d'*El Polaco*, a *Jefatura*, ja era considerat pres polític. Algun tafaner s'havia preocupat de mirar arxius, d'identificar el seu rostre jove entre una gran quantitat de fotografies. Diuen que van deduir que era col·laborador del Quico Sabaté per la seva afecció als Citroën. El cas és que es va trobar davant de l'Esteban Biaix, *El Polaco*, i de l'Alfonso Méndez i no li va cabre cap dubte que, si s'ho proposaven, el farien cantar.

Així que va fer el que pensava que era millor per a la causa. Si el relacionaven gaire amb el Quico Sabaté, el farien parlar de les activitats, els amagatalls i les amistats d'aquest. No és que el *Manlleu* en sabés gran cosa, de tot això, però, per poc que fos, ja resultava perillós que la *poli* ho sabes. Si, en canvi, feia pensar que ell havia treballat només de tant en tant per a en Sabaté i que principalment ho feia per a algun altre petit grup dels que actuaven pel seu compte, creia que podria desviar l'atenció dels interrogadors. Quan van començar a ploure crits i cops, es van concentrar en un dia d'abril en què havia fet un treball per a un dels homes d'en Duran. En aquells moments, ell creia fermament que era millor sacrificar algú de la petita banda d'en Duran que no pas cap dels homes del Quico Sabaté.

Va resistir tant com va poder, però, per fi, ho va dir: «*Un dia... al carrer de Santa Anna... una dona amb una maleta... un dia d'abril...* ».

El va sorprendre la ferocitat amb què *El Polaco* va començar a preguntar-li quina casa del carrer de Santa Anna, quin número, com es deia la dona, on la va dur. Probablement, si hagués dit que era l'home de confiança del Quico Sabaté no l'haurien maltractat tant.

El 7 de setembre, quan l'Enric Duran tornava de fer un atracament i es trobava amb una Àngels ostentosament prenyada de set mesos, l'Esteban Biaix els estava contemplant a través d'uns prismàtics des d'un bosquet proper.

El que l'Esteban va experimentar llavors devia ser comparable al pitjor dels cataclismes de la natura. *L'Àngels embarassada i besant-se amb un porc anarquista, lladre i assassí.* Era per tornar-se boig. I potser s'hi va tornar. Però no ho va demostrar xisclant ni colpejant ni deixant-se portar per cap mena d'atac de nervis. Ben al contrari, no se li va veure ni un tremolor a les mans, els seus ulls només es van tornar perillosament tristos sense demostrar cap emoció i la seva veu va ser pausada i monòtona quan va ordenar als policies que l'acompanyaven que tornessin als jeeps. «Ja hem acabat per avui», va dir. I ningú no es va atrevir a dir ni un mot.

Segons va dir ell mateix, des de llavors l'Esteban va abandonar tot altre servei i va anar cada dia al bosquet proper a la masia a mirar l'Àngels a través dels prismàtics. En aquell temps devia covar contra l'Enric Duran el seu odi esbojarrat, que després el duria a fer el que va fer. També va elaborar la teoria que l'Àngels no podia estar amb l'anarquista per amor, sinó per diners. «És clar: ell li dóna part de la quantitat robada.» Això va fer que comencés a planificar la possibilitat de quedar-se ell el botí del pròxim atracament. Per *comprar* l'Àngels, potser. Per arrabassar-li quelcom a en Duran. Per compensar els seus sofriments amb algun benefici. O simplement per fer quelcom fora de la llei sent-ne conscient.

Per algun de tots aquests motius, o bé per tots alhora, l'Esteban va fer el que va fer.

L'Enric Duran va marxar de la masia el 26 de setembre. Un altre atracament. L'Àngels, llavors ja de vuit mesos, a un mes de distància del gran esdeveniment, ja vivia confiada. No acostumada a tenir gaires cabòries, la seva vida anterior havia estat esborrada per la felicitat del moment. En Duran, acostumat a jugar-se la vida a cada pas, li havia encomanat la filosofia del «viu ara i aquí que aquest minut no es tornarà a repetir en la teva existència». I l'Àngels collia flors i parlava en veu baixa amb el Salvador que creia dur dintre seu i s'estirava a l'herba i recordava les carícies de l'Enric, que no trigaria a arribar.

Llavors hi va haver un brusc moviment en uns matolls d'allà a la vora. L'Àngels que s'incorpora...

... I topa violentament amb l'esguard que és com un tret de pistola que l'hagués colpit entre cella i cella. L'homenàs, perfectament vestit amb un tern gris de ratlles blanques, corbata de nus perfectament triangular, moviments perfectament acurats, ulls perfectament tristos, tot ell terrible de tan perfecte.

—*Àngels...*

Aquell aire de «Jo no vull fer mal, però és que no em deixeu cap altre camí...». Ella que es vol aixecar, que ensopega, que vol xisclar; ell, més àgil, que li talla el pas i se la mira perdonant-li la vida amb una mena d'eterna paciència.

—Àngels. Estic disposat a perdonar-te —va dir. I ella no podia creure el que sentia—. T'estimo i vull que continuem vivint junts. No et faré res. Però tu em diràs tot el que pensen fer aquests amics teus. En Duran i els altres. —Una espiral de gel que cremava envoltà la paralitzada Àngels. Ara podia entendre el que sentien els detinguts moments abans de ser interrogats per *El Polaco*. No tenia esma de dir res, però l'Esteban continuà—: Un moment. Digues el que vull saber i no et passarà res i et perdonaré. T'ho juro en nom de la meva família, del meu pare difunt i per l'honor de ma mare i de ma germana. Ara, si no m'ho dius, no et perdonaré. I aquesta criatura no naixerà... —«Déu meu!», xiscla ara l'Àngels, en el record, tota convulsa. «Déu meu, quan va assenyalar el meu ventre amb aquell dit vaig sentir com si una espasa travessés el meu fill, Déu meu, això ho ha d'entendre la gent, això ho ha d'entendre el futur, la historia, Déu meu, això ho ha d'entendre l'Enric, sigui on sigui, per Déu, ho ha d'entendre...!» L'Esteban s'hi va abonar—: Aquesta criatura no naixerà, perquè no és meva. I tu, que pariràs abans d'hora, et juro que te'n recordaràs del que són dolors de part. Si vols fer-te'n una idea, et diré el que fem a algunes de les *rojas* que passen per allà *la sala de música*...

Ell no s'havia mogut. Només parlava amb aquell to de veu que feia l'efecte d'una descàrrega elèctrica. I ella, a poc a poc, s'anava cargolant com si li acabessin de clavar un cop de puny. Es cargolava en un intent desesperat de defensar el seu fill, de salvar el Salvador...

En Delclòs no s'ha mogut. Escolta, amb aquest aire distant après en la seva professió de psiquiatre que l'ajuda a analitzar cada una de les paraules, cada una de les síl·labes que surten de la boca de l'Àngels. I ella, l'Àngels, ha anat acotant el cap; clavant-lo entre les espatlles que es commouen...

La claror del llum de butà rebota en una paret de rajoles blanques, brutes i esquerdades. I per sobre el cap del psiquiatre hi ha una barra metàl·lica, cromada. Qui sap perquè ha servit! I aquí i allà s'han dibuixat ombres de gegants que aguaiten en la foscor i que de seguida ha resultat que eren mals endreços, armaris, mobles fets malbé, fustes. El que en Delclòs no pot calcular són les dimensions del soterrani. La foscor el fa infinit.

—Era el meu fill —quequeja, desconsolada, l'Àngels—. Era el meu fill i aquell monstre l'hauria matat. No puc..., no puc dir el que vaig imaginar que faria... Era capaç, era capaç... Vull que m'entengui... Va ser per això que li vaig dir tot el que sabia, va ser per això que van condemnar a mort l'Enric, el meu Enric, Enric, Enric, Enric...

La criatura va néixer el 10 d'octubre de 1956 a Arberic, el poble de l'Àngels, a la casa dels avis. Aquesta és la veritat. L'Àngels se'n va anar a principi d'octubre, s'hi va capficar.

—Però jo no podré venir a veure't... —digué, tot moix, l'Enric.

—Em sap greu Enric, però haig de fer-ho. Em fa por la criatura, comprens? Crec que patirà molt si em quedo aquí... Ja la veuràs.

—Vindré a veure-la tan aviat com pugui.

—T'esperaré.

—Escriu-me aquí.

—T'escriuré.

Volien que fos nen i es digués Salvador, però va ser nena i es va dir Dolors, perquè no havia arribat per salvar ningú i sí per provocar molt de dolor i sofrir-ne.

Al mateix temps, la policia semblava que havia afluixat una mica i el grup d'en Duran tornà al pis del carrer de la Princesa. Fins i tot es van abstenir d'atracar durant un quant temps per qüestions de seguretat. L'Enric anava un cop a la setmana a la masia a recollir les cartes que l'Àngels escrivia des d'Arberic. L'Àngels no sabia què dir-li. Plorava, plorava abraçada a la seva filla, plorava crispada per la por, i cada nit pensava que podria anar a Barcelona i advertir l'Enric (la nena estaria ben segura, en un lloc secret i segur). Però llavors l'Enric la miraria... amb aquells ulls que ella ja veia en la imaginació... Aquells ulls... Indescriptibles... Més valia no pensar-hi...

I passava un dia, i l'altre, i l'altre... Retard injustificable. Tan injustificable, que l'Àngels va arribar a pensar que tot ho feia per la criatura, i que l'Enric era un poca-solta que no s'havia preocupat ni per ella ni per la nena. Tot ho feia per la causa, tot per aquells ideals que per a l'Àngels mai no havien tingut sentit... I, si mai s'havia deixat captivar per aquells ideals, ara ja no se'n recordava; l'única cosa important al món era la Dolors, la seva filla, aquella pobra criatura que viuria... (i ara plora, i reconeix)... viuria gràcies al sacrifici de son pare...

Desembre de 1956. L'Esteban es reuneix amb la seva germana Teresa, amb un policia anomenat Méndez i amb dos trinxeraires mig malfactors mig confidents de la policia, en Yagüe i en Llorenç.

Un calfred passa per l'espinada d'en Delclòs. No diu res, però una veu alarmada, dins del seu cervell, diu: «Yagüe?».

Submergida en la foscor i en els records, l'Àngels ja no sent res, ja no hi toca. Només parla, parla i parla. Es confessa amb una sinceritat que no va tenir ni amb el seu adorat Campavall. I a poc a poc va envellint-se, encorbant-se i crispant-se amb moviments lents de paper rebregat quan crema.

El 20 de desembre, a primera hora del matí, quan encara era fosc, la van anar a cercar a Arberic amb un gran cotxe negre oficial. «De part de l'inspector Biaix.» Eren en Llorenç i en Yagüe.

—Però què vol? —esverada—. I la nena també? No...! —No hi va haver resistència possible. Dins del cotxe i cap a Barcelona. Viatge envoltat d'un silenci que només trencava la criatura plorant de tant en tant. L'Àngels plorava en silenci.

A dos quarts de dotze, en un banc de la ronda de Sant Antoni, quatre homes entraven armats amb pistoles i metralletes Thompson i robaven, pel cap baix, sis milions de pessetes.

A les dotze i quatre minuts (ho van dir en Yagüe i en Llorenç), els quatre atracadors eren dins del pis del carrer de la Princesa. En Yagüe va posar el canó d'un revòlver al cap de la nena i va dir a l'Àngels: «Ara faràs el que et direm». Ella encara no havia vist l'Esteban per allà. Va aparèixer de sobte, en un cotxe, acompanyat d'un altre policia de paisà, un de la Criminal.

En Yagüe, qui sap per què, va dir: «La mare que els va parir». I en Llorenç, tranquil: «Tu no t'amoïnis. Segur que *el Polaco* ja ha pensat alguna cosa».

La resta del relat de l'Àngels, enmig de plors, és d'una confusió extrema.

L'Àngels va dir: «Enric! Obre! Sóc l'Àngels». I algú anuncia amb alegria que es tracta de l'Àngels. Qui ho havia de dir!... És en Frater, el més jove del grup, el que li va fer el primer regal per a la filla, un sonall que havia fet ell mateix. No mira els nouvinguts. Està dient als de dins el pis: «No deies que l'Àngels era allà, al poble de la seva família...?». Rep el tret al pols i mor sense sentir tot l'aldarull que vindrà tot seguit. Corredisses, crits, ulls esbatanats, esquitxos de sang a la paret, dits crispats, forats de bales a l'empaperat, la tronada eixordant dels trets barrejats amb l'espantós plor histèric de la criatura, el quinqué que peta a l'aire, en Ferran que cau com si li haguessin clavat un cop de puny. En Sebastià (que sempre ens feia riure) rebentant allà davant com una bóta de vi...

I en Duran que entra amb la pistola a la mà... «Fills de...!» L'Esteban recolza el canó de la pistola en el crani calb de la nena.

«Que la mato!»

L'Àngels «No, Esteban! Enric, per l'amor de Déu, la nostra filla!». L'Enric envoltat de cadàvers, derrotat, tira l'arma a un cantó. «No, no, no li feu mal.»

El policia de paisà que acompanyava l'Esteban gosa protestar: «*Pero, Polaco, coño, por el amor de...*». L'Esteban el va matar sense donar-li ni un cop d'ull. Es va posar la pistola sota el braç esquerre i va prémer el gallet com qui es grata, amb un gest irreflexiu. *Cramp*!, i el policia va anar a parar en un racó. L'Esteban va tenir un acudit: «Un o altre havia de morir, oi?». I, enmig de tot aquell horror de cadàvers, de sang, de plors d'una criatura esverada, l'Àngels es voldria morir quan l'Esteban i l'Enric es troben cara a cara, i l'Enric li dóna una llambregada, una llambregada en la qual, dissortadament, no hi ha gens d'odi. Tot és amor. Hi ha tant d'amor que ha omplert la seva vida des d'aquell instant fins al 17 de setembre de 1984, vint-i-vuit llarguíssims anys, una estaca d'amor clavada a l'ànima de l'Àngels, una estaca d'amor emmetzinada de mort i d'odi...

Plors. Sanglots en la foscor del soterrani. En Delclòs mira, escolta, s'empassa la saliva, s'ha de fregar l'avantbraç perquè està completament esborronat. Si fos al consultori, es miraria les ungles i faria com si no passés res.

—Vine. Et vull ensenyar una cosa —va dir l'Esteban, a *Jefatura*.

L'Àngels el va seguir, muda, resignada, en els inicis d'un purgatori que havia de durar vint-i-vuit anys. No sap on van anar a parar. Recorda, això sí, l'Enric Duran penjat del ganxo de carnisser, ganxo clavat sota la mandíbula, l'Enric amb aquella ganyota, els ulls molt tancats, les galtes xopes de llàgrimes. Espernegant. I cada cop el ganxo devia entrar més endins, més endins, més endins.

Llavors va ser quan l'Àngels va aprendre a ser com l'Esteban. Llavors va entendre allò de la inexpressivitat, de l'aparença llunyana, indiferent. Va notar que el seu cervell es cobria d'una capa aïllant, una mena d'hivernacle de sentiments, com un frigorífic que els conservés «fins que arribi el seu moment».

Fredor d'anys i anys. Paciència. Insensibilització sistemàtica. Records disfressats d'imaginació. Rancúnia amagada darrere de la resignació. I una esperança, una esperança que sota la negror de vint-i-vuit anys de vida semblava insignificant, com si no s'hagués de tenir en compte... L'esperança que va donar forces a l'Àngels per suportar any rere any les brutalitats i les humiliacions de l'Esteban. Va aprendre a riure cap endins. I va riure molt. Cada fracàs de l'Esteban era motiu de felicitat interna de l'Àngels. El botí del robatori del carrer de la Princesa no li va durar ni un any. L'únic que va poder fer de profit va ser comprar la casa de Premià. Ah, sí, i un cotxe. La resta del milió es va perdre a la taula de pòquer. I potser també en algun llit de bordell. Segurament. Ara que explica això, l'Àngels ja no té llàgrimes als ulls. Ara s'ha relaxat i parla i recorda sense experimentar cap sentiment.

L'Esteban va perdre el seu botí al pòquer i l'Àngels va riure *cap endins*. Van tenir dos fills. Quan va néixer l'Alícia, el cinquanta-vuit, l'Àngels va riure *cap endins* perquè no era el mascle que l'Esteban volia. Després va néixer l'Albert, el seixanta. I l'Àngels va riure *cap endins* el dia que el noi es va negar a estudiar per policia, el dia que va fer botifarra a son pare i se'n va anar a l'Argentina i es va casar amb una noia d'esquerres, una que es deia Antònia, que vivia a Tandil, i que mai no va voler enviar la seva fotografia als sogres.

L'Àngels va riure molt *cap endins* abans de poder riure cap enfora aquell dia de setembre, 17, quan l'Esteban va morir garratibat enmig de dolors insofribles, en una tortura de la qual l'Àngels va gaudir en una contemplació gairebé extàtica.

L'última part de la narració és la història d'un càstig seguit d'una venjança que, a la vegada, també exigia venjança.

L'Àngels la recita sense entonació, d'esquena a en Delclòs, confonent-se amb les ombres ominoses del soterrani. La làmpada de butà projecta la seva ombra, gran, immensa i negra, molt negra, contra la paret on es barregen, formant il·lusoris exèrcits de monstres, les ombres de tots els mals endreços allí aplegats.

En Delclòs se sent transportat a un altre món on són possibles vint-i-vuit anys de crueltat sistemàtica i conscient, i de submissió malaltissa i abjecta. Un home que no parava de recordar a la seva dona l'adulteri i el càstig que va rebre l'amant (*Déu meu, aquella imatge!*), que va donar a la seva germana autoritat sobre la llar i que, durant més temps del que justificaria la lògica, va utilitzar l'amenaça: «Si dius alguna cosa del que va passar al carrer de la Princesa, et passarà el mateix que li va passar a en Duran: em sents, bandarra!?».

Vint-i-vuit anys de l'Esteban i la seva germana Teresa rient darrere d'ella. «Guaita, que ridícula!», deien. «Com pots viure amb ella, si t'empudega tota la casa...?»

I l'Àngels aguantant. Cap cot. Callada. A missa cada matí, a pregar a Déu que l'ajudi a suportar tant de martiri, que la faci forta. Déu la salvarà, Déu li té preparat un premi quan ella es mori. «Però, Déu meu, no em deixeu morir. No deixeu que ell em mati. Déu meu, permeteu-me veure'l morir.» L'Àngels aguantant. Si va visitar la seva filla Dolors sistemàticament, i la va treure de l'orfenat, i li va pagar estudis, va ser, més que res, per la possibilitat de poder-se desfogar amb algú que podia entendre-la. Algú que podia plorar amb ella.

—Un dia viurem juntes, oi, *mamà*?

—Sí, *filla*. Un dia *es morirà aquest home* i viurem juntes, tu i jo *soles*.

I un dia Déu va castigar aquell home. Un dia, tots els seus pecats li van caure al damunt com una cascada de totxos.

En Delclòs sent, matusserament esbossats per la ignorància de l'Àngels, tots els símptomes d'una pancreatitis aguda. «Hosti, sí que és un càstig diví», pensa. El dolor més espantós que hom pugui imaginar, la pitjor de les morts.

Un càlcul obstrueix determinat conducte i els sucs pancreàtics, com àcids corrosius, podreixen lentament el pàncrees. El dolor és un cinturó molt estret entorn del ventre, irradia cap a l'esquena i persisteix, persisteix amb tanta força que sembla que et vulgui tornar boig. És com un agut de veu, que sembla que no pugui anar més amunt ni persistir ni un segon més, i que ens admira, ens posa en tensió i ens arrenca l'aplaudiment. Qui pateix aquest dolor, a cada instant creu haver arribat als límits del que hom pot suportar, a cada moment està segur que el martiri ha de remetre o creu que acabarà per acostumar-s'hi i es relaxarà... però tot és inútil. No hi ha cos que s'habituï a una fiblada tan terrible, tan insistent, tan contínua, tan eterna...

... L'Esteban al llit, bramant amb tota la força dels pulmons, esquinçant els llençols, bavejant, donant-se cops de cap contra la paret...

... I l'Àngels mirant-lo de la porta del dormitori estant...

... L'Esteban suplicant, plorant, demanant un metge, ajut, demanant la mort, invocant la presència del fills, «que vingui l'Alícia», «que vingui l'Albert», encara que l'Albert és a l'Argentina, és a Tandil...

... I l'Àngels quieta, delectant-se amb la dolçor de la venjança, vint-i-vuit anys pregant a Déu un càstig contra aquell miserable i ara, «Gràcies, bon Déu». Ell l'ha escoltada, Ell està fent justícia.

Una setmana de justícia.

Una setmana de turment inhumà, sense ni un calmant, ni el consell d'un metge, ni una mà afectuosa prenent la mà malalta per donar-li ànims. Res de tot això. Una setmana diabòlica, en la qual l'Esteban va acabar per invocar tots els diables, xisclant de tal manera que vibraven tots els vidres de la casa, convertit en un dimoni blasfem i rabiós; «mala puta, me les pagaràs, tornaré per fer-t'ho pagar, com me les van pagar tots els altres, per la sang que han vessat tots els meus enemics, et juro que tu també hi passaràs, tornaré, Àngels, mala puta, tornaré», tot el dia d'imprecacions rituals, de blasmar Déu i de demanar l'ajut a Satanàs.

El cor de l'Esteban va resistir tota una setmana. Morí el 17 de setembre de l'any passat.

En la foscor del soterrani, en Delclòs té taquicàrdia. De sobte, és com si hagués estat vivint la situació que l'Àngels acaba de descriure. En les seves oïdes encara queden, llunyans, els xiscles desesperats de l'Esteban. A la seva retina, la imatge del monstre recargolant-se suós sobre els llençols rebregats. A la seva ànima, la por que el gegant salti del llit i s'abraoni sobre tu per escanyar-te, perquè l'Esteban no és dels que moren sols. Record d'aquell Campavall, a l'altra banda de la porta de l'ascensor, amb la navalla, aquells ulls de boig, aquella febre assassina, la coherència de tota una teoria que va prenent cos.

En Delclòs, ara, té por de l'Àngels i té por per ella. L'esgarrifa el que aquella bona dona ha estat capaç de fer... i el que pot estar a punt de passar-li.

En el fons d'aquest pou negre tot és possible. S'hi

passegen fantasmes de la mà dels dimonis. Hi ha veus que no podem sentir i presències que no es poden veure. *I algú t'acarona els pèls del braç, tot i que dus màniga llarga, no ho notes, Delclòs?* Tot és possible aquí dins, així que fot el camp mentre puguis.

En Delclòs no diu res. Va cap a l'escala i fuig de la proximitat d'aquella dona i de tots els malsons que s'amaguen al soterrani.

Mentre eres a baix, has tingut la seguretat de que tot el que t'hagis pogut imaginar fins ara és cert. L'Esteban Biaix ha tornat de la mort i s'ha apoderat del cos d'en Campavall per venjar-se d'aquesta dona.

Fa fred, tota la casa és impregnada del patiment i de l'odi de vint-i-vuit anys de crueltat. Encara plou amb cansada insistència. Si hom s'hi fixés, podria veure taques de sang a la paret, i escletxes que ha fet la fúria destructora, i signes del dimoni dibuixats amb les ungles d'un moribund.

El jardí és xop i fangós. I, al cotxe, se li ha exhaurit la bateria.

En Delclòs té un calfred d'impaciència. Renega i, fent un esforç que només sap ell, torna cap a la casa.

L'Àngels no s'atreveix a mirar-lo a la cara.

—Puc telefonar? —demana ell.

—Naturalment.

Mentre marca, mentre espera, l'Àngels li diu que per tot això ell ha de comprendre que la seva filla, la Dolors, està una mica excitada i que té por i que en Delclòs l'ha de perdonar...

El psiquiatre la interromp per demanar-li quina adreça ha de donar als del Reial Automòbil Club, com poden trobar aquella casa. Intercanvi de dades.

—No s'amoïni, que arribaran —afirma ella. I el continua mirant, a l'expectativa, esperant d'ell potser una paraula d'amabilitat—. Sap per què li he explicat tot això? —diu per fi. I en Delclòs voldria respondre, parlar amb ella o, com a mínim, saber què fer, però no ho sap, no pot. I ella—: No ho havia explicat a ningú. Ni al meu *estimat* Campavall —xocant, el to amb què ha dit «estimat»—. I... Bé... Volia saber com sonava... —I per fi, establint una associació no del tot estrambòtica—: Vostè em recorda molt en Campavall. A vostè, també me l'estimo...

En Delclòs ha de dir:

—Me'n vaig.

I ella voldria protestar, on ha d'anar amb aquesta pluja i en aquestes hores, però no pot dir-ho. Perquè és com quan es visitava amb en Campavall, car quan es complia l'hora no hi havia res a fer. Ara ja ha dit tot el que havia de dir i s'han de separar perquè no queda més remei. Així que indica a Delclòs com arribar a una zona il·luminada on potser passaran taxis o autobusos cap a Barcelona.

Són les sis i vint, negra nit d'un dijous, 1 de març, fa molt fred i molta por, i plou sense presses, i en Delclòs xipolleja en un camí fangós, a la tèrbola llum de la llanterna del cotxe, cerca companyia envoltat d'amenaces.

Té com un pes al pit. De primer, el que l'ofegava eren esperits, supersticions, mans impalpables que el podien agafar pels cabells i dur-lo a l'infern, terrors infantils. A poc a poc, aquesta sensació ha deixat pas a coses concretes: una prostituta que l'ha colpit possiblement amb un revòlver del 38, un pinxo malcarat... Diu: «Aquest és el perill autèntic...». I se sent més tranquil...

Mentrestant, al seu voltant, pluja, vent, foscor i fantasmes li dediquen una *dansa macabra* amb l'únic objectiu de tornar-lo boig.

14

Intuïcions, el missatge dels morts

TALL (Tallers i Aparcaments Llorenç).
1 de març. 8 h 55 m.
Ha trucat el senyor Esteban Biaix.

En Llorenç té una esgarrifança. El paper que li ha passat la secretària li tremola als dits. «No és possible», es diu. «Els morts no tornen.»

Missatge: *Està esperant cobrar un deute antic. Tornarà a trucar.*

«Que no m'atabalin. Què vol dir un deute antic? Jo no dec res a ningú! Si l'Esteban va llençar els calés per la finestra, jugant i anant de putes, va ser cosa seva.» En Méndez, últimament, ha trucat molt sovint, alarmat, s'enfilava per les parets, «*que si l'Àngels pot haver dit, que si l'Àngels ha fet*».

—I a mi què cony m'importa, el que hagi fet aquella boja!? —li ha respost en Llorenç quan s'ha trobat amb el problema.

—Què poden fer-me, després de tants anys? —es repeteix un cop i un altre—. Res! No res! No res, poden fer-me!

Llença el paper en un racó del despatx. «I qui cony

serà el babau que es fa passar pel *Polaco*?» Reflexiona. Ha de ser un dels que eren en el cop del carrer de la Princesa. I pensa en la recent mort d'en Yagüe. I tornen les trucades d'en Méndez. Recorda la presència de la Teresa, la germana de *El Polaco*, a les converses que van precedir el cop. Li arriben records que l'aclaparen. Aquell dia, al pis del carrer del Bruc, l'energia desbordada de *El Polaco*, que donava cops de puny a la taula animat per un Méndez que gairebé cridava més que ell i deia coses com «molt bé», «així mateix», «ara t'escolto»...

Quan hi pensa, en Llorenç només té una obsessió: aquell dia, ell no va disparar ni un tret. Sempre que ha sentit naufragar la seva honestedat ha recorregut al mateix record: «Jo no vaig disparar cap tret». Sí, d'acord, hi va haver tota una matança; de sang, tanta com en vulguis, crits i crueltat, bé, sí, «però jo no vaig disparar ni un tret».

Sona el telèfon.

—Sí!

—Senyor Llorenç. El senyor Biaix al telèfon.

—Com ha dit que es diu?

—Biaix. Esteban Biaix.

«Què vol, aquest home, ara!?», es demana abans d'adonar-se de l'absurd que està parlant d'un mort. «Ell es va polir els beneficis del cop al cap d'un any. Jo vaig muntar el meu taller de reparació de cotxes. El que ha vingut després, m'ho he guanyat amb el meu esforç. No dec res a ningú. Aquell dia, podia haver mort, jo em vaig jugar la vida tant com el Biaix o el Yagüe o el Méndez. Ningú no m'ha de...»

—Digui! —s'estremeix, impensadament.

—Hola, Llorenç. Sóc *El Polaco*. Tu sí que m'ajudaràs.

És un daltabaix perquè de debò que és *El Polaco, ho és*. Al Llorenç els músculs li fan figa perquè, més enllà de tota lògica, acaba de constatar que aquella veu és la d'en Biaix, la mare que el va parir, exactament aquella veu que retronava en aquella cambra del pis del carrer del Bruc, aquell dia en què es preparava l'atracament...

—Fora bromes! —gemega—. Qui sou!?

—Ja ho saps tu, qui sóc, Llorenç... Mira... Necessito cinc-centes mil peles ara mateix. I tu me les donaràs... Saps perfectament què li va passar al Yagüe... Li van tallar el coll... Li vaig tallar el coll perquè no em va voler ajudar... En Llorenç trontolla, gairebé cau de la cadira.

Cementiri del Sud-Oest.

Encara plou. I fa molt de fred. I aquells que assisteixen a l'enterrament d'en Yagüe es protegeixen amb paraigües o arronsen el cap entre les espatlles, s'apugen els colls de les gavardines, fa de mal estar allà, a la intempèrie, per culpa d'un antipàtic pocasolta, estraperlista, *marrulleru* com tothom sabia que era el que és dins el taüt. Ningú no el plora amb sinceritat. Hi ha qui fa quatre ganyotes, però només pensant en l'herència. La majoria fan posat d'impaciència infinita, a veure quan acaba això d'una puta vegada i podem anar cap a casa. Cada cop n'hi vénen menys. Hom pot localitzar l'esposa (o germana) del difunt (dona de la mateixa edat que ell, que plora encongida i és objecte de les atencions de tothom) i el germà (o amic proper) que empal·lideix davant la perspectiva que ell també hi haurà de passar aviat... I els amics avorrits que fan temps perquè fa lleig de marxar el primer... I el senyor que s'ha aturat a veure què passa, encara que tot allò no li va ni li ve...

Els enterradors obren el nínxol i en treuen els ossos de qui hi ha reposat fins llavors. «Vinga, tu fora, que ara li toca a un altre.» L'expulsat no es pot queixar, és una mòmia encarcarada, incompleta i marró que, recolzada contra altres nínxols, mira des de dalt els que vénen a aplaudir que algú li prengui el lloc. Si l'anterior ocupant del prestatge mortuori va morir al llit, hom imagina que deu queixar-se a qui el pugui escoltar: «No hi ha dret. Quan jo vaig arribar aquí estava més sencer que no pas aquest». Perquè aquest —és a dir, en Yagüe— ha passat per les mans d'un assassí i d'un metge que li va fer l'autòpsia, i això marca molt.

L'Enric Nieto té un do natural, com li diu la seva germana, la Trini. «Tu tens un do natural», li diu.

Perquè molt sovint li ve al cap el que està pensant una altra persona. Perquè molt sovint diu: «Ara passarà això», i passa. «Ara trucarà per telèfon el daixonses», i el daixonses truca. Diu: «Us en recordeu d'en Pep? Fa temps, anys, que no en sabem res...». Encara no ha acabat de dir-ho i en Pep dóna senyals de vida. Això és una constant. I un dia va dir que quelcom es cremava, ell mateix es cremava, tenia una estranya frisança als dits, i va córrer pel carrer cap a la fleca i hi passava quelcom, s'havia iniciat un incendi. I un altre cop va tenir un viatge astral. Va sortir disparat per sobre del seu propi cap, va volar, i es va veure ell mateix des de dalt. Li va fer tant de pànic que va tornar a baixar de seguida.

Per això la Trini i l'Enric Nieto han estudiat parapsicologia i esoterisme i bruixeria i tot el que té a veure amb aquest món sobrenatural, irreal i màgic. L'Enric veu, intueix, esbrina cases que per als altres són invisibles, desconegudes, inimaginables.

Quan el doctor Delclòs, a El Formiguer, els va parlar d'un home «Diguem-ne Bofarull», amb una sèrie de trastorns, l'Enric Nieto va tenir un somni la nit següent. Va veure clar un dimoni, rei dels morts, que abraçava un home, li entrava per la boca, se'l calçava com si fos un vestit. I l'home, a continuació, començava a moure's. Però no era ell qui es movia, sinó aquell que se li havia ficat dintre.

Gavardina sagnant i ulls tristos, eren altres detalls del somni.

Ara, l'Enric Nieto sap que l'home posseït, el titella, es diu Campavall, i que en Campavall ha mort en Yagüe que enterren ara. I està molt atent, amb totes les seves capacitats alerta, tractant de copsar alguna cosa, qui sap què. La Trini, la seva germana, el té agafat de la mà i el mira amb aprensió, l'ai al cor, a veure què farà a continuació.

I ell té l'esguard perdut entre les tombes. I, de sobte, comença a caminar...

—On vas? Què has vist, Enric? —exclama la Trini, agitada—. Què has vist? On vas?

L'home de la gavardina sagnant està encadenat. Es debat, forceja, xiscla i plora. Li impedeixen de complir la seva missió a la Terra. Demana ajuda. Està demanant ajuda a l'Enric Nieto, que ara camina cap a ell. El mira amb ulls tristos. Suplica. El tenen presoner.

L'Enric Nieto camina cap a ell amb una espècie d'ansietat...

... Sentint al clatell la mirada de molts morts ofesos per la presència de tants tafaners.

En Yagüe va anar al Teatre Grec amb una maleta plena de diners, cinc-centes mil peles, i de sobte va sorgir una figura amb una gavardina sagnant i una navalla a la mà, se li va fotre a sobre i, abans que en Yagüe pogués acabar de tombar-se o dir alguna cosa, un braç se li va cenyir al coll com si fos una serp pitó i va estrènyer l'abraçada fent pressió sobre el tall de la navalla. Una pressió imperceptible, unes pessigolles, una insinuació de mal, i la mort gairebé va arribar immediatament. Un voler-se'n fer càrrec i un massa tard.

L'Enric Nieto sap tot això ara mateix perquè és en Yagüe qui l'ha agafat de la mà i l'arrossega cap a un altre indret del cementiri. Ara mateix podria dir que en Yagüe era (és) un homenet prim, nerviós i cascat, que anava coix i rondinava mentre mirava a terra. Perquè en Yagüe és allà amb ell, mira-te'l, encara que ningú no el pugui veure, encara que ara mateix l'estiguin enterrant, entaforant en un nínxol de cara al mar.

L'Enric Nieto fa cara de boig, d'al·lucinat, de drogat. Tentineja entre nínxols i tombes, arrossegat per en Yagüe i subjectat per la Trini.

Ara, s'aturen davant d'un nínxol.

En Yagüe està dient: «Aquest! Aquest!». Ho diu per boca d'en Nieto. La Trini llegeix la làpida.

«*Esteban Biaix Coronas descansó en el Señor el 17 de septiembre...*»

La Trini pregunta: «Aquest, què? Aquest, què?», però no hi ha resposta. Només: «Aquest, aquest».

Llavors, l'Enric exhala una barreja de crit i de sospir, com qui cau pel tram més vertical d'unes muntanyes russes. Els seus ulls s'obren molt i la boca cerca aire, més aire, i ell s'ha de recolzar a la paret, molt pàl·lid, amb una suor freda, trencat de cames.

—Esteban Biaix... —mormola—. Esteban Biaix Coronas... Déu meu... Rituals de sang...

Quan en Blanco Torres arriba a *Jefatura*, elegant, alt, ferm, polit, aristocràtic, es troba que tot són corre-cuites. Ell, però, no perd la *compostura*. «Què ha passat?» Li ho diuen. Camina enmig de tot el batibull com si no passés res, donant a entendre que és l'únic que aconsegueix de mantenir la raó en un món de boigs.

Els d'homicidis estan exasperats perquè han de tornar a començar, perquè en Lluís Fernández, el principal sospitós, no és l'assassí que cerquen.

—N'han mort una altra. Amb una navalla d'afaitar. Un paio amb una gavardina bruta de sang. Va colpejar la minyona i va destrossar (*li-te-ral-ment destrossar*) el rostre de la Teresa Biaix. Sí. No ho diríeu mai, oi? La Teresa Biaix Coronas, sí, la germana del famós *Polaco*. Embolica que fa fort.

En Blanco Torres, tot traient-se l'abric, arrufa les celles. Al seu cap, les idees fan caramboles. Navalla d'afaitar. Aquell psiquiatre misteriós que va matar un gos. I aquell altre mort al Teatre Grec. Embolica que fa fort. Quina relació hi pot haver entre la germana d'*El Polaco* i un pocapena com en Yagüe. Casualitat? En Blanco Torres no creu en la casualitat.

Als d'homicidis els sap greu que una pobra dona hagi estat brutalment assassinada la nit anterior, però no ho senten per motius humanitaris, no, sinó perquè la seva mort demostra que les seves suposicions eren equivocades i els obliga a replantejar-se tota la solució d'un cas que només fa que complicar-se.

—On és en Méndez? —diu el comissari Blanco Torres—. Digueu-li que vingui.

En Méndez va de bòlit. Gairebé s'ha posat malalt quan ha sabut la mort de la Teresa.

—Però, per què l'han morta? Per què? —repetia, allucinat, sense esperar una resposta.

—Per calés —li ha dit un dels inspectors de guàrdia que anit van anar al lloc dels fets—. Li han robat joies, calés i de tot. Li van regirar el pis de dalt a baix.

Quan ha recuperat les forces, s'ha llençat sobre el telèfon i ha trucat a algú amb desesperació.

—Posi'm amb el senyor Llorenç, si us plau. —Semblava a punt de tenir un infart—. Bé. Digui-li que és de part d'en Méndez, que em truqui a *Jefatura* de seguida que pugui...

—A qui ha trucat? —demana en Blanco Torres.

—No ho sé —li diuen—. Ell era molt amic de *El Polaco*. Potser també coneixia la germana...

—Bé. Digueu-li que sóc a l'arxiu. Que crec que hi ha una connexió entre la mort de la Biaix i la d'aquell Yagüe. I que m'estic aprenent la vida d'en Yagüe de memòria.

El fantasma havia dit «A migdia en punt, al cementiri del Sud-Oest, just davant la meva tomba».

Eren vora les onze i un Llorenç terroritzat treia cinc-centes mil pessetes del banc tot pensant què podia fer per protegir-se. Ni somiar d'anar a la policia ni a una agència de seguretat. Què els podia dir? «M'han de protegir d'un mort.» L'engegarien. O acceptarien l'encàrrec perquè qui paga mana, però el mirarien com si fos boig; a més, com es fa per protegir quelcom contra un mort?

En Frederic Llorenç estava segur d'anar-se tornant boig, però no hi podia fer res. La veu que havia sentit a l'aparell telefònic era la d'en Biaix, la de *El Polaco*, n'estava tan segur que aquella evidència dirigia cada un dels seus passos des de primera hora del matí...

—Tingui —li diu l'empleat del banc.

Sembla mentida el poc espai que ocupa mig milió de pessetes. Cent bitllets de cinc mil, encara no el gruix d'un llibre de butxaca. En Frederic Llorenç surt al carrer amb la sensació de tenir febre, pot ser que tingui trenta-nou i tot. Para un taxi, hi puja, mira el rellotge.

—On vol que anem? —diu el conductor.

És massa d'hora per anar al cementiri. A casa hi ha una pistola. En Llorenç diu l'adreça de casa seva, decidit a protegir-se com sigui. Des d'aquell matí, sent com si algú de tacte molt fred caminés al seu costat, algú que feia pudor de mort.

«Segurament, m'estic tornant boig», sospira, angoixat.

En aquest mateix moment, en Méndez truca per enèsima vegada a l'empresa TALL (Tallers i Aparcaments Llorenç) i li diuen que «el senyor Llorenç no hi és, ho sento»...

I per acabar-ho d'adobar, el doctor Delclòs aquest matí no es pot concentrar en la seva feina. Anit, va estar caminant quasi una hora pels afores, mort de por i de fred, sota una pluja que se li va ficar al moll dels ossos i que li ha fet créixer un constipat esfereïdor. La dutxa d'aigua calenta que va prendre quan va arribar a casa seva i les dues hores que ha pogut dormir abans de rebre el primer pacient no l'han ajudat gens a refer-se. Afegim a això el trau que té al cap, que li fa un mal persistent i monòton, i comprendrem que no pugui estar del tot concentrat en els problemes psíquics de la senyora rodoneta de setanta anys, que acaba d'enamorar-se, i pateix, i s'angoixa, i parla, parla, parla...

En Delclòs té el cap en un altre lloc. Reconstrueix tot el que ha succeït la nit passada i, després d'acomiadar la dona rodoneta amb un expeditiu «és l'hora», escriu notes, consulta les que ha escrit quan ha arribat a casa i truca a la policia.

S'ho ha pensat molt. Potser sí que està sortint del seu enquadrament, i que posa en perill el secret professional, però no pot oblidar que hi ha un boig que era al seu càrrec i que ara es passeja per Barcelona amb una navalla a la mà i el cervell ple d'instints homicides. Per això, ell ha decidit cercar en Campavall. Parlarà un altre cop amb l'Alícia i li preguntarà per en Gabriel. Si ella s'entesta a no dir res, cercarà el gitano a l'hotel Central, aquell on anaven amb la Dolors. Si algú sap on s'amaga en Campavall, ha de ser en Gabriel, el pinxo. I, d'això, ja se n'encarrega en Delclòs.

—*Policía. Dígame.*

—*Con el inspector Trueba, por favor.*

Però en Delclòs no ha d'oblidar que en Yagüe va ser degollat. I ara en Delclòs ja sap qui és en Yagüe (qui era) i té una teoria de per què pot haver estat assassinat. I sap que després d'ell pot morir-ne un anomenat Llorenç, i un policia dit Méndez...

—Sí!

—Trueba? Sóc en Delclòs.

—Delclòs, ara no puc estar per a tu. Tenim molta feina...

—M'agradaria parlar amb tu d'això del psiquiatre que es va tornar boig, ja saps, en Campavall, el que va matar el seu gos amb una navalla... —A través del telèfon gairebé es pot notar que el policia conté la respiració. Hom diria que se senten els seus pensaments. «*Navalla? És cert! Tenim dos assassinats amb navalla!*»—. Ja saps que jo tenia el Campavall com a pacient...

—És cert, és cert. Digues, què en saps?

—T'ho explicaré aquest migdia. Mengem junts?

—Bé. Jo no porto el cas. Et presentaré el policia que el porta...

—Mentrestant, estudia això que et diré...

—Un moment, un moment! —s'esvera en Trueba, grapejant un bolígraf—. Prenc nota. Digues.

—20 de desembre del cinquanta-sis. L'Esteban Biaix, aquest Yagüe que han mort, un tal Llorenç i un policia que crec que encara funciona per la casa, van fer una malifeta relacionada amb l'atracament en un banc de la ronda de Sant Antoni.

—Esteban Biaix? Diantre... Saps que aquesta nit han mort la germana d'en Biaix? Amb navalla, sí senyor. I sospitàvem que havia estat el mateix que va matar el Yagüe, però ens falta la connexió...

—Perfecte. Cerca-la en el dia 20 de desembre del cinquanta-sis. Atracament al banc. Batuda al carrer de la Princesa, on vau acabar amb una banda d'anarquistes dirigida per un tal Duran... Vés investigant això i aquest migdia dinarem junts...

—Un moment, Delclòs... Biaix, Yagüe, Llorenç... I com es deia l'altre policia?

—T'ho diré aquest migdia, en persona. Ja t'he dit que crec que està per la casa i encara em fa respecte denunciar un policia. Et vull veure a les dues davant del Palau de la Música. D'acord? Davant del Palau de la Música.

En Delclòs penja el telèfon. En Trueba fa el mateix, segur que li han posat a les mans una joia de molts quirats.

S'aixeca amb les notes preses i està a punt d'ensopegar amb en Méndez...

En Méndez està molt atabalat. De fet, té por. Moltíssima por. El comissari Blanco Torres és a l'arxiu «aprenent-se de memòria la vida d'en Yagüe», segons que ha dit ell mateix. I això vol dir que pot trobar una connexió entre el Yagüe confident i el comissari Biaix, i el moment en què Yagüe es va tornar milionari i el moment en què el comissari Biaix va començar a tirar la casa per la finestra, i, dimoni, en Méndez no pot continuar pensant perquè el cangueli li fa un nus al cervell i tot es posa de color de sang, i sap que s'hi està jugant la vida.

Sí, sí, és cert, en el seu congestionat cervell predomina la certesa que ja no s'hi està jugant tan sols el seu futur professional. Ara s'hi està jugant la vida, i això l'ofega, li desperta les reaccions més elementals, més animals: «No la palmaré jo sol. Uns quants vindran amb mi...».

Avança, pels corredors de *Jefatura* respirant com si estigués molt malalt. Gairebé ensopega amb en Trueba.

—Tu portes el cas de l'assassí de la navalla, oi, Méndez? —li diu. I no espera resposta—. Un tal Delclòs, psiquiatre, té informació per a nosaltres. Es veu que en Biaix, en Yagüe, un tal Llorenç i *un altre policia* van estar ficats en alguna cosa tèrbola el 20 de desembre del cinquanta-sis...

En Méndez topa amb una paret de records i està a punt de caure d'esquena. Se li omplen de plom els pulmons i de foc les venes, se li buiden el cor i els globus dels ulls, s'estiren els músculs, es tanquen els punys, la pistola pesa tones sota l'aixella, i al cap només un llum encès: «Me'ls enduré pel davant tots, si cal».

Agafa el paper que li ofereix l'inspector Trueba.

—Jo duc el cas —quequeja—. Jo aniré a dinar amb aquest psiquiatre. Tu no t'amoïnis...

La nota diu: «*Biaix. Yagüe. Llorenç, Un altre? 20-12-56. Atracament banc Ronda St. Antoni. Duran*». En Méndez es troba acorralat. No sap què dir ni què fer.

—Li he dit que dinaríem plegats...

—Què t'ha dit? —panteixa en Méndez. «Està molt

vell», pensa en Trueba. «El mataré aquí mateix», pensa en Méndez—. Què t'ha dit?

—Només el que diu aquí. Si vols, hi vaig a menjar jo sol i després...

—Hi aniré jo perquè el cas és meu, i tu no me'l prendràs! —bramula en Méndez. «Està com boig»—. On heu quedat? Com es diu aquest paio!?

—Es diu Delclòs. És psiquiatre. Hem quedat a les dues davant del Palau de la Música.

En Méndez se'n va. Esperitat. Fuig desesperat d'una multitud de fantasmes sorgits del passat.

En Trueba pensa: «És boig. Ja hauria d'haver-se jubilat».

Enmig de l'embolic que atordeix aquell matí la *Jefatura*, sona un telèfon. Algú respon. Algú crida:

—És per a en Méndez! Sabeu on és en Méndez? De part d'un tal Llorenç... Digueu-li al Méndez que el truca un tal Llorenç!

Ningú no li fa cas.

En Méndez és al carrer. Engega el seu R-7. Pensa: «Me'ls enduré tots per davant». I fuig espaordit.

En Llorenç, crispat, penja l'auricular. Pren la pistola de sobre la taula, aquella Star del 9 que té tants anys, que potser la darrera vegada que la va tenir a les mans va ser aquell 20 de desembre. *No la va fer servir*, però la duia per defensar-se i per intimidar els atracadors.

Són dos quarts de dotze i sap que no pot faltar a la cita.

Voldria parlar amb la seva dona, però no gosa. Voldria plorar, però no en sap. Per això surt de casa dient un «Ara torno» que només sent la cuinera, i baixa les escales amb precipitació suïcida.

La sensació de mort és un embolcall transparent, de cel·lofana, que el fa objecte de regal en alguna celebració diabòlica. Té consciència de ser l'ofrena en un ritual on el sacerdot i els fidels són uns desconeguts.

Camina pels carrers del cementiri amb una carícia de gel al coll. Un sanglot a punt de sortir de la gola. Llàgrimes als ulls. Es plora ell mateix. Ell és el primer assistent al seu propi dol. Se sent a punt de desmaiar-se, sap que si volgués podria no haver anat a la cita, sap que està exposant la seva vida, sap que està començant a morir, però no pot fer-hi res més...

S'atura davant el nínxol i s'esvera: «Com sabia ell que el nínxol era aquí?».

Esteban Biaix Coronas descansó en el Señor el 17 de septiembre.

Cursa. Revolada de faldons de gavardina sagnant cap a nosaltres. Un xiscle tou, un cos que es desfà, una mà inconscient que cerca una Star del 9 a la butxaca, una navalla voladora, un somrís i un plor d'home, un cop i un tret...

... *Un tret...*

... *Un tret que no serveix per matar fantasmes...*

De sobte, l'Enric es posa francament malalt. Se li envermelleix el rostre, tus amb un cop angoixós i asmàtic, se li fixen els ulls, com els d'un mort, i cau de la cadira. Com si li haguessin disparat un tret, cau sense un crit.

El crit el fa la Trini, desesperada: «*Enric!*».

Des de que havien arribat a casa i fins aquell mateix moment, la noia havia estat esperant quelcom de semblant. Mai no havia vist el seu germà en un trànsit com aquell. Les altres vegades semblava que no tenia contacte amb la realitat, sí, i potser tenia l'aparença de foll una mica agitat i malaltís, potser sí. Però no com aquesta vegada, que tremolava i suava i gemegava esporuguit, com si veiés venir la mort, com si estigués davant de quelcom massa terrorífic per contemplar-ho i sobreviure. Feia sorolls amb la gola. Gairebé no l'aguantaven les cames i només era capaç d'expressar-se amb maldestres i elementals moviments de cap.

La Trini l'havia assegut en una cadira, l'havia recolzat a la taula, i havia corregut a trucar a la doctora Unzurrunzaga, l'amiga de les tertúlies dels divendres.

—No sé què li passa! Vine de seguida! —La Trini no li ha dit, a la doctora, que l'Enric estava en trànsit. De moment, li ha fet vergonya, potser por que l'altra, escèptica, es pensés que era una broma.

Quan ha tornat al costat de l'Enric, l'ha trobat dibuixant amb la seguretat de qui està donant forma a allò que veu en aquell mateix moment. Fins a les dotze del migdia no ha parat de dibuixar, a llapis, febrilment, omplint fulls i fulls de paper que exigia amb xisclets de criatura ansiosa i que la Trini li proporcionava amb idèntica ànsia, exigint al seu germà que s'expressés d'aquella manera, ja que no podia fer-ho de cap altra.

Full rere full, gargot sobre gargot, primer han anat apareixent uns rostres afilats, uns ulls esbatanats com els seus, una boca amb dents de tauró. Després, tots els rostres han estat només un, de nas i barbeta punxeguts, i ulls tristos, i una mà estirada cap a qui el mirava, una mà amb dits com uns ganxos. La mà era l'obsessió de l'Enric quan ha arribat la doctora Unzurrunzaga i l'ha volgut ajudar.

—No, deixa'l! —ha cridat llavors, incoherent, la Trini. I totes dues s'han quedat mirant el treball de l'al·lucinat que continuava perfilant...

Un home sobre un llit. Un home encadenat a la capçalera. Un home que cridava i demanava ajut amb la mà desesperadament estirada cap al llapis, cap a aquell qui el dibuixava i que, progressivament, semblava anar reconeixent el protagonista de la seva creació.

—Qui és aquest home, Enric? —li preguntava la Unzurrunzaga. La Trini feia molta estona que havia deixat de preguntar-li-ho. S'havia cansat de no rebre resposta. O qui sap si havia entès que la resposta era precisament allà, als dibuixos...

I ara, de sobte, a les dotze, l'Enric es posa francament malalt. Cau de la cadira, i se li trenca el llapis entre els dits crispats, i rebrega uns quants fulls...

Al mateix temps en Frederic Llorenç, al cementiri del Sud-Oest, té el cap ple de trets eixordadors, perquè ell ha disparat, i la figura de la gavardina sagnant ha voleiat cap a un costat, esquivant les bales, i darrere el fantasma, darrere la representació de la mort, ha aparegut la mort de debò en forma de revòlver...

«*Bam, bam, bam!*», sons que reboten dins el seu cap independentment que tres cops a l'estómac li enviïn la nàusea a la boca. (Ell tenia una pistola, però les bales no fan res als fantasmes.) Es plega, marejat, cau de genolls (pensant: «No era un fantasma»), es cargola («Els fantasmes no disparen revòlvers»), s'amorra a terra («No era *El Polaco*»), es relaxa («Oh, Déu meu, quina enredada») i mor.

L'Enric també s'ha relaxat. El terrabastall produït per la còlera dels esperits se'n va, llançat cap amunt, molt lluny, cap a un cel fosc, tempestuós, ple d'espurnes vermelles i brillants, potser esquitxos d'infern.

Pensaments, intuïcions, mans que furguen butxaques, mans que en treuen un feix de bitllets de cinc mil pessetes. Mans, quatre mans...

«Són dos —diu l'Enric—, ara ho veig, són dos, com jo em pensava.» En el seu somni, l'Enric està molt tranquil i molt sencer, té la seguretat que ningú no pot fer-li mal. «Són dos... Un viu i un mort... El viu que va obrir l'escletxa perquè hi entrés el mort... I ara el viu se n'aprofita, de l'altre, perquè de moment el viu és molt més fort... De moment... el viu... és... molt més... fort...»

Mou ets llavis amb suavitat, però no deixa sentir res.

La doctora Unzurrunzaga li ha posat una injecció i recomana a la Trini que vagi a comprar unes pastilles.

—Vés-hi tu, si et plau —li demana la pintora—. Jo no em vull separar del seu costat.

—Què heu fet? —diu l'amiga, acusadora—. Heu pres drogues?

—No. Et prometo que no. No et puc dir què és, però drogues no...

La doctora no s'ho creu. Sospira i fa:

—No jugueu amb aquestes coses... No jugueu que és perillós... —Mira el rellotge—. Estarà oberta encara la farmàcia?

—Potser no —diu la Trini—. Ja són les dues.

A les dues, un paio anomenat Delclòs està esperant davant el Palau de la Música.

Biaix. Yagüe. Llorenç. Un altre? 20-12-56. Atracament banc Ronda. St. Antoni. Duran. Notes que són el resum del fet més important d'una vida. Prou coneixements per ensorrar el futur d'aquest «*un altre?*».

L'inspector Alfonso «*un altre?*» Méndez ha de fer una peripècia per fer arribar el seu R-7 des de *Jefatura* fins a la porta del Palau de la Música. En Delclòs no es fixa en ell perquè sens dubte no esperava que l'anessin a cercar amb cotxe. *Jefatura* és molt a la vora del Palau i el més segur és que pensés anar a dinar en algun lloc pròxim. L'inspector, en canvi, localitza de seguida a Delclòs. No hi ha ningú més esperant en aquell indret.

Veu l'home alt i elegant de barba ben pentinada i actitud superba, i l'odia tot seguit. D'on pot haver tret aquell home la informació? L'haurà dita a algú més? Sota el paraigua, sota la pluja gelada, embolicat en un abric gruixut, sembla l'home més important del món. En Méndez l'odia, decideix que el matarà així que pugui.

En Méndez baixa del cotxe. «Eh, vostè!» En Delclòs el mira. Els seus ulls, darrere les ulleres, es refreden en veure aquell home grandiós i lletgíssim, mal vestit, probablement brut, ogre de conte de fades, que li fa senyals amb la mà. I en Méndez copsa el judici de valor que hi ha en aquell esguard i l'odia encara més. El matarà així que li hagi arrancat el que vol saber...

—Vostè és en Delclòs? Vingui!

En Delclòs s'apropa. En Méndez voldria trencar-li la cara ja immediatament. Per culpa d'aquell figurí, d'aquell llepaculs quatre ulls, xerraire llenguallarg, en Méndez ha de matar i de fugir, ha d'arruïnar la seva vida. «Déu meu, jo me n'aniré a la merda, però tots hi vindreu amb mi, us ho juro», pensa cop i recop.

—Vostè és en Delclòs?

—Sí...

—Sóc l'inspector... Alfonso —«No sigui cas que sàpiga el teu nom»—. M'envia en Trueba. Pugi.

No ho pensa repetir dues vegades. Obre la porta i en Delclòs plega el paraigua i, obedient, es fica a dins. En Méndez pensa que encara l'està tractant amb massa compliments. Si ara mateix li trencava un braç, ningú no li podria dir res. Ell és policia i sempre pot dir que el seu detingut s'ha resistit a l'autoritat. Puja ell al cotxe, l'engega.

—On anem? —demana el doctor.

—Ja ho veurà. Prou lluny per tenir temps de parlar-ho tot pel camí. Així, doncs, comenci. Què en sap, de tot això?

Veu, frases, paraules tallants que sonen com cops secs de timbal. En Delclòs se'l mira i fa una ganyota. Pensa que deu haver passat alguna cosa molt important.

El que no se li acut de pensar és que està a punt de passar-li una cosa molt més important a ell en persona.

15

Méndez

Els fets han estat això, una mena de joc dels disbarats.

Trets en un cementiri. Els municipals de la porta que es posen en moviment, corren cap a l'interior i veuen algú, una gavardina voleiant enmig de la fina pluja glaçada. Crits de «Alto! Alto!». L'aparició del cos caigut a terra, home mort bocaterrosa, amb una pistola a la mà. Primer pensament: «*Ajuste de cuentas entre bandas rivales*», típic titular de diari. El cos monopolitza l'atenció dels policies i, quan volen fixar-s'hi, ja no saben què s'ha fet de la gavardina voladora enmig de les tombes. I tot seguit la multitud d'assistents a un enterrament arriba, allau imparable, invasió que esborra petjades, atropella guàrdies i empeny des de darrere per veure ben bé el que no és gens estrany de veure en un cementiri. Després de tot, allò que hi ha a terra només és un mort.

—No us acosteu! Enrere, si us plau! Enrere! Enrere, cony!

Un policia a l'altre:

—Vés a la porta, vigileu les sortides, que no fugi

ningú! —Paraules protocol·làries i sense sentit, perquè hi ha moltes maneres de sortir del cementiri del Sud-Oest i perquè a dins hi ha molta gent, i molts homes amb gavardina (perquè plou), i vés a saber si aquell qui corria era l'assassí o qui era, vés a saber.

Trucades per ràdio: «Un mort al cementiri», «Què esteu, de gresca?», «Ni gresca ni orgues! Veniu, que a un li han fotut tres *tirus*!». Reforços, cadena de *polis* que mantenen la gent a distància, els de la comissaria, els d'identificació, tota la història.

I la gent que diu, que parla, que li sembla haver vist. I un comú denominador: la gavardina que corria entre les tombes. Quan el forense i el jutge donen la vènia, dos de paisà molt meticulosos escorcollen les butxaques del caigut (detall a notar: «Ja l'han escorcollat d'altres», perquè una butxaca és tombada de l'inrevés). Així saben que es diu Frederic Llorenç, que treballa als tallers i pàrquings TALL, i que deu ser un alt càrrec, perquè el talonari que du a sobre parla de pela llarga, i diu també que avui mateix l'interfecte ha disposat de cinc-centes mil de les seves pessetes.

Se li treu la pistola, que encara premia amb els dits erts. Una Star del 9. Ha estat disparada.

I tot això es converteix en un feix d'informació que arriba a *Jefatura* de manera caòtica, a onades, és un quequeig de metralladora que recorre tots els passadissos, des del pis de dalt fins als arxius del soterrani. *Un mort al cementiri* és un acudit prou bo perquè això sigui el primer que se sap. El comissari Blanco Torres aixeca la vista del que està llegint i arrufa el nas. Si preguntes, el cúmul de dades encara resulta més caòtic i atabalador. Un home mort, a ganivetades, o potser a trets, la Policia Municipal ha detingut l'autor (o eren més d'un?, o potser no l'han enxampat i només l'han vist?). Del que no hi ha dubte és de la gavardina sagnant. Hi era. Dues paraules clau que donen tota una altra dimensió al fet. Darrerament, en aquesta santa casa, *gavardina sagnant* vol dir psiquiatre boig, navalla d'afaitar, assassinat de gos, agressió a un vel, mort d'un anomenat Yagüe, mort de la germana d'en Biaix, i per tant vol dir «maldecaps».

En Blanco Torres s'enfila escales amunt fins a la planta baixa, agafa l'ascensor, corre per passadissos. Pregunta. Cerca qui estigui més ben informat.

—Com es deia el mort?

—Llorenç. Frederic Llorenç.

Sí. En Blanco Torres té un calfred. *Sí.* Fa hores que està llegint als arxius notes referents al Yagüe, que va ser assassinat per la *gavardina sagnant* fa pocs dies. A causa de les connexions que aquell tipus tenia amb la policia, ja fos com a col·laborador extern, ja fos com a delinqüent comú, la lectura comporta una consulta contínua d'altres fitxes: amics, còmplices, gent que va ser delatada per ell... I, *sí*, en Blanco Torres no para de fer així amb el cap, *sí, sí, sí*, en Frederic Llorenç era un dels seus coneguts. Havien estat detinguts junts un parell de vegades...

I, *sí, sí*, ara el comissari té una forta intuïció. Yagüe/Biaix... Yagüe/Llorenç... Biaix/Llorenç... Noms que s'encreuen, s'entrecreuen, formen una trena de la qual es desconeixen els extrems...

Quan el R-7 d'en Méndez passa per davant de *Jefatura*, veu un cotxe negre que engega a tota velocitat. Una mà surt per la finestra i fixa un bolet al sostre, i enmig d'una penetrant sirena i de llampecs blaus intermitents, es perd Via Laietana avall.

A en Méndez li agradaria saber on van, què passa. Té por que ja l'estiguin cercant a ell. Mira de reüll el doctor que seu al seu costat i l'odia una mica més. Per culpa d'aquest llepafils, ell es troba acabat, vençut, eliminat... Però en Méndez es venjarà, i és clar que es venjarà. Aquest pagarà per tots els altres.

—Sabeu quelcom del pinxo? —diu en Delclòs en veure que l'altre calla.

—Quin pinxo?

—Vaig demanar a l'inspector Trueba informació sobre un pinxo de la part alta que li diuen Gabriel.

—Ah... —Potser sí que en Trueba li ha dit alguna cosa, però a en Méndez tant li fa, és clar—. No en sé res —I reprèn, ràpid—: De fet, no sé res de res. No comprenc com podeu dir que teniu tanta informació sobre un cas que és secret.

—Tinc les meves fonts —diu en Delclòs fugint d'estudi.

—Està bé. Digueu-me almenys què és el que sabeu exactament.

En Delclòs se'l mira de reüll. Ell volia parlar amb l'inspector Trueba, en Trueba és el seu amic, o conegut almenys; aquesta espècie de monstre que té al costat ni tan sols sap qui és.

—Sé alguna cosa sobre un atracament que hi va haver el 20 de desembre del cinquanta-sis.

—I què va tenir d'especial aquest atracament?

—Hi van prendre part dos policies i dos delinqüents. Va ser quan van detenir el famós atracador anarquista Enric Duran, i un policia anomenat Esteban Biaix es va cobrir de glòria amb l'anorreament de la banda...

«Ho sap tot», pensa desesperat en Méndez.

—Bé. Comenceu pel principi.

En Delclòs comença pel principi. Parla de l'atracament i la intervenció de la policia i s'oblida de la presència de l'Àngels, que duia la seva filla de mesos als braços. Ell va parlant. Ho sap tot. I, a mesura que l'escolta, en Méndez es va posant vermell, sua, es crispen els seus dits entorn del volant. Serra les dents i li agradaria tenir entre les mandíbules la jugular d'aquell set-ciències que ho sap tot, tot, tot, i massa bé, massa bé, massa bé. En Delclòs parla de dos policies, però de moment no en diu els noms.

El R-7 s'ha enfilat per l'Arrabassada, ha voltat el Tibidabo i, en algun tram imprevist, ha tombat cap a la dreta per endinsar-se en un bosc ufanós que sembla impossible que sigui tan a la vora de la ciutat. Arbres massa frondosos i massa nus dibuixen al cel gris una xarxa trencada i desfilada que té com una cosa sinistra, desolada i patètica. Les branques sense fulles potser fan pensar en ossos sense pell. Les falgueres, les bardisses i la fullaraca s'entortolliguen a les fondalades donant sensació de flonjor, com si la terra ferma quedés molt més avall. Una selva verge, un indret salvatge on pot passar qualsevol cosa.

Per això l'ha triat en Méndez.

—I per què creieu que això ens podria interessar, ara, a la policia?

—És difícil d'explicar. Acontenti's de saber que aquest Yagüe de qui li he parlat és l'home que va morir assassinat dies enrere, degollat amb una navalla d'afaitar. No m'estranyaria que ara li toqués al tal Llorenç...

—I després...? —A en Méndez li costa de respirar. En Méndez té una suor freda. I en Delclòs ho nota. En Méndez està pàl·lid i en Delclòs s'hi fixa.

—I després a l'altre policia que va prendre part en el cop.

—Com heu dit que es deia aquest policia? —El to és decididament hostil.

«Deu ser que no li agrada que la gent parli malament dels policies. Esperit de cos, en diuen d'això. Per aquest fatxa, tothom qui no digui que la policia és collonuda és un enemic de la pàtria.» Això pensa en Delclòs.

—A qui ho heu explicat tot això?

—A ningú. Bé. He donat els noms al Trueba, però la història només la conec jo.

—I qui us l'ha contada a vós?

—No n'heu de fer res. Jo us dic el que sé. Si voleu, actueu en conseqüència i, si no, deixem-ho córrer. Jo crec que ja he complert el meu deure. Si no us molesta, baixaré aquí mateix, gràcies.

En Méndez petja l'accelerador. El cotxe pren un revolt brutalment, tant que tots dos són sacsejats. En aquell moment, mentre en Méndez sent més que mai l'embalum de la pistola sota l'aixella, en Delclòs descobreix que van corrent per un bosc on no es veu cap casa a la vora, cap persona, ningú que el pugui ajudar.

—On anem? —exclama, un xic histèric.

L'acceleració i els sotracs omplen el cotxe de la imminència de l'agressió.

En Méndez té por. Terror. Està malalt de pànic, transfigurat com un psicòpata en plena crisi, perillós com un animal acorralat. No és el primer cop que en Delclòs es troba tancat amb un psicòtic agressiu. En el seu despatx s'ha trobat amb més d'una situació angoixosa. Però aquest cas és diferent. El cor li diu que avui s'hi està jugant la pell de debò.

Aferra amb força el paraigua que, plegat, té la mida d'una porra. Una arma que descansa plàcidament sobre les seves cuixes, tan juntes, tan rectes, tan correctes.

En Méndez observa el gest i se li'n fot. Gairebé té ganes de riure. Menysprea amb un menyspreu molt semblant al fàstic aquell quatre ulls ridícul i afectat, marieta inofensiu que s'està escagarrinant de por al seu costat. I accelera per esverar-lo més, i pensa que aquell mitja merdeta serà el primer de pagar tot el que li han fet, tot el que li han fet patir a ell, a l'inspector Alfonso Méndez.

—Em podeu dir on em porteu? —crida el psiquiatre un altre cop.

—*A la merda* —crida llavors el gegant, l'ogre del conte. I pitja el fre a fons.

L'hecatombe.

El R-7 es clava de morro, patinen les rodes sobre el camí de terra aixecant una llengua de fang, com una immensa escopinada, serpenteja el cotxe i queda de través a l'estreta carretera...

... Al mateix temps que a en Méndez se li escapa

una grollera riallada de triomf i els ulls brillants se li omplen de venjança i de sang, i la mà cerca sota la jaqueta, agafa la culata de la pistola, estira, es tomba cap a en Delclòs...

Un Delclòs sorprès, que, ingràvid, ha estat catapultat contra el parabrisa. Només ha tingut esma de posar-se de costat i d'aixecar l'espatlla dreta perquè li fes de coixí contra el cop. Cop al cap, patac, rebot al seient i llums i llamps al cervell i als ulls, por del *pam* que l'allunya del tret que ara vindrà...

Dit gros que, pel seu compte, prem un botó. En Delclòs ja ho tenia previst, sí, però ara s'ha atabalat i el dit fa el que vol i ell té un ensurt que és tan gros com el d'en Méndez, potser més, quan el paraigua plegable es desplega automàticament, duplica la grandària i envesteix amb força, i s'obre, negre i immens com la nit, omplint l'interior del vehicle, aclaparant el policia que erra el tret; *pam*!, bala que perfora la tela i trenca un vidre.

La primera idea d'en Delclòs és «Fuig d'aquí», i la segona, «Si surts, et caçarà com un conill», i la tercera, «Fot-li allà on li facis més mal», i la quarta, «Tens els seus collons a l'abast de la mà». I totes quatre idees no ocupen més d'una vuitena part de segon, que és el que necessita una bala per expulsar la beina de l'anterior i posar-se a la recambra mentre el percussor cau sobre el fulminant...

El segon tret (terrible com si de sobte els petés el cor) coincideix amb manotades desesperades i destructores d'en Méndez (que rebreguen tela i barnilles del paraigua com si fossin paper), amb la desaparició del parabrisa, convertit en pols de vidre; amb una mà de psiquiatre que es tanca entorn d'uns testicles que s'amagaven entre cuixes carnoses i immenses, i amb un xiscle sobrenatural que sembla brollar al mateix temps de la gola i dels ulls esbatanats del policia. Tot plegat constitueix un escàndol tan caòtic que sembla que dins del petit cotxe hagués començat a funcionar una perforadora.

En Delclòs es llança contra l'enconxat cos d'en Méndez i, prement amb totes les seves forces les parts de l'altre, passa el braç esquerre per davant del cos i subjecta el canell de la mà armada. Llavors constata amb terror que el monstre encara té un puny lliure, i que una mà de psiquiatre amb prou feines pot envoltar una quarta part de canell de policia, i que amb el seu atac està ofegant i enfollint la bèstia, que, per sortir-se'n, no podrà fer altra cosa que llançar-se contra ell.

El puny lliure del gegant percudeix una vegada i una altra i una altra, amb una insistència esbojarrada a causa del dolor i de la histèria, contra el rostre d'en Delclòs. Trenca ulleres i arrenca sang. Mentre que els dits frenètics d'en Delclòs esmicolen trossos de carn entre dues cuixes, cames que espeterneguen per enfonsar el terra del cotxe. I tot això, mentre la mà armada de pistola vol dirigir el canó cap a l'enemic i una mà més feble tracta d'impedir-li-ho. I en Méndez bramula com un brau a punt de morir i en Delclòs xiscla a cada cop, xisclets de por, de dolor i de follia...

... I tot això en un crescendo de manicomi fins que en Méndez deixa anar, llença la pistola (que rebota al capot i cau al camí) i mou tot el cos amb una suprema batzegada que fa grinyolar els amortidors i es converteix en una explosió. I en Delclòs afluixa, repel·lit per l'ona expansiva, i crida reculant i sentint que el cotxe és molt més petit del que es pensava, i que el monstre s'està fent gran i gran i cada cop més gran i que ja és una força de la naturalesa desencadenada. Cops que cauen sobre el rostre i el pit i els ronyons mentre en Delclòs es retorça com una serp, s'enrosca tractant de cobrir-se amb mans i braços, i ara es posa dempeus, i amb l'esquena cerca el parabrisa trencat, i després de tot el gegant no pica pas tan fort perquè el dolor és una foguera que l'incendia des dels testicles fins al cap i li estova els músculs i els moviments, però de tota manera fa mal, i en Delclòs ja s'està posant dempeus sobre el seient i darrere se li obre la llibertat...

... I empeny i surt disparat sobre el capot («Igual que la pistola», pensa, «Déu meu, la pistola») i roda sobre la planxa i cau pesadament a terra, a fora, a la pluja, al fang del camí...

... I ara no sap si és ell qui crida o l'ogre que ha quedat atrapat dins el cotxe.

«Ràpid, Delclòs!»

Un bot, a quatre grapes, una ensopegada en donar la volta al cotxe cercant la pistola que ha de ser per aquí, *ha de ser per aquí*.

Brama el motor del R-7. En Méndez, cec de ràbia, ha cercat una altra arma per atacar. En Delclòs fa un pas enrere, està a punt de caure, ja ha vist la pistola, però el cotxe es posa en marxa, recula tentinejant com si també ell estigués ferit i, com un animal viu, s'atura desafiant l'enemic. En Delclòs també s'atura, no sap què fer, té por i se sent dèbil. Per fi, es decideix: la pistola!

Fa un pas endavant i l'animal mecànic l'envesteix. Patinen les rodes sobre el fang, escopint enrere, s'arrapen els pneumàtics i ataca el R-7, sofisticat ariet, màquina de matar, sortint a l'encontre d'aquell inconscient que també diríem que es llança de cap contra ell...

Els dits d'en Delclòs quasi toquen l'arma, la taquicàrdia assoleix el punt culminant, s'encenen llums d'alarma en els ulls, es disparen alarmes en el cervell, un corrent elèctric li fueteja tots els músculs... i el cos prim i llargarut salta cap al matalàs d'herbes i fullaraca que encatifa el talús de la vora del camí. El R-7 passa just per on ell era, l'ha errat per centímetres, frena de nou. En Méndez, dominat pels nervis, torna enrere, força la marxa i l'automòbil renega agònicament, com si el torturessin...

Mentrestant en Delclòs ha topat brutalment contra un terra que no tenia res de matalàs, i ha rebotat, i ha rodat costes avall fet un remolí de cames, braços, faldons d'abric i fullaraca, bola pesant que obre camí fins al fons del mar vegetal, allà on passa l'invisible rierol d'aigua glaçada, amagat sota la densa xarxa de bardissa.

Hi ha uns instants de quietud.

Un cotxe aturat al mig del camí fangós. El vent i la pluja sobre les fulles i els bassals. El rierol a baix.

I, de sobte, el crit infrahumà que omple la conca, bramul d'elefant que cerca el seu cementiri.

En la soledat dels grans arxius de *Jefatura*, el comissari Blanco Torres fa molta, molta estona, que roman dempeus, immòbil com una estàtua, amb els ulls fixos en els papers que té davant. De tant en tant sospira i qualsevol diria que és a punt de defallir.

Els papers que té davant parlen de casualitats. Un dia, *casualment*, un confident anomenat Yagüe va sentir a par-lar que *precisament* aquell mateix dia es preparava un atracament i va *coincidir* en un bar amb l'Esteban Biaix, li ho va dir, i per això l'Esteban Biaix va poder exterminar la banda del famós Enric Duran.

Signat: Esteban Biaix.

Era el dia 20 de desembre de 1956. El dia que va morir el seu pare, el famós i honest comissari Blanco, pistola en mà, plantant cara a uns pistolers que acabaven de robar un banc. I, mentre el cor li batega fort, molt fort, recorda aquell dia en què ell tenia setze anys i un policia de rostre quadrat i brutal però d'ulls immensament tristos es va presentar a casa seva i va dir a la mare: «El seu marit és mort, l'han assassinat...». La mare va esclatar en un plor sobtat, com si li haguessin donat un cop per darrere, com si fes anys que estigués esperant quelcom de semblant.

I ara, en Blanco Torres veu el comissari Biaix donant a la mare la cartera del pare i estrenyent-li fort l'espatlla, a ell, un xaval de setze anys que, ple d'odi, començava a rumiar la venjança, començava a desitjar de ser policia per matar tots el delinqüents que s'assemblessin a aquell que havia disparat contra el pare.

Sí. En Biaix va portar la notícia.

I ara en Blanco Torres s'adona que mai més no van parlar d'aquell dia, en Biaix i ell, quan van coincidir a *Jefatura*. En Biaix era com una ombra esquerpa que el defugia... «És natural —havia pensat sempre ell—. És un vell amargat, tothom ho sap.» De fet, fins ara mateix, es pot dir que havia oblidat que era en Biaix, quina casualitat, qui va portar la notícia de la mort del pare.

I el cor li batega molt fort, molt fort, gairebé li fa mal, gairebé l'ofega i el fa petar de dents.

«Què té a veure tot això amb la mort del pare?»

Un calfred. Es troba malament quan el nom de Biaix s'uneix als de Yagüe «dimonis, *Yagüe*, qui pronunciava aquest nom fa molt poc?» i de Llorenç. Dins el comissari es forma una intuïció, un record, una imatge imprecisa, digue-ho com vulguis, quelcom que uneix els tres personatges, els lliga fermament i fa que els moviments d'un d'ells condicionin els dels altres dos. En Blanco Torres respira amb dificultat perquè, de sobte, tot el món es va capgirant i experimenta un vertigen desagradable que l'impulsa a pensar coses com «no vull saber res més, no em digueu res més, em vull morir, odio la vida, odio els meus records, odio el meu passat i el meu futur, perquè res no és com hauria de ser».

Res no és com sembla, tot és un engany, els sentits només ens proporcionen aproximacions de la realitat. Descàrregues elèctriques a flor de pell informen el cervell de les formes de les coses, i una selecció d'estímuls inaprehensibles fan que vegem colors, i el so no és res més que una variació en l'atmosfera que ens envolta... Tot és subjectiu. Mai ningú no podrà assegurar que copsa el món exactament igual que una altra persona. Hom podria pensar que si algú fos capaç de contemplar objectivament el que ens envolta, sense les limitacions del nostre cos i sense haver d'expressar-ho després amb un llenguatge convencional, descobriria quelcom insòlit. Veuria, potser, un espectacle semblant al de milers de cecs caminant a les palpentes.

Mentre sent parlar el seu germà, amb posat de veneració religiosa, la Trini Nieto pensa: «Les molècules dels meus dits no poden penetrar les d'una pedra i per això dic que la pedra és sòlida. Però, en canvi, un líquid si que traspassa la solidesa d'un teixit. Per què, doncs, no em puc imaginar dits que travessin pedres com si fossin de boira o teixits invisibles tan impenetrables com la més ferma de les roques?».

I l'Enric Nieto, reposat ja del seu trànsit, menja amb gana i parla del que sap amb la mateixa naturalitat que si ho hagués llegit en un llibre o hagués passat a una altra persona.

Ara ja sap que en Campavall és presoner. Li ho ha dit ell mateix. «Per què no?», pensa la Trini. «L'Enric pot haver fet un viatge astral fins on és en Campavall i pot haver parlat amb ell. Per què no, si acceptem que més que ajut els sentits són obstacles per entendre el que ens envolta?»

—... En Campavall va ser posseït, dominat, per la fascinació d'un home de mentalitat molt forta i dolenta. Aquest home, que és viu, va obrir a en Campavall les portes de la perversió, li va obrir una escletxa en la seva integritat. Per pura maldat, li va descobrir una vena sàdica i, en una espècie de ritual, jo no sé si celebrat manifestament o no, no ho sé, li va oferir una víctima propiciatòria en qui es pogués desfogar. En Campavall gaudia colpejant una pobra noia a la qual, per altra banda, agradava de ser colpejada. Molt probablement, aquell posseïdor pervers també se l'estava apropiant. El cas és que es va fer amo de l'esperit d'en Campavall. Després va seguir un estira i arronsa, durant el qual en Campavall es va poder allunyar una mica d'aquell monstre. Es veu que el nostre amic Delclòs el va ajudar molt a controlar la perversió però, com que no van fer cap ritual eficaç, l'esperit del mal continuava dins d'en Campavall, dormint però a l'aguait. En Delclòs va ser un bon metge, però no un sacerdot. Els dos van cometre l'etern error de confondre la maldat amb la bogeria i de pensar que qualsevol de les dues es pot curar com si fossin la grip. Unes píndoles, no hi pensi més i a córrer. I això no és...

La Trini no perd de vista el seu germà, que ja ha acabat de dinar i fa un rot i, pensarós i amb la seva veu greu, continua:

—... El Monstre Viu ja havia fet la seva feina, obrir la ferida que s'anava gangrenant per falta d'atenció espiritual. Aquesta obertura, com et pots imaginar, era una invitació a qualsevol altra força que voleiés pels voltants. Com si diguéssim, en Campavall era com un banquer que es passejava amb milions de pessetes per un carrer ple de lladres... I, és clar, el van assaltar... —Els ulls de l'Enric Nieto centellegen en imaginar-se davant la Bèstia Odiosa i havent de combatre a mort contra ella—. Un Monstre Mort, maleït i cruel, despietat com el mateix Satanàs, va caure sobre ell i el va devorar. Era l'esperit d'un home que havia fet molts rituals de sang. Aquest matí, quan he estat davant el seu nínxol, l'he vist, se m'ha aparegut amb les mans, i les robes tacades de sang, amb l'estigma de l'infern als ulls, aquells ulls terroritzats perquè ja havien vist el rostre del dimoni. L'he vist trencant ossos, esquinçant carn humana, jugant amb vísceres. L'he vist oferint un gran sacrifici, el més important, quan penjava un home d'un ganxo de carnisser i fruïa amb l'espectacle de l'altre dessagnant-se en una interminable agonia. I l'he sentit xisclar amb tota la ràbia i la desesperació d'un condemnat per sempre més, he sentit com oferia el seu sacrifici, «per la sang que han vessat tots els meus enemics, tornaré, tornaré...».

L'Enric s'interromp. La Trini li prem una mà en veure que està tremolant. Respira amb gran esforç. Se serveix vi. Beu. Continua:

—I va tornar. I va trobar el cos d'en Campavall, amb un esperit afeblit per la perversió, i se'n va apoderar, el va ocupar com si fos una casa buida defensada per un nen. Però el cos estava ferit. No sé per què, però estava ferit. I va haver de recórrer al Monstre Viu perquè el guarís... I ara, el Monstre Viu el té encadenat en un llit, presoner, i el fa servir per als seus propis interessos...

La Trini s'empassa saliva.

—I què penses fer? —demana.

—L'hem de deslliurar —panteixa l'Enric—. Primer, de les seves cadenes físiques i, després, de l'esclavatge a què el té sotmès aquest esperit maleït.

—Però, saps on trobar-lo?

—El trobaré.

—Serà molt perillós.

—No vinguis, si no vols.

La Trini no pot deixar sol el seu germà. Surten tots dos de casa i els sembla que aquest sigui el dia més fred de la seva vida i que la pluja glaçada és com un seguici de doloroses escopinades que procedeixen dels núvols negres, de la foscor de l'infern.

16

El Monstre Viu i el Monstre Mort

Mentre en Delclòs corre pels camps, enmig d'una espècie de frondosa selva verge, i en Méndez s'ha desmaiat, els germans Nieto han muntat en la seva furgoneta 4L i roden per Barcelona a la recerca d'un fantasma.

L'Enric Nieto va amb tots els sentits en estat d'alerta escoltant algun missatge llunyà. La Trini condueix tota ella en tensió, atenta a les ordres que li va donant el seu germà. «Ara, a la dreta! A l'esquerra!» Molt sovint, els desigs de l'Enric són impossibles d'obeir perquè un carrer és de sentit únic o perquè un senyal de trànsit prohibeix tombar per una cantonada. Llavors, la Trini es desespera, accelera per trobar un carrer que li sigui favorable, fa una marrada i calma la impaciència de l'altre amb paraules ben just xiuxiuejades. Però no es perden pas. És com si l'Enric dugués un detector elèctric al cervell, un receptor d'algun senyal que s'anés fent més intens com més a la vora són de l'objectiu.

Al principi, han recorregut l'Eixample i tot ha estat molt senzill. Un cop han travessat la Diagonal i s'han ficat a Gràcia, l'Enric s'ha posat molt nerviós perquè s'han allunyat molt i resultava molt difícil de sortir dels carrerons estrets senyalitzats d'aquella manera tan enrevessada. Després han tornat a la Diagonal i, mentre corrien cap a la plaça de Francesc Macià, l'Enric gairebé saltava sobre el seient, de tant il·lusionat com estava. «Sí, sí, és per aquí, és per aquí.» Han travessat la plaça i, camí de Pedralbes, el senyal ha tornat a allunyar-se. «No, no, no! Torna enrere, torna enrere!» Però no és tan fàcil de tornar enrere a partir d'un punt determinat de la Diagonal, i el vident s'ha posat a cridar, exigent com un nen malcriat, i la Trini li ha demanat que callés, que callés si et plau, tan nerviosa que gairebé estava a punt de plorar.

No han pogut desviar-se fins arribar al Cinturó de Ronda i, per allà, mentre corrien cap a la Via Augusta, l'Enric ha tornat a tenir la seguretat que s'apropaven a l'objectiu. «Sí, sí, i ara a la dreta!», han enfilat la Via Augusta, «I ara a la dreta un altre cop!», s'han endinsat en aquell barri residencial on els edificis són nous i, malgrat això, bonics i de bon gust; i als àtics hi ha jardins i a les porteries senyors uniformats.

—Aquí! —crida l'Enric. I es relaxa com si acabés de deixar anar un farcell molt pesant, i necessita uns quants segons per reprendre l'alè.

—Anem —diu finalment.

La Trini mira esparverada la mansió davant la qual s'han aturat. Un edifici abandonat que és com una gran deixalla en aquell barri tan net. Temps enrere va ser molt bonic: casa d'estiueig enmig del camp, als afores de Barcelona. Envoltada de jardí, dos pisos, xalet d'estil colonial amb porxo, i torre estreta com per a un campanar, i sostre de dues aigües de teules verdes i negres. Però els amos van morir, o la van abandonar i se n'han oblidat, i ningú no la vol vendre, i el jardí és una xarxa de matolls grocs i negres, i ha estat violat per porqueries llençades per alguns irresponsables. Tot al voltant del mur han afixat uns grans anuncis murals d'aquests que omplen ara les ciutats, però algú deu haver desautoritzat que hi siguin perquè són antics i estan esparracats i ara resulten tan bruts i sinistres que fan joc amb la casa. Mirant per les obertures que queden entre mural i mural, a través d'un reixat rovellat, hom pot veure el jardí i una casa marró, color de mort de fa anys, on infinitat de taques de qui sap què regalimen des del sostre fins a terra. Els vidres de les finestres, opacs de tanta pols com tenen, estan trencats en molts punts, i cada forat és un accés a una foscor impenetrable, que fa feredat.

—Anem —repeteix l'Enric.

I s'ajup, i empeny el reixat per sota un dels anuncis. I a la Trini li agradaria dir alguna cosa, però no pot, perquè la por no la deixa parlar. Recorda allò que el seu germà sembla haver oblidat: que se les han de veure amb una espècie de monstre armat d'una navalla, un ésser que ja ha matat... Però res no podria deturar l'Enric, que ja és dins, i la noia el segueix amb ànim de protegir-lo.

El reixat no ha fet soroll en obrir-se. D'una ullada, la Trini descobreix que ha estat greixat no fa gaire. Pensa que algú ha tingut interès darrerament a impedir que els veïns poguessin sentir cap soroll. I s'adona que la porta principal està orientada de tal manera que no és fàcil que des dels edificis propers algú pugui controlar cap entrada ni sortida. I des de l'accés al jardí fins a la porta de la casa les herbes aixafades diuen que per allí acostuma a entrar i a sortir gent. I tot plegat acreix la por i la converteix en quelcom de sòlid i pesant que obtura la gola de la pintora.

Això també deu d'aguditzar els sentits perquè, així que són al jardí pudent, la Trini pot sentir veus. Veus que parlen en castellà.

L'Enric també deu haver-les sentit, perquè fa un senyal ràpid amb el braç i, procurant no fer soroll, s'esquitlla cap a un costat del jardí i cerca refugi en una de les cantonades de la casa. La Trini li va darrere.

En apropar-se a les finestres, les veus es fan més clares. Són un home i una dona, i parlen tots dos a crits, enfadats, discuteixen.

L'Enric i la Trini Nieto es miren i aguanten la respiració.

—Que fotis el camp, t'he dit! Hem de desaparèixer i no podem deixar-lo així! —diu ell.

—Encara no hem acabat —diu ella, entre dents, amb odi.

—Encara no hauràs acabat tu! Jo ja tinc el que volia i m'hi conformo, i si tu fossis llesta faries el mateix! Mig milió per a tu, mig milió per a mi, i la meitat de les joies de la vella!

—No era això el que havíem pactat! Em vas prometre...!

—Et vaig prometre moltes coses, però això era abans que aquest psiquiatre de merda fiqués el nas en les nostres coses! Ha lligat caps abans del que esperàvem, què vols fer-hi! Ara el que convé és desaparèixer abans que la policia també lligui caps!

—*Deixa anar això!*

—Eeei... Què fas...?

—Et dic que deixis anar la navalla i que t'allunyis del llit.

—Escolta, imbècil, no pots entendre que...?

—Et dic que deixis la navalla. En tot cas, el que calgui fer, ho hauria de fer jo...

—Està bé, doncs, fes-ho...!

—El primer és el primer. Surt d'aquí, Gabriel. Fot el camp, si vols, perquè al Méndez no li podrem treure ni un duro, però no et fiquis on no et criden...

—Nena...

—T'he dit que fotis al camp d'aquí. Tu ja tens el que volies; doncs, confita't els calés i esfuma't. Ja no et necessito per a res. Ja acabaré jo de fer la feina... *la meva feina*. Desapareix i deixa'm. Si algú ha de matar aquest pobre desgraciat, sóc jo, i tu ho saps. Però primer ha de passar en Méndez...

—Nena... La policia ja pot estar a punt de trobarnos, i si t'enxampa i cantes...

—Abans t'enxamparan i cantaràs tu, Gabriel! Perquè és de tu que sospiten, i no de mi!

—I per això estàs pensant a desfer-te de mi? Per això estàs pensant a matar-me ara...!!!?

Dins la casa se sent fressa confusa, dues passes precipitades, un crit de sorpresa, o potser una paraula interrompuda, i de sobte un espetec tan fort i tan breu que hom es demana si ha existit mai. Segueix un instant de silenci, una espècie de sanglot, unes passes decidides que ressonen dins la mansió...

... I un crit...

... Un crit infrahumà que no surt de la gola de cap dels dos que xerraven fins ara. Un crit de monstre ferit, de drac quan es precipita a l'infern, bram de dimoni rabiós que ha de renunciar a posseir una ànima...

Algú creua el jardí. Algú surt. Algú tanca la porta d'un cotxe. Un motor que s'engega. Un cotxe que s'allunya.

—Anem —repeteix l'Enric per tercer cop.

I corren a l'interior de la casa. La porta és oberta. L'interior és foscor i desolació, terra encatifat de pols negra, petjades que van i vénen en direcció a una doble porta que hi ha sota l'escala que antany fou majestuosa.

Més enllà de la porta, un home emmanillat a la capçalera d'un llit, imatge patètica de tortura i de captivitat despietades. Una ruïna de persona. Barbut, brut, pantalons tacats i pudents, llençols repugnants, un plat d'alumini amb menjar de porc i un telèfon sobre una cadira, fora de l'abast de la mà. I a terra un altre home, gran i fort, de robes netes i cares, de pell fosca i tupè untat de brillantina. Caigut bocaterrosa, com un nin trencat, sobre una lluent taca de sang que es va fent més i més gran a cada segon.

Més i més gran.

L'Enric Nieto, dempeus davant d'aquella escena, sap tot el que ha passat.

Veu un Campavall de dies enrere, ferit després de sostenir un combat amb un gos, el veu ficar-se al cotxe, esverat perquè va perdent massa sang, i el veu córrer a demanar ajut a en Gabriel. Si hi ha algú que el pugui ajudar, que el pugui amagar, és el pinxo.

L'home que el posseeix i que, possiblement, d'alguna manera l'estava cridant. Sense baixar del cotxe, en Campavall va parlar amb una prostituta, al carrer, una dona que coneixia en Gabriel.

—Avisa'l, si et plau, t'ho prego... —va dir amb veu de Biaix.

En Gabriel gairebé va somriure en veure en Campavall tan a la seva disposició. No va dir res. Muntà al cotxe i conduí fins al seu refugi, aquella casa de Sarrià.

Com si li ho haguessin explicat alguna vegada, l'Enric creu recordar que en Gabriel va treballar fa temps (o encara hi treballa?) en una immobiliària encarregada de vendre aquella casa. En Gabriel se la va reservar com a refugi per si un cas i va fer desaparèixer la fitxa de l'edifici. Sabia que ningú no reclamaria, de moment, perquè els amos no vivien a Barcelona i en demanaven molts calés. En nom de la immobiliària, però a nom seu, hi havia fet instal·lar telèfon perquè, si algun dia s'hi havia d'entaforar, no volia quedar aïllat del món.

L'Enric veu el Monstre Viu emmanillant en Campavall a la capçalera del llit. Gairebé el sent dir: «Ara ja ets meu, ara ja et puc fer servir!».

La Trini, paralitzada de por, diu tímidament:

—I ara què fem?

L'Enric Nieto sembla despertar d'un somni.

—Ens l'hem d'endur. Li hem de treure el monstre de dins! —exclama, corrent cap a en Campavall. Mira si aquest altre té les claus de les manilles!

La Trini, vencent el fàstic, s'ajup al costat del mort recent, calent encara, i li regira les butxaques dels pantalons, que són les que té més a l'abast. En una d'elles hi ha un feix de claus. Les du al seu germà, que les comença a provar, ara una, ara l'altra...

En un racó hi ha llaunes de menjar, algunes plenes, les altres buides. Allà mateix hi ha una bossa d'esport que crida l'atenció de la noia. Una bossa d'esport i un maletí Samsonite. La Trini mira dins de la bossa.

—Hi ha... —diu sense veu. Tus—. Hi ha molts quartos, aquí. Molts bitllets de cinc mil...! I joies...!

—Oblida-te'n! —diu l'Enric—, i vine, i ajuda'm!

Ja ha deslliurat el pudent Campavall, ja l'agafa en braços. La Trini l'ajuda.

—Està molt greu? —demana mentre caminen cap a la porta, trontollant sota el pes mort.

—Ha perdut el coneixement, està molt feble... No ho entens? Estava posseït per dos esperits, un de mort i un de viu. I, de sobte, l'esperit viu ha mort, ha perdut el control sobre ell. Això deu haver estat un sotrac a l'ànima d'aquest...

—Vols dir que ara només el posseeix l'esperit mort? El d'en Biaix?

—Sí, Trini. El més perillós... Ajuda'm. L'hem de dur a casa i hem de començar el ritual d'exorcisme com més aviat millor...

Abans de sortir al jardí i a la pluja glaçada, la Trini veu a terra, al vestíbul, una gavardina rebregada i tota tacada de sang. De moment, allò no té cap significat per a ella. Està massa amoïnada ajudant l'Enric a carregar en Campavall cap al reixat, i a passar-lo per sota del gran anunci mural, i a conduir-lo fins a la furgoneta.

—Vols dir que no és mort?

—No ho està, no t'amoïnis. Ajuda'm a resar.

Obren la porta posterior de la 4L i deixen dintre el cos ert del possés. A partir d'aquest moment, qualsevol que els veiés creuria que són boigs quan sentiria la lletania que mecànicament brolla dels seus llavis. A pesar de la seva joventut, qualsevol creuria que són dues velles beates esporuguides per un tro.

—Dimoni, surt del cos d'aquest servidor de Déu a qui jo adoro... —Cada un pel seu costat, pugen davant del vehicle, la Trini al volant—... pel seu manament i fes lloc a l'Esperit Sant. Jo faig el signe de la santa creu... —Se senyen, tots dos alhora, set vegades mentre continuen resant, i no engeguen el cotxe fins que no han acabat de fer-ho. I s'allunyen de la casa—... Pare de Nostre Senyor Jesucrist, dirigiu una mirada de la vostra misericòrdia sobre el vostre servidor...

A la part de darrere de la furgoneta, en Biaix obre els ulls. Immòbil, només belluga les ninetes per constatar on és. Una furgoneta. Després mou les mans, es toca els canells. L'han alliberat. I la boca se li torça en un somrís de satisfacció. Per fi, el que esperava. Hi ha unes veus de fons... el molesten... «Guariu el seu cor de tota mena d'elements nefastos i desgràcies, trencant cadenes i lligams...» Sí, resulta molestós, com si algú t'estigués insultant amb ràbia, sistemàticament, dient tots els defectes que tens, encertant-los tots sense deixar-se'n ni un. Però no és res més que això. Qui es pensen que són aquests dos pallassos per fer-li mal a ell?

—... I protegint el que un amor caritatiu us ha fet redimir amb la vostra sang preciosa...

En Biaix mira a un costat i a l'altre. Hi ha pintures

dins d'unes caixes de fusta que abans van contenir taronges. Hi ha sacs i una manta bruta.

I una maneta de ferro que serveix per afluixar els cargols de la roda en cas que se'n punxi una.

—Per la virtut de la vostra Santa Creu, que adorem...

En Biaix agafa la maneta de ferro sense fer soroll. Està a punt d'escapar-se-li el riure. Malgrat el neguit que li provoquen les oracions, pot més l'eufòria de sentir-se lliure i a punt d'acomplir per fi la seva missió.

—... A fi que la promesa sigui realitzada i rebem de la vostra gràcia el que esperem de Vós, que sou la salvació...

En Biaix, darrere, salta i crida gairebé amb alegria, amb bon humor, precisament quan voregen el Turó Park, de baixada. La Trini xiscla, sentint que se li paralitza el cor, i clava el fre, i abans de poder tombar-se ja veu, sent, el cop esgarrifós al seu costat i se sent esquitxada d'alguna cosa calenta i repel·lent, i tota ella es crispa, s'encarcara, s'empetiteix, deformat el rostre pel pànic i l'espera del següent cop que dintre d'un segon, de menys d'un segon, caurà sobre ella, ja està a punt de caure, el monstre ja deu estar aixecant la maneta darrere d'ella per colpejar, «Déu meu, perdona'm tots els pecats...!».

Des de fora, el conductor que els seguia ha vist poca cosa. Moviment i poc més. S'ha impacientat perquè no entenia que haguessin de parar allà al mig d'un carrer tan estret i de direcció única. I la pluja ha fet que tampoc no observessin res d'anormal els vianants, si és que n'hi havia algun. Ningú no s'ha estranyat, doncs, que un home empenyés la noia que conduïa la furgoneta i la deixés a terra, entre les cames de l'acompanyant, per poder passar ell de la part posterior al volant. El fet a penes ha durat uns segons. Abans que el conductor de darrere pensi a fer sonar el clàxon, la 4L ja engega de nou i enfila pel primer carrer que l'allunyi del marasme de la plaça de Francesc Macià i Diagonal.

Amb absoluta sang freda, l'home que ara porta el vehicle pensa que al primer semàfor passarà els dos morts cap a la part posterior perquè aquí davant li fan nosa per canviar les marxes.

Sospira, satisfet, i comença a xiular. Per fi, és arribat el seu moment. Ara podrà venjar-se en la persona d'aquella porca, l'Àngels, la persona que més ha odiat al món, la que el va veure morir, recargolat per un dolor insofrible i no va moure ni un dit per alleujar-li el sofriment. «Ara sabràs, filla de puta, el que vol dir patir, ara ho sabràs, t'ho juro»...

Pensa en la navalla i en el ganxo de carnisser. *No els té, vateuset?* I sap que són imprescindibles per a la seva venjança, per acomplir l'acte de justícia (diguem-ne així, a partir d'ara). Fa que el cotxe doni la volta, enfila el solitari i elegant carrer de la Reina Victòria, torna cap a la casa que ha estat la seva presó els darrers dies.

Atura el cotxe, passa al jardí per sota l'anunci, corre cap a l'interior de la casa i somriu en contemplar el cadàver del seu torturador. L'home que l'obligava a telefonar i que s'anava enriquint gràcies a ell. És allà. Mort i ben mort. I a les mans té la navalla.

En Biaix agafa la navalla i sospira. Ha arribat el

moment de la venjança. Oh, i tant! On és el ganxo de carnisser? No importa, després el cercarem. De moment, es dedicarà a aquest fill de meuca que l'obligava a telefonar.

Amb la navalla oberta a la mà, s'agenolla al seu costat. Diu entre dents:

—No saps quin greu em sap que no estiguis viu per adonar-te del que et faré...

17

Alícia

En Delclòs fuig i pensa.

S'obre pas entre bardisses atapeïdes que li esgarrapen els pantalons i les cames, en una xarxa que l'obliga a aixecar el peu fins més amunt d'on es creia capaç i que li posa en perill l'entrecuix. La primera reacció dels seus sentiments i pensaments ha estat automàtica: «Fora. S'ha acabat. Jo em tanco al despatx. Em desentenc de tot. No em tornaran a enxampar». Però això dura poc. El mal que li fan els cops, l'ensurt d'haver estat atacat per sorpresa i la indignació que li produeix la traïció, tot plegat clama dintre seu: «Ah, no. Aquest animal me la paga. Això no pot quedar així». Xipolleja en bassals de fang que volen arrencar-li les sabates. S'allibera del pesant abric, el deixa per avançar millor en aquesta selva xafogosa i té el rampell d'excusar-se: «Jo només volia trobar en Campavall perquè no continués assassinant...». I reconstrueix, mentre grimpa per marges encatifats d'heura: «Després de la lluita amb el gos, en Campavall necessitava ajut. Si no va anar a casa de l'Àngels a Premià, només li quedava un refugi. En Gabriel, el pinxo. I en Gabriel, el pinxo, es va posar en contacte amb l'Alícia Biaix dissabte passat, segons que va dir el porter de la finca d'ella. Així que ja tenim en Gabriel i l'Alícia protegint en Campavall. I per sobre de tot això...».

Creua els camins a tota velocitat, mirant enrere per por de veure aparèixer el R-7. Es fa fonedís entre les falgueres i els troncs mullats. Sempre sota la pluja avorrida, insistent, exasperant. «Per sobre de tot això, des del cim del poder que li atorga el fet de ser policia, des de la distància temporal que és donada per un crim que va cometre fa molts anys, en Méndez ho controla tot.» Perquè ja no hi ha dubte que era en Méndez aquell monstre immens que el volia matar. D'alguna manera, ha tingut notícies del que en Delclòs sabia i li ha sortit al pas per fer-lo callar. Mentre s'ajup per gatejar sota les branques baixes dels arbres, en Delclòs ja arriba a la conclusió que els assassinats d'en Yagüe i en Llorenç no eren atacs espontanis i inexplicables d'en Campavall. No cal recórrer a l'esperit d'en Biaix si tenim un viu que ho controla tot des de les altures i que està vinculat a les víctimes dels assassinats. Méndez. Méndez dalt de tot, manejant la batuta, dirigint una banda composta per la filla del seu amic, un delinqüent i un boig, i deslliurant-se així dels que van ser còmplices en allò que va passar el cinquanta-sis. En Delclòs s'enfila en roques per salvar obstacles i rellisca i cau i s'embruta, i va molt refredat i tot li fa mal. I esgotat, febril, malalt, fastiguejat, espantat i atordit, surt d'improvís a la carretera enxarolada per la pluja. I ve una furgoneta de repartiment de cerveses i ell fa senyals desmaiadament, i la furgoneta para més enllà, i ell corre blanament, pensant que no pot més, que caurà d'un moment a l'altre.

—Em pot dur on sigui? Tinc un problema... No s'ho creurà, però han tractat de matar-me...

—Que no m'ho creuré? —riu el noi de la furgoneta—. Per la fila que fa, m'estranya que no l'hagin matat! Quants eren?

Certament, en Delclòs que arriba a l'ambulatori del Tibidabo té un aspecte que resulta angoixós. Tot xop, amb els cabells esvalotats i enganxats a la cara, amb la roba trencada, desfilada, tacada de fang i de sang. Les ulleres, quan han estat esclafades contra la seva cara, hi han quedat dibuixades, tatuades en pòmuls i celles, i li han produït una enorme inflor i un escandalós hematoma. Sota aquesta màscara, uns llavis tallats que amb prou feines poden parlar i un cos encorbat i feixuc, com el d'un vell o d'un borratxo.

Li netegen les ferides en un difícil intent de tornar-li l'aspecte humà, li donen un conyac que li ressuscita l'ànima, li prenen les dades del DNI i li diuen que no tenen altre remei que avisar la policia. En Delclòs demana el telèfon perquè vol parlar personalment amb un inspector de la criminal.

—Trueba? —diu, excitat—. Sóc en Delclòs...

—Ah. Delclòs. Hola. No he anat a la cita perquè...

—Ja ho sé que no hi has anat. Com es diu l'animal que has enviat en lloc teu?

—És qui porta el cas...

—Com es diu?

—Méndez. Però...

—Méndez. Doncs has de saber que aquest Méndez m'ha volgut matar!

—T'ha volgut què?

—Matar! És aquell Méndez que, el 20 de desembre del cinquanta-sis, junt amb en Biaix, en Yagüe i en Llorenç, va fer una batuda al carrer de la Princesa on van...

En Trueba escolta una altra vegada la història coneguda, i pren nota, i baixa cap als arxius, on el comissari Blanco Torres s'ha passat tot el dia.

Abans d'arribar on és el seu superior, mentre camina pels passadissos foscos que fan pudor de paper vell, en Trueba sent un soroll inconfusible. L'espetec d'una pistola automàtica en ser muntada. L'inspector té un ensurt, accelera la marxa i s'atura davant de la taula coberta d'un caòtic escampall de papers. A l'altra banda, sota la llum d'un flexo antic, en Blanco Torres sembla hipnotitzat. L'inspector Trueba pensa que ha de dir alguna cosa, donar-se a conèixer, fer notar la seva presència. Però no pot. De fet, li agradaria no haver baixat als arxius i voldria desaparèixer, esfumar-se com una bafarada.

Perquè en Blanco Torres està plorant. Impúdicament, deixa que les llàgrimes corrin galtes avall i que els sanglots el sacsegin amb cops que el desmaneguen.

Redéu, en Blanco Torres plorant, quin espectacle!

Els papers diuen que aquell 20 de desembre del cinquanta-sis en Biaix, en Méndez i *un comissari de la criminal* van localitzar els homes d'en Duran molt a la vora de la Ronda, just quan acabaven de robar el banc. Els havien seguit fins a un pis del carrer de la

Princesa. Allà, havien sorprès els atracadors i havien sostingut un tiroteig en el qual van morir tots els de la colla (llevat d'en Duran) i el *comissari de la criminal*...

Déu, en Blanco Torres no pot *dir-ho*, no pot *pensar-ho*, ni *llegir-ho*...

I el botí de l'atracament no es va recuperar. Ho diuen els papers. Protestes i reclamacions del banc, cartes per fer-los callar, molt d'enrenou arxivat. *No va aparèixer el botí*. Com és possible si no els havien donat oportunitat de desprendre-se'n?

En Biaix i en Méndez i en Llorenç i en Yagüe se'l van quedar. Van matar els anarquistes per apoderar-se del botí. I el *comissari de la criminal* no podia tolerar aquella malifeta. «Ep, què feu, a què ve ara...!?»

El jove Blanco Torres se sent protagonista d'un drama del qual s'havia cregut simple espectador. Com si tots els actors de l'escenari només estiguessin parlant d'ell i per a ell, i se sent estúpid perquè no se n'ha adonat abans. De sobte, s'encenen els llums del pati de butaques i ho veu clar, i ara ja sap, com a l'última pàgina d'una novel·la policíaca, quins van ser els fets.

Ara veu el *comissari de la criminal*, incorruptible, l'únic innocent, tractant de protestar, «Ep, què feu? A què ve ara...!?» I sent un tret. BAM! Un tret que li esquinça el cervell amb soroll de seda tallada amb ganivet. BAM! El tret que interromp la frase d'un home honest que va morir sense comprendre res. BAM!

I veu l'Esteban Biaix posant-li la mà a l'espatlla. Dient a la mare: «El seu marit és mort». «*El meu marit? El pare?*» «Sí, el pare, el pare, l'incorruptible comissari Blanco, mort en acte de servei el 20 de desembre de 1956!»

En Biaix ha mort. I han mort en Llorenç i en Yagüe. Però encara en queda viu un. Encara hi ha venjança per acomplir. Encara hi ha motius per carregar la pistola.

En Blanco Torres plora i resol matar en Méndez.

I l'inspector Trueba no sap què fer.

Dintre del seu cotxe, en aquell bosc de darrere el Tibidabo, mullat de pluja i de llàgrimes, en Méndez recupera el sentit que havia perdut abans, quan tenia ganes de perdre la vida. Li costa de constatar que no és mort, que encara viu. El cotxe amb els vidres destrossats, el paraigua rebregat com si fos un paper inservible, la pluja que el mulla li diuen que no queda altre remei que enfrontar-se al futur.

I no és un futur bonic. El futur mai no és bonic quan acabem de ser informats que no som joves, que no tenim tanta força com crèiem, que no tenim prou força per esclafar amb un dit un merdeta que ens fa nosa i ens amenaça. El quatre ulls insignificant t'ha fet mal, molt mal, Méndez. Potser t'ha deixat impotent per tota la vida...

Però, què vol dir *tota la vida*? Un any? Dos anys més?

—Potser dues hores. Potser un dia —diu en Méndez en veu alta i ronca.

Pot imaginar perfectament al comissari Blanco Torres, pistola en mà, cercant-lo per matar-lo. I un cop més té un rampell d'impaciència, com l'ha tingut totes les vegades que ha trucat a en Llorenç o a en

Yagüe per cridar l'atenció sobre el que podia passar. Imbècils, van pensar que li feia por el càstig de la Justícia i se'n fotien. «Si ja ha prescrit», li deien. «En Blanco Torres no et pot fer res», li deien. Estúpids! No havien sabut comprendre que no s'hi jugaven uns anys de presó, sinó la vida. Perquè, si en Blanco Torres esbrina que ells van matar son pare, no dubtarà a agafar una pistola i a prendre's la justícia per la pròpia mà.

Ara mateix té la imatge d'en Blanco abatut pel tret d'en Biaix. BAM! I la rialla d'en Biaix. I el comentari: «Algú havia de morir, no?».

—I no és cert? —diu en Biaix, assegut al seu costat. En Méndez se'l mira amb una barreja de repugnància i de respecte, de por i d'alegria—. Apa, Méndez, no siguis ploramiques! Eres més home quan no pensaves en l'endemà. O vols dir que tenies una gran perspectiva de futur quan ens vam carregar en Duran i els seus? O vols dir que pensaves en l'avenir quan ens patejàvem els calés allà al Boston?

Fins ara en Méndez no pot reaccionar. Obre la boca. Diu:

—*Polaco*... amb tant de sentiment, amb tanta joventut.

—Apa, Méndez, *vateuset*. Per què no m'acompanyes a fer mal a casa la mestressa? —aquells ulls tan tristos i despietats—: Ja fa temps que s'ho està buscant... Apa, vine amb mi, Méndez, *vateuset*...

En Màrius, marit de l'Alícia Biaix, obre la porta i es queda garratibat davant un monstre que el vol matar. De fet, no és un monstre. És el doctor Delclòs, un psiquiatre amb la cara deformada perquè algú li ha trencat les ulleres a cops de puny. I no el vol matar. Entra a les cases com una locomotora sense frens perquè va molt i molt enfadat.

—Un moment... Què... Qui...?

—*L'Alícia!*

—No la pot veure... Està... No es troba...

L'Alícia aixeca el rostre, mira el nouvingut i fa un bot convulsiu, sacsejada per una descàrrega elèctrica. Està malalta, sens dubte. Pàl·lida, esgotada, dèbil, absent, caiguda sobre la butaca. En Màrius i la minyona no gosen interposar-se. En Delclòs mira fixament l'entrecella de l'Alícia.

—Porti'm a en Campavall —gruny en Delclòs—. Anem. Vostè sap on és. I vostè sap que ell és el responsable dels assassinats. No m'equivoco, oi?

És tan convincent, tan contundent, que l'Alícia, ulls esbatanats, no pot fer res més que assentir amb el cap.

—*Anem!* —insisteix el doctor—. Vostè pot ser còmplice de dos assassinats! (Ell encara no ha tingut notícia de la mort d'en Llorenç.)

En Màrius i la minyona gairebé fan un xisclet. Es miren l'un a l'altra amb una expressió en què es barregen la necessitat d'ajut i la incomoditat davant una situació com aquella. L'Alícia s'ha posat dempeus i s'ha transfigurat. Resulta tan estranya per a Delclòs com per als que viuen amb ella. En Delclòs la veu sobtadament culpable i fràgil, no queda res de la dona dura i resolta que va conèixer. En Màrius i la Rosario tenen l'ai al cor, escandalitzats per la possibilitat d'haver estat vivint amb una delinqüent, com una puta o alguna cosa així.

—Un moment —diu la dona. I desapareix amb una llambregada de cua d'ull carregada d'una intenció desconeguda. En Delclòs la fixa en la seva memòria, sense classificar, mentrestant ella ja surt del dormitori, recorre el passadís, es posa l'abric. Sembla que l'estiguessin detenint. En Màrius per fi gosa dir:

—Qui és aquest senyor, Alícia? Digues... És un policia? L'Alícia surt del pis sense respondre. En Delclòs sospira, s'amanseix i en veu baixa, diu:

—No sóc policia, no s'amoïnin, no passa res. —I se'n va darrere d'ella.

Van en el cotxe d'ella, un Innocenti blanc. En Delclòs no ha hagut de fer més preguntes. Des que han sortit del garatge, mirant endavant amb tossuderia per no haver d'enfrontar-se a les ferides del seu acompanyant, l'Alícia ha començat a parlar d'esma.

—Va venir aquell home horrible, aquell gitano. Va ficar-se a casa i em va dir que el meu pare era amb ell. És molt difícil d'explicar. Vostè, deu pensar que sóc boja. I potser sí, que ho sóc, però aquell home em mirà de fit a fit als ulls, i em va dir «*El padre de usted está comigo*», i no em va quedar més remei que creure-me'l. Vaig voler replicar, demanar explicacions, però va ser espantós, al mateix temps vaig saber que ell em deia la veritat i que allò era impossible, però hi havia d'haver una explicació. Vaig pensar: «Potser es confon», no sé com dir-ho. Però, de tota manera, havia d'anar amb aquell home. No sé si m'entén, em mirava amb aquells ulls tan negres, tan profunds, tan sincers, tan... importants, que jo sabia que no em volia fer cap mal. Vaig entendre de seguida que hi havia algú que em necessitava i que jo havia de córrer al seu costat. També sabia que aquella persona que em necessitava era el meu pare, sí, també, ho sabia, encara que era impossible. Jo pensava que hi hauria alguna explicació, però aquell home no em mentia, un home que mira d'aquella manera no menteix, i vaig dir: «Un moment», vaig anar a cercar l'abric i vaig sortir amb ell...

En Delclòs escolta admirat. Té motius per creure-la. Fa molt de temps, ben bé dos anys enrere, en Campavall va dir-li quelcom de semblant a la seva consulta. En Campavall era un psiquiatre sensat i conscient que, davant aquell esguard tan important, *tan sincer, tan profund, tan negre*, tampoc no s'hi havia pogut resistir. Havia accedit a unes relacions perverses amb una pobra dona, l'Almudena, que colpejava procurant no fer-li sang ni desfigurar-li la cara. El principi de la possessió. Diguem-ne hipnotisme, diguem-ne fascinació, carisma o atracció personal. Sigui com sigui, calia acceptar que en Gabriel tenia una capacitat especial. És clar que sempre es podia pensar que en Campavall, de fet, feia el que volia, el que sempre havia volgut fer, quan deixava anar les seves ànsies sàdiques. I que l'Alícia havia seguit el pinxo per curiositat, o per algun altre motiu que amagava a en Delclòs. Però no. El psiquiatre, ara, Mitre amunt, no podia acceptar aquestes explicacions. Perquè ell havia vist en Campavall a través del vidre de l'ascensor, aquell dia que en Campavall anava tot tacat de sang, amb una navalla a la mà, aquell dia que en Campavall s'havia convertit en monstre, aquell dia que en Campavall havia deixat de ser qui era per convertir-se en una altra persona.

L'Alícia continua parlant, cada vegada amb més emoció.

—... I em va dur allà on el porto a vostè, doctor. No sé per què hi anem ara. Potser sí que sóc boja. Potser ara vull comprovar que no és cert el que vaig veure, potser ho vaig somiar, potser ja tinc al·lucinacions...

«No tens al·lucinacions», pensa en Delclòs, solidari. I demana, suaument:

—Quantes vegades la hi van dur?

—Dues —diu ella, en un sospir dolorós.

—Recorda quins dies eren?

—Sí... El... 25... dissabte passat... —En Delclòs pensa: «Precisament quan van matar en Yagüe». I ella—: I... anit mateix... —I en Delclòs, rígid: «Aquesta matinada han assassinat la Teresa Biaix».

S'aturen en un semàfor i l'Alícia tus un plor sonor i instantani. Crida:

—Ha estat espantóóós!

18

Ritual de sang

Dues vegades ha anat l'Alícia a la casa de parets marrons on regalima la brutícia, jardí envoltat de tanques publicitàries esquinçades i herba groga, seca, alta, cremada i bruta. Ara recorda moltes sensacions d'aquelles visites.

Sobretot un temor llunyà que aquell desconegut amb aspecte de gitano li pogués fer mal i la terrorífica intuïció que el casalot era ple de presències estranyes.

Va passar sota la tanca publicitària i va travessar el jardí pensant: «Així és com segresten la gent? Ara em violaran, potser m'assassinaran, i no sóc capaç de defensar-me? Què pensarà en Màrius quan rebi l'anònim reclamant el rescat? Se'n recordarà el meu marit, que em dic Alícia?». Després, en entrar al vestíbul, un fregadís dalt de les escales, l'ombra d'una petjada en la pols del primer graó, l'angúnia que poden no ser persones sinó tota la casa.

—Crec que les parets respiraven, sí, és això, la casa era viva, respirava, rondinava i dintre seu s'amagaven anys i anys d'odi. Hi havia *algú més* —diu ara, convençuda, al doctor Delclòs.

Per fi, va traspassar el llindar de la porta que hi havia sota l'escalinata, i va veure el llit i *aquell home.*

—Qui? —diu en Delclòs.

—El meu pare —respon ella. Les llàgrimes li esborren la mirada—. L'home que tenien allà, emmanillat al capçal del llit, era el meu pare. Encara que no s'ho cregui. Bé... —fa el sanglot de qui, aclaparat per l'evidència, ja no pot negar la seva bogeria—. *Era en Campavall... Però era també el meu pare...* Tenia la complexió, el perfil d'en Campavall... però *els ulls eren del meu pare*, li ho juro, cregui'm, en Campavall era el meu pare i em mirava desesperat...

L'Alícia diu que el primer dia va romandre dempeus davant aquella ruïna humana, davant un jove envellit prematurament, o aquell pare rejovenit, i barbut, i brut, desesperat, torturat.

Es va tombar cap el pinxo que l'havia dut allà.

—Què li heu fet, a aquest home? *Això és inhumà!*

—Tu ho has dit —subratllà en Gabriel, intencionat—: Inhumà.

L'home del llit, en Campavall, va dir «Filla» amb veu tremolosa, amb la mateixa veu del papà, al mateix temps que estirava els braços amb desesperació demanant afecte. I l'Alícia, en veure-ho, recordà aquelles passejades de la mà del papà, aquell somriure d'enamorat quan s'ajupia davant d'ella, aquells ulls tristos i entremaliats que deien: «Donaré la meva vida, si cal, perquè tu siguis feliç...». I l'Alícia ja no va poder més. Es va incrustar entre els braços càlids, generosos i necessitats; va prémer contra el seu aquell pit prim i feble, i va plorar sobre una espatlla ossosa, perquè el presoner també estava plorant sobre la seva espatlla. I repetia: «*Filla, filla, filla*», i una mà inquieta la despentinava i s'enjogassava amb els seus cabells, i molt a cau d'orella: «Segueix-li el corrent, per Déu, és boig...».

Llavors, una mà ferma, sòlida i brutal l'agafà pel braç i l'arrencà de l'abraçada possessiva.

—Prou, prou, prou. Prou, nena, prou... —va dir en Gabriel—. Tranquil·la. No t'engresquis. Ja ho veus, que no és el teu pare... —L'Alícia mirà l'home derrotat i va haver de reconèixer que, efectivament, no era el seu pare. Massa prim, massa petit, massa jove, amb el cabell negre en comptes de blanc, nas punxegut en comptes de rom... *Era en Campavall.* En Gabriel insistia—: No és el seu pare, senyoreta. *No se'm torni boja vostè també...* —I li explicà després, quan la conduïa cap a la porta (ella insisteix que dalt de les escales hi havia *algú*)—: Aquest home està malalt. Es pensa que vostè és la seva filla i s'entesta a veure-la i a abraçar-la. De tant en tant, potser la necessitarem...

Ella estava embogida, no volia més raons, només es delia per sortir d'aquella casa/tomba tan aviat com fos possible... Però el pinxo encara la va retenir amb una última estrebada. L'Alícia es va girar en rodó, va topar amb ell i amb els seus ulls importants i profunds. I amb la seva veu captivadora. Novament es van desfer totes les seves defenses i, tot i sentir-se amenaçada i en autèntic perill de mort, va experimentar una placidesa blana, irreal, ingràvida.

—Però, d'això res a ningú, eh? Ja has vist com t'he trobat... Sé qui ets... *No m'agradaria fer-te mal...* Muts i a la gàbia, si vols que no li passi res al papà...

Aquella nit, l'Alícia no va poder dormir. O, millor,

no va voler dormir. Perquè cada cop que tancava els ulls es trobava amb un malson paorós, que l'atacava com un ocell de presa que se li llancés als ulls per arrencar-los-hi.

En Delclòs deixa parlar l'Alícia sense interrompre-la. Com si fossin a la seva consulta i ell, terapeuta, no tingués dret a fer cap interrupció ni a manipular la conversa. De tot el que li va contant la noia en el trajecte des del pis de Mitre fins al casalot sinistre, el psiquiatre creu unes coses, la majoria, i d'altres no. Creu, sí, que la noia va visitar la casa dues vegades, i precisament en aquelles dues dates: el dissabte que va morir en Yagüe i la nit passada, en què ha mort la germana d'en Biaix. (Ell encara no sap que també ha caigut en Llorenç i no vol plantejar-se el perquè de tot allò.) No tindria sentit que la noia mentís en aquells detalls tan comprometedors. En Delclòs accepta també (i això potser a contracor) que a ella li semblés veure el seu pare. La capacitat hipnòtica d'en Gabriel ha quedat establerta, i a hores d'ara en Campavall ja deu estar completament convençut que en Biaix l'ha posseït i la seva representació serà absolutament convincent.

El que no creu en Delclòs és que no hi hagués ningú més a la casa. Li falta el cervell de l'operació, en Méndez, l'ogre gegantí.

O potser era en Méndez aquella *presència* del pis de dalt que l'Alícia diu haver *pressentit*?

No. Hi ha quelcom que no encaixa. En Delclòs tampoc no pot acceptar que l'Alícia sigui tan innocent com diu.

La segona visita ha estat aquesta matinada. A quarts de cinc ha sonat el telèfon i l'Alícia s'ha esgarrifat i, encara que ha disparat la mà cap a l'aparell, abans de despenjar l'auricular ja estava tota tremolosa. Ha dit «digui» sabent qui era a l'altra banda i els batecs del seu cor quasi li impedien de sentir res més.

—Qui cony pot ser en aquestes hores...!? —ha remugat en Màrius.

—... De part del seu pare. Alícia —ha dit la veu hipnòtica—. La vol veure. Està molt greu. *Si vostè no ve, pot ser que no passi d'aquesta nit...* —I era una amenaça.

L'Alícia volia cridar que aquell home no era el seu pare, que no volia saber-ne res, d'ell, que tant se li'n donava si moria o no, que la deixessin en pau. Però ha estat incapaç de dir res més que: «Està bé, ara vinc».

—Sap com arribar fins aquí?

—Sí. Sí, ja vinc. —Ha penjat l'auricular, ha saltat del llit. Ha parlat amb en Màrius mentre es vestia ràpidament—: És la meva mare —ha improvisat—. No es troba bé. Diu que vagi a veure-la...

Era fàcil de creure-la perquè se la veia malalta d'inquietud.

—Vols que t'acompanyi? —ha preguntat en Màrius.

L'Alícia no ha respost. Ha sortit ràpidament del pis, ha baixat cap al soterrani, ha sortit amb el cotxe a la nit glaçada.

I és ara quan en Delclòs pensa en el revòlver del 38. Pensa que la filla d'un policia sempre pensaria a prevenir qualsevol atac si la duien a algun lloc desconegut. I recorda el moment d'absència, ara, abans de sortir de casa, «ara torno», i aquell esguard. «Anava a prendre el revòlver.» Ara veu l'Alícia amb un revòlver, junt amb en Gabriel i en Méndez, tots tres pendents d'un Campavall emmanillat, vençut i humiliat...

... Que, aquesta mateixa matinada, l'ha acollit de nou entre els seus braços, estrenyent-la amb una força inesperada. L'home pudia, i tremolava visiblement malalt, i esta-va massa prim, però la veu era la del papà. I deia: «Vés-te'n abans no et facin mal...». L'ha empès, l'ha fet fora, cridava, dirigint-se a en Gabriel:

—Deixa-la que marxi! Deixa-la que marxi i faré el que vulguis!

Era la veu del papà.

—Està bé —ha dit en Gabriel, dominant la situació—, vés-te'n.

Ella se n'ha anat corrent, terroritzada perquè ja estava segura que aquell home era el papà, i perquè el papà era tan maltractat, i perquè estava en perill de mort, a mans d'aquella bèstia...

—Qui més hi havia amb el pinxo? —pregunta en Delclòs, quan ja estan arribant.

—Ningú més que en Gabriel —diu ella.

I en Delclòs s'entesta: «Menteix».

En Delclòs pensa que l'Alícia està mentint mentre passen tots dos sota la tanca publicitària, travessen el jardí desolat i entren a la torre terrible. En Delclòs sap que la noia i l'arma que, sens dubte porta, han tingut una participació més activa en tots els fets que conta. I en Delclòs espera enfrontar-la a l'evidència abans d'arrencar-li la veritat. Però ara ella el du tan mansament que de sobte pensa en una estratagema. Traspassaran el llindar d'aquella gran porta i ella es traurà el revòlver i es giraà sobtadament, pistola en mà... O bé hi serà en Méndez, el monstre assassí... O en Campavall amb la navalla... Quantes coses es poden pensar mentre es recorren menys de vint metres. Ja són sota l'escala, ja tot és molt fosc, dintre la cambra on van ara hi ha llum d'espelmes, llum d'església. «Llum de ritual satànic», que pensa en Delclòs. I s'imagina en Campavall disfressat de sacerdot i fent obscenitats amb objectes religiosos, i un Méndez Buda, nu, esperant-lo per sotmetre'l a judici i després...

... «Tallar-li el cap», pensa en Delclòs...

... Al moment que l'Alícia empeny la porta, veu quelcom i comença a xisclar com una boja. És un xiscle que colpeix en Delclòs amb més força que un cop de puny d'en Méndez, que el llança contra la paret i després el fa rebotar cap a la noia i guaitar per sobre la seva espatlla. I quan tocava dir: «Tranquil·la, que això no és res», el mateix xiscle se li fica a tots els nervis i esclata al seu cervell, i potser fins i tot ell participi del toc de sirena, avís de perill i de mort, quan veu el que veu a la llum de les espelmes.

«Déu meu.»

Una visió instantània abans que l'Alícia es plegui i trontolli, malalta; un llampec de vermell foc i vermell sang; un cos tombat sobre el llit amb les mans creuades sobre el pit, malgrat que els braços resten al llarg del cos; monyons apuntant cap aquí, taponats de carn fresca i sagnant; i un cap fora de lloc i sense ulls; i aquell gran medalló negre al vèrtex de les cuixes; tot bellugant com si l'ànima, foc follet, corregués amunt i avall, efecte òptic degut a les flames de les espelmes; *Déu meu*, tot això entra al cervell d'en Delclòs d'una sola pinzellada, llambregada de cua d'ull abans d'ajupir-se per tal d'impedir que la noia caigui a terra i se l'endú cap a fora, cap a fora, tremolant tots dos, epilèptics, gemegant, boigs en ple atac.

Un segon després, l'odi formigueja per tot el cos d'en Delclòs, pessigolla malèfica, mentre ell es fa el valent i sacseja enèrgicament l'Alícia, que té els ulls esbatanats, que baveja, víctima d'un atac. En Delclòs ara sap que hom pot morir d'un ensurt; el cor li batega tan fort que esclatarà, no hi ha més remei, al pròxim batec; «i morirem tots dos». «Alícia, reacciona, per l'amor de Déu, reacciona!»; la següent idea és: «No. Ens matarà el dimoni que ha fet la carnisseria d'allà dins. Encara és aquí!». La sensació que l'estan mirant a l'esquena fa que pegui un bot i es giri a dreta i a esquerra, sense poder controlar els moviments. No vol saber què se n'ha fet dels ulls i d'altres parts mutilades del cadàver. No vol tornar a ficar-se en aquell temple satànic. «Ritual de sang», està repetint fa estona. «Un ritual de sang que encara li donarà més forces, que ara el farà invencible.»

Passa un temps incalculable i ja són un altre cop dintre del cotxe, i l'Alícia s'eixuga les llàgrimes i quequeja:

—Ha vist? Era en Gabriel! Ho ha vist! Li ho ha fet *ell*! S'ha escapat! *Ha fugit!* S'ha deslliurat...!

En Delclòs torna sobtadament a la realitat amb un nom als llavis: «L'Àngels! Déu! En Biaix l'anirà a cercar...! Ella li obrirà la porta!».

—Ho ha vist, doctor!? Ha vist el que li han fet a en Gabriel?

—Prou! Agafi el volant i marxem d'aquí. —Ell no pot conduir sense ulleres.

—Ha vist el que li han fet? —plora ella.

—Prou! Marxem d'aquí! Dugui'm a la casa de Premià! Anem, per l'amor de Déu, *anem*!

De fet, mentre viatjava a mesura que es feia fosc, mentre es veia obligat a encendre els fars, mentre parpellejava encegat per la pluja que deixava passar el parabrisa trencat, en Méndez no sabia on anava. Ell mateix pensava que potser sí que s'havia tornat boig, potser era massa vell per experimentar tant de dolor o potser somiava, o potser ja havia mort i no se n'adonava. Perquè alguna d'aquestes explicacions havia de tenir el fet que acabés de veure *El Polaco* i hagués parlat amb ell i ell l'hagués convidat a fer gresca a casa l'Àngels. «*El Polaco* és mort», diu en Méndez una vegada i altra, fins i tot movent els llavis, a punt de dir-ho en veu alta, com un boig. «*El Polaco* és mort.»

—Però on vas ara? —es demana, impacient amb ell mateix.

No ho sap. *El Polaco* li ha dit que l'esperava, i ell ara l'únic que sap és que es va a trobar amb ell, amb l'únic amic que ha tingut mai.

Entra a Premià i gira per on ha de girar i encara no sap on va. És com si el cotxe el conduís algú altre, com si els dits que mouen el volant no fossin els seus. En Méndez té la sensació que podria tancar els ulls i no li passaria res. El cotxe continuaria corrent sense sofrir cap accident. Però no tanca els ulls. Encara no és tan boig.

Així veu la casa, una ombra negra sota la pluja.

En Biaix surt llavors del no-res a la llum dels fars, li fa senyals de parar i somriu en senyal de benvinguda. Corre cap a la finestreta indicant-li amb gests que no faci soroll.

En Méndez el veu arribar bocabadat. No té gaire por perquè *El Polaco* sempre ha estat amic seu i no li faria mal, ni abans ni després de morir, d'això, n'està ben segur. Només se sent enxampat per un calfred perquè la proximitat de la mort ja ho provoca, això. Ara té una mica de ganes de plorar. Per l'emoció de trobar l'amic de tota la vida i perquè és evident que l'amic ve a endur-se'l. Però potser així aniran millor les coses. El merdeta d'aquesta tarda, fent-li tant de mal i fugint, li ha demostrat que està acabat, que es un inútil, que ja cal que es retiri. Bé, doncs, potser ara *El Polaco* vindrà a retirar-lo.

—Què hi ha, Alfonso? —li diu en Biaix, molt alegre—. No facis soroll, vine a peu, que farem una estona de xerinola...

«*Aquest pesa*», se li ocorre pensar a en Méndez mentre baixa del R-7. «*Aquest* s'ha recolzat a la finestra del cotxe i he notat el seu pes.» Abans no. Abans, ha estat només una presència ingràvida que ja era al seient del costat, sense obrir ni tancar la porta.

«I no és en Biaix», li diuen els ulls. El rostre, la complexió, el color dels cabells, el tall de cara...

—I és clar que sóc en Biaix, *vateuset*! —exclama l'altre, amb la seva veu sempre jovial.

«*I és clar que ho és*», es rendeix en Méndez davant l'evidència. I quasi plora d'alegria. I té ganes de demanar-li a l'altre: «Però tu, no t'has mort? No et vas morir el setembre passat?». Però no li ho diu, perquè li sembla una falta d'educació demanar això a un difunt.

—Vine, home, vine, que ens divertirem...! —insisteix en Biaix.

I tots dos s'apropen a la casa lentament, amb molta cura, amb l'actitud entremaliada de quan anaven a fer la *novatada* a un company, com qui actua per riure. No és com si anessin a capturar malfactors perillosos. No. Aquí no hi ha cap perill. Només diversió.

«Aquesta nit ens ho passarem bé», li transmet l'enjogassat *Polaco* telepàticament al mateix temps que es treu de la butxaca una navalla d'afaitar.

I, dintre la casa, a l'Àngels se li il·luminen els ulls i es posa dreta lentament, somriure als llavis, deixant la Dolors amb la paraula a la boca.

—Perdona —diu la mare—. M'haig d'anar a arreglar.

La Dolors se la mira destarotada. Estava parlant de fer unes cortines noves per a les finestres i ara perd l'oremus. La mare té una expressió estranya. Com si escoltés alguna cosa que li diguessin en veu molt baixa o des de molt lluny.

—Arreglar? —diu.

I la mare la mira amb ulls extraviats, somriu més amplament, com si estigués fent un gran esforç per no esclatar en grans riallades i afegeix:

—I tu ja pots marxar. Avui ja no et necessito.

19

Ganxo de carnisser

La Dolors s'esvera en veure la metamorfosi de l'Àngels. Té por que no s'hagi tornat irremeiablement boja. «Mare», pronuncia, deixant que la veu es gronxi en un fil invisible. L'Àngels sembla a punt de caure. La Dolors l'agafa pel braç.

—Deixa, deixa...

—Et trobes bé? Vols alguna cosa? Et porto una micona de conyac? —Darrerament, en la soledat de la casa, l'Àngels pren sovint un didalet de conyac per animar-se.

—Sí, si et plau —diu la mare, amb ullets intel·ligents i entremaliats—. Un didalet de conyac.

La Dolors se'n va cap a la cuina, pensant que l'esguard de la mare era degut a l'íntima complicitat que hi ha entre les dues respecte als «didalets de conyac». Però la intenció de l'Àngels era molt diferent. Amb aquella llambregada volia dir «Sí, sí, vés i deixa que jo faci el que vull fer», tan il·lusionada com el nen que veu el pardal a punt de caure al parany.

I, així que la Dolors surt de la sala, l'Àngels allibera el somrís i, lentament, sentint-se núvia que camina cap a l'altar, es dirigeix a la porta. Gairebé pot sentir com vibra la fusta a causa de l'energia del missatge que la travessa, que penetra des del jardí, que rebota i pren significat en ser copsat per ella. Tot és en silenci, però l'Àngels sent la crida, la veu tan esperada, la veu de l'home que l'ha de salvar. «Àngels!» «Sí, sí, ja vinc!» Camina a poc a poc, amb lentitud, que dóna transcendència a la cerimònia de trobar-se. Estén la mà cap al pany de la porta i, quan el toca, se sent plena, forta, feliç.

Per fi, sí, és ell!

Obre la porta i, en efecte, es troba amb en Campavall. Verge Santa, més bell que mai, més fort i poderós que mai. I a la vegada, Verge Santa, l'Esteban, més fort i atractiu i poderós i perillós que mai. I a la vegada, Verge Santa, el *Dimoni*. Més perillós, més fort, més atractiu i més repulsiu que mai. *Esteban*, *Campavall*, *Dimoni*, Verge Santa, navalla a la mà, molt feliç, que diu:

—Hola, Àngels.

I ella:

—Hola. T'estava esperant.

A la sortida de la Meridiana, hi ha un embús que tanca l'Innocenti blanc de l'Alícia en una presó d'altres cotxes clavats. Avancen a poc a poc, a poc a poc, dosificats per un municipal prepotent a qui li falta poc per sentir-se Superman.

En Delclòs se subjecta una mà amb l'altra per dissimular el tremolor de nervis, de por i de fred, mentre pensa que no arribaran a temps, que Premià és molt lluny i que els fantasmes, en cas que existeixin, segur que poden viatjar més de pressa que els humans.

Hi ha hagut un accident espantós, amb sang i tot, allà al mig. Cotxes destrossats, cossos desmanegats. En Delclòs, sense ulleres, el veu amb prou feines. I imaginar-lo és pitjor, perquè així, en una llambregada borrosa, mentre l'Innocenti accelera cap a la foscor, hom imagina haver vist l'ànima d'en Biaix que justament se'n va a castigar la seva dona.

A en Delclòs li costa de concentrar-se. El miop sense ulleres es veu abocat a un món impalpable, fantàstic i llunyà on tot és possible, fins i tot veure angelets volant i ànimes donant-se ànims. Però tot això espanta. Tot això crea una espècie de malaltia que es manifesta amb tremolors, febre, taquicàrdia, mal de cap i bogeria en general.

«Aquesta dona té un revòlver», es repeteix en Delclòs un cop més, cercant dissimuladament la bossa d'ella, l'únic lloc on ella pot haver amagat l'arma. «Si se sent descoberta, dispararà contra mi. El que ara falta saber és on em du i per què.»

—Hola, Àngels.

I ella:

—Hola. T'estava esperant.

Amor, pànic, riure i plor, quan allò s'endinsa a la casa. I li posa les mans a les espatlles (*al tantu* amb la navalla), i la besa. Verge Santa, a la meva edat, boca de llavis dolços, boca que put a tabac negre, boca que crema amb bafarada d'infern. Petó que encomana felicitat i por i fàstic i plaer, agror al paladar, basques de bilis, necessitat de morir.

La Dolors crida a la cuina.

La Dolors estava agafant l'ampolla de conyac quan la porta de darrere s'ha trencat com si fos de paper i la cuina s'ha omplert de Méndez. Bloc immens de carn humana que emplena la peça, la buida d'aire, t'esclafa contra la paret. Mà gegantina que vola cap a la noia i l'enxampa com si fos una mosca.

La Dolors exhala un crit tan breu com inútil en ser agafada pel braç. Mira els ulls del policia i es posa a plorar en silenci mentre l'empenyen, l'arrosseguen, cap a la sala.

—Mira qui tenim aquí —diu en Méndez.

Autopista enllà.

De sobte, com si els darrers esdeveniments haguessin estat un revulsiu que barregés i invalidés totes les seves idees anteriors, en Delclòs s'adona que hi ha massa coses que no encaixen. Per una banda, sembla que en Méndez ha de ser qui remena les cireres, perquè és policia i perquè fa vint-i-vuit anys que va cometre un crim, i perquè una de les víctimes assassinades va participar-hi. Això fa pensar que en Méndez pot ser el cervell de la colla. Però, alhora, una qüestió engega en orris tota la teoria: podria en Méndez dominar en Gabriel, aquell home de terrible influx mental? La resposta és: «No. Si hi ha algú que hagi manejat tota la història, del començament a la fi, ha de ser en Gabriel».

«Això —reflexiona en Delclòs—, en cas que aquesta noia hagi dit la veritat.»

—Estàs segura que no coneixes en Gabriel d'abans? —pregunta.

—Segura —diu ella.

—No vas conèixer en Gabriel a través d'en Méndez, potser? O del teu pare? Els dos eren policies. Potser van tenir algun tracte amb ell, temps enrere...

—Ni el pare ni en Méndez em van parlar mai de feina. Per a mi, és com si tots dos haguessin treballat tota la vida en assegurances.

L'Àngels veu en Méndez, àngel del mal, acollit de Satanàs, bèstia infernal. En Méndez és un mirall on l'altre personatge reflecteix la seva veritable imatge. Si en Campavall va amb en Méndez, això vol dir que és dolent, perquè en Méndez i l'Esteban anaven junts i reien quan feien mal. Allà mateix, en aquella mateixa cambra, l'Àngels els recorda, borratxos i ferotges, plorant d'hilaritat mentre la insultaven. Una vegada, en Méndez li va escopir a la cara.

«Escup, escup! —li deia l'Esteban—. Aquesta bagassa no es mereix res més!», deia.

L'Àngels, trasbalsada, es tomba cap a l'home de la navalla i experimenta un cert alleujament, perquè és en Campavall, i en Campavall l'ha de salvar. Però els ulls, la mirada, estan carregats d'insults i blasfèmies, com els de l'Esteban, i el conjunt resulta atractiu i repulsiu, desitjable i paorós.

Com el dimoni que imaginaves de petita, que era una barreja del capellà que et confessava i et parlava del pecat del sexe; i aquell captaire barbut i brut que feia olor de vi i que rotava frases, amenaces, promeses misterioses i terribles de les quals els pares mai no volien parlar; i aquell noi que tant t'agradava i que un bon dia «te la va ensenyar»; i la brutalitat de l'Esteban la primera nit, quan et va fer l'amor i tant de mal a la vegada, per a ell tant de plaer i per a tu tanta tortura, i tu tant que l'estimaves; i la mirada serena d'en Campavall, l'home bo que tot ho pot. Verge Santa! Tot alhora no pot ser!

I al mateix temps aquella paraula que et fa perdre l'oremus:

—*Despulla't.*

«Despulla't», diu el capellà que et parlava del sexe.

«Despulla't», el captaire obscè.

«Despulla't», el primer nen-home que et va fer por.

«Despulla't», l'Esteban que va fer-te l'amor i el mal.

«Despulla't», el Campavall adorat.

«Despulla't», el dimoni més odiat.

«Despulla't», *diuen els homes.*

I tu, Àngels, és clar, què has de fer? Confons por amb desig, desig amb amor, amor amb sacrifici, sacrifici amb mort i, plena de vergonya, com sempre, et treus la bata. Empassant-te saliva, com sempre. La combinació i les sabates. Enrojolant-te i de pressa, de pressa per passar el mal tràngol el més aviat possible, les mitges i la faixa i les calces i els sostenidors. Tremolant desconsolada. Oferint-te com sempre, nua, al desig, a l'amor, al sacrifici, a la mort.

El cotxe ha deixat enrere les llums de la ciutat, s'ha obert pas enmig d'altres cotxes que s'han anat escampant, fugint per desviacions i fent lloc, enretirant-se cap a la dreta.

Ara, les llums a penes trenquen la foscor d'una autopista massa buida, paisatge impossible, impensable, quan fa un moment érem al bell cor del tràfec de Barcelona. Davant hi ha una negror que a en Delclòs li sembla massa compacta i una pluja massa persistent i monòtona, i pot ser que la velocitat i el brunzit del cotxe siguin massa iguals, massa automàtics, i tot plegat conforma un món d'irrealitat on pot passar qualsevol cosa. El psiquiatre creu estar vivint un somni pesat i botit, un d'aquells somnis que esclafen, que inflen la pell i els ulls, on no pots parlar ni guaitar, cara de patata, cap de globus que peta.

«En Méndez no podia dirigir l'orquestra —decideix en Delclòs—. És en Gabriel qui s'amaga darrere de tot això. Ell fa que en Campavall —boig o posseït— mati el Yagüe i la Teresa Biaix...»

Un nou dubte: «Si en Campavall està posseït per l'Esteban Biaix, com pot ser que hagi matat la seva estimada germana...?»

Conclusió: «En Campavall no ha matat ningú!».

El cotxe tomba cap a la dreta, recorre una ampla i interminable corba i envesteix l'esclat de llum del peatge. En Delclòs aprofita la claror per observar l'Alícia, que paga amb serenitat d'estàtua. Serenitat sòlida i definitiva, màscara sense significat en un rostre aristocràtic. En Delclòs pensa: «I aquesta paia, què hi pinta enmig de tot això?

Nua, com al somni; te'n recordes, Àngels? Verge Santa, a la seva edat, amb els pits caiguts, els mugrons rendits cap a terra, les arrugues al ventre, les cicatrius, les varices. *Déu meu, i no estava sola!*

—Passeu. Anem. —L'Àngels es pensa que l'estimat Campavall es refereix al dormitori. Però l'odiat Esteban l'empeny cap a la cuina, cap al soterrani. Brolla el plor sense voler. *Com sempre*. Quan era als peus del llit i l'Esteban la reclamava i li ensenyava allò. «Vinga, vine, que tinc una coseta per a tu, mira, mira.» L'Àngels tracta de tapar-se, al mateix temps, els pits febles, el sexe antic. L'espant de sempre, Verge Santa. Mai no t'hauries imaginat que allò que et semblava tan normal, que pensaves que ho patien totes les dones, fos el terror suprem, el pànic de la foscor i de la mort, la feredat de la desesperació i de la desesperança. Final.

Aneu cap avall. A mitja escala (quin fred que hi fa!, que fosc que és tot!) penses on serà la Dolors. Fa estona que la noia ha desaparegut, i en Biaix l'odia, i et sembla que en Biaix és aquí.

L'Àngels s'atura, es tomba.

—I la nena? I la Dolors? —demana, sobtadament lúcida i descontrolada.

El dimoni Esteban ja no es pot contenir més. Altra vegada l'Àngels ha tingut la virtut de fer-li perdre la paciència. I el mastegot peta de sobte, *plaf*, i la Dolors xiscla: «Mamà!», i l'Àngels perd l'equilibri, vola, i també xiscla, i es precipita en un pou d'estels de dolor, de cops i sang. Maledicció de l'Esteban quan es cargolava sobre el llit, quan es queixava d'aquell nus que li esberlava les entranyes, «Per Satanàs que tornaré», Déu meu que no torni (rosaris a l'església i a casa de l'Alícia, quan l'Esteban se li apareixia al jardí), «Mala puta, me les pagaràs, tornaré per fer-t'ho pagar, com me les van pagar tots els altres, per la sang que han vessat tots els meus enemics, et juro que tu també hi passaràs, tornaré,

Àngels, mala puta, tornaré», Déu meu, que no torni.

La terrible caiguda, el mal espantós, cops i sang, por espantosa, foscor i crit, i l'evidència que t'esborrona i t'esborra: *ha tornat*.

Quan hom entra a Premià des de l'autopista no cal que s'apropi al mar per arribar a casa de l'Àngels. Ni tan sols cal entrar al poble. Deu minuts i l'Innocenti blanc ja trontolla sobre camins enfangats que en Delclòs reconeix d'anit. Les mateixes ombres, la mateixa negror, els mateixos arbres, la mateixa pluja.

S'estan apropant a la casa i el psiquiatre ara té pressa per treure l'entrellat de tot abans d'arribar-hi. «Era en Gabriel que dirigia. Per això, quan en Campavall se n'allibera, es venja d'ell d'aquella manera espantosa. En Gabriel obligava en Campavall a matar dient-li que, si no ho feia, mataria l'Alícia. Cosa que vol dir que en Campavall està realment posseït per en Biaix...» Com pot acceptar-ho, això, un psiquiatre de l'any vuitanta-cinc!!?

Resposta: «El ritual de sang. El que va fer a en Gabriel. El cap separat del tronc, forats negres en comptes d'ulls, monyons...». Per Déu, tot plegat forma un garbuix dins del cap i fa que els raonaments no serveixin de res!

Un R-7 els barra el pas.

L'Innocenti ha de frenar. En Delclòs ja no pot pensar més. Acaba d'identificar el cotxe d'en Méndez, aquell que havia de convertir-se en el seu taüt...

A la casa, una *presència* té un ensurt, corre de puntetes cap a una finestra, mira i s'amaga.

—Mamà! —crida la Dolors, esverada. Al peu de l'escala, s'ajup per esperar-la.

—No és res —diu l'Àngels. «No és res, no m'he fet res»—. No és res, filleta.

—Tu, *filleta*! —que brama en Méndez, enlluernant-la amb una lot—. Vés, que et criden!

En Biaix la crida. En Biaix, a la casa on l'han tingut presoner tant de temps, ha trobat abans una capsa d'espelmes. La meitat l'ha fet servir per il·luminar l'operació del cos d'en Gabriel. L'altra meitat la té aquí, perquè adorni aquest soterrani dels mals endreços, cau de rates i brutícia, temple de la foscor on se celebrarà el ritual del cos de l'Àngels.

—Encén això! Posa-les per tot arreu! Vull veure bé on sóc!

En Biaix dóna a la Dolors el feix d'espelmes i, en un moment, un esguard ensopega amb l'altre i tots dos es traven, i hi ha un momentani brot d'intel·ligència allà en mig. «Filla d'en Duran —diu ell—. Filla de puta, filla nascuda quan jo em creia impotent...» «És en Biaix», constata ella. «Té l'aparença d'en Campavall, però és en Biaix, és un monstre tan abominable com ho devia ser en Biaix.» De sobte, el dimoni amb cos d'altri parpelleja i s'esbrava. De sobte, davant la mirada ferma i valenta de la Dolors, allà hi ha un home molt feble i esporuguit que no pot fer-hi més. Un titella de moviments desmaiats que diu, fanfarró:

—Encén-les i després et violaré. —I en Biaix afegeix a continuació, per fer veure que ho controla tot—: Filla de puta.

La Dolors abaixa el cap i, obedient, comença a encendre espelmes i a deixar-les per tot el soterrani; i així crea al seu entorn un bosc d'ombres molt negres, vives, mòbils, palpables. Els moviments de les flames són un ball al·lucinant a les parets. En Méndez segueix la noia, prenent cura que no faci cap disbarat i parlant en veu baixa, xiuxiuejant com una serp, com un pervertit, com un obsés. «Sé qui ets, filla de puta, la filla d'en Duran, d'aquell cabró, i ara t'ha arribat el moment. De primer, *El Polaco* et violarà i jo després et ficaré... i llavors... i t'obriré... i et lleparé...»

La Maldat està prenent cos en aquest temple que té olor a humitat i a cera. La Maldat s'està fent més gran que en Méndez. Uns dits toquen el cul de la Dolors quan s'ajup a encendre espelmes. La Dolors fa com si no se n'adonés.

L'Alícia ha hagut de frenar rere el R-7. En Delclòs ha saltat al fang, a la pluja, als matolls molls, i corre cap a la casa que s'aixeca davant d'ells negra com la boca d'una cova. Com l'entrada de l'infern. L'Alícia el segueix.

En Delclòs entra a la casa. La porta era oberta. Mira entorn, angoixat per la possibilitat que la manca d'ulleres li impedeixi de veure els perills abans que no sigui massa tard. El cor li batega a la llengua, mai no havia estat tan congestionat ni encarcarat. «Déu meu, Déu meu» va repetint, sense adornar-se'n. I, sense adornar-se'n, veu un cendrer ple de burilles d'on encara surt fum, i pensa que l'Àngels no fuma i, per tant, que la Dolors és aquí.

Un soroll darrere. Un ensurt. L'Alícia.

—La pistola! Ràpid! —demana en Delclòs.

Els ulls de l'Alícia diuen: «Com ho saps?». No hi

ha resposta. La noia ensorra la mà a la bossa i en treu una FN HP 35, Parabellum.

En Delclòs, astorat, veu en aquella arma una espècie de símbol. No és el revòlver del 38, canó curt, com a les pel·lícules americanes. És una automàtica quadrada, brillant i funcional com una clau anglesa. Delclòs triga uns segons a prendre l'arma. Sospira i ho comprèn tot.

En un racó del soterrani, al peu de l'escala. L'íncub s'ha quedat sol amb la víctima nua.

Ell la mira d'una manera que a ella la fa pensar en aquells màrtirs de què li parlaven al col·legi. Santa Eulàlia, nua enmig de la neu, tenalles que li arrencaven els mugrons; santa Agnès dins d'una bóta plena de vidres trencats, rodolant costes avall; santa Llúcia sense ulls; l'Enric Duran amb el ganxo clavat sota la barbeta, espernegant, morint a poc a poc...

En Campavall l'acarona. Somriu. I això la tranquil·litza. «Estimada, no t'amoïnis, sóc aquí.»

I a ella se li fon la ganyota de preocupació. «I és clar. Si és en Campavall. Com he pogut desconfiar d'ell?»

Li ofereix els llavis i la seva nuesa, i llavors ell és aquell Esteban dolç, viril i juganer, aquell que tant la feia riure al començament. Petó i carícies i una mica de plaer. Pessigolles (ai, Déu meu, a la meva edat), mentre el groc vermell de les espelmes i el negre de les ombres orna el soterrani. Riure histèric, d'alegria i de joc, davant un Esteban bufó i entremaliat que fa malabarismes amb la navalla, que salta i dansa, que, infantil, taral·leja amb mitja llengua: «*Elz mugrunez, elz mugrunez!*», fent posturetes que de sobte són obscenes, perverses i angoixants.

I ara la joia de l'Àngels es fon en veure la pantomima macabra a la llum dels ciris; li fracassa el somriure petrificat. Moviments de foc follet de cementiri, por que arriba al galop, grapa que l'arrapa pel coll, ulls esbatanats, llampades al fil esmolat, la imminència de la mort fa teranyines als budells.

Mà de prestidigitador que del no-res treu un ganxo de carnisser, «vine, et vull ensenyar una cosa», l'Enric Duran penjat del ganxo de carnisser, ganxo clavat sota la mandíbula. L'Enric amb aquella ganyota, els ulls molt tancats, les galtes xopes de llàgrimes, espernegant, i cada cop el ganxo devia entrar més endins, més endins, més endins...

L'Àngels crida sense adonar-se'n, xiscla horroritzada pels records, pel passat, i pel present i pel futur. L'Àngels crida i plora...

En Delclòs rep el crit com un cop de puny al pit. Amb la FN a la mà fa un bot, mou els braços convulsivament.

—Truca a la policia —ordena a l'Alícia, sense mirar-la, i al mateix temps arrenca a córrer cap a la cuina. Ara ja sap que pot confiar en l'Alícia.

Se separen. Ell entra a la cuina. Hi ha una ampolla de conyac trencada allà al mig. La porta del soterrani és oberta i de l'interior surt una llum vermella i fantasmagòrica. En Delclòs s'hi acosta lentament. Baixa un graó, i l'altre, i l'altre, i força els seus ulls miops, amb la seguretat que veurà una imatge d'infern.

La Dolors, darrere la pila de mobles vells i corcats, creu que ja torturen la mare i vol sortir corrents per ajudar-la.

Però en Méndez estira el braç, l'enxampa, li clava una estrebada, la fa caure i riu. En Méndez ha decidit, està constatant, que no és impotent. El marieta dels quatre ulls no ha premut prou els ous per fer-ne una truita. Encara no és tan vell. Encara li pot fer un favor a la noia dels ulls color tabac ros. És forta, però ell encara ho és més... «Ara veurà, aquesta bagassa, ara veurà el que és bo, ara li ho ensenyaré jo!»

—I ara t'enfilaràs a l'escambell... —diu l'Esteban vora l'escambell, vora la barra de ferro—... i hi penjaràs aquest ganxo... Després avançaràs així el rostre... així... —li demostra amb el polze com ha de fer-ho—... i posaràs així la barbeta...

A dalt, l'Alícia s'ha allunyat d'en Delclòs amb dificultat, com si els unís algun llaç enganxós. Així que se n'ha desfet, corre embogida cap al telèfon.

Algú que volta per la casa, en veure-la, pensa: «No, això no», i surt de l'amagatall. Avança amb gambades llargues i silencioses i no dóna a l'Alícia ni l'oportunitat de cridar. Una mà arrabassa l'auricular i l'altra tapa la boca de la noia.

L'Alícia només pot fer un «mmmmm», tan agut, tan ultrasònic, que gairebé fa que vibrin els vidres.

—Fes-ho! —crida amb la boca i els ulls l'Esteban. L'ordre és tan contundent que fa trontollar l'Àngels. I el primer impuls, és clar, com sempre, és d'obeir, pujar a l'escambell, posar el ganxo a la barra, i la mandíbula al ganxo, Verge Santíssima, com l'Enric, ara és clar, com l'Enric, què més vols que morir igual que l'home que més has estimat en aquest món, Verge Santa; però, morir? morir?? morir???

Llavors és quan intervé en Delclòs. Pistola en mà, encès de còlera.

—Quiets! Prou! Aixequeu les mans!

No hi veu bé. En Méndez és una ombra entre els mobles allà al fons, inclinat sobre la Dolors. En Delclòs té por de no saber calcular bé les distàncies, té por d'errar el tret si ha de disparar.

En Méndez s'ha redreçat amb expressió d'absoluta sorpresa. Però què està dient aquest pallasso? Qui es pensa que és aquest marieta quatre ulls? Que no sap que la hi tinc jurada? Fitant el nouvingut com si fos un fenomen de la Naturalesa, empeny la Dolors contra els mobles i s'oblida d'ella i del terrabastall provocat. La seva mirada guenya insisteix: «Què has dit, mamarratxo?». I avança. Avança com monstre de conte que és, apartant a trompades els trastos que troba pel mig.

—Què collons estàs dient, cretí?

En Delclòs dirigeix la FN cap al gegant que va saltant sobre les muntanyes, destrossant-ho tot al seu pas. «*Quiet!*» I en Campavall fa un salt.

Bamm!

L'espetec del tret és simultani a l'escomesa d'en Campavall que ha colpejat la mà d'en Delclòs. La bala destrossa coses de vidre en la foscor. I la immensitat d'en Méndez es fa molt més immensa de sobte, crit de venjança. Cop d'en Delclòs al rostre de *papier maché* d'en Campavall, els nervis han esclatat, allau de mans que cauen i colpegen des dels cims, fan cruixir els ossos de la mà, i la pistola FN desapareix com si fos de fum, un puny ve de qui sap on i polvoritza el rostre d'en Delclòs, rostre de porcellana que s'esmicola en un núvol de pols.

L'Àngels, ja completament trastocada, somriu confusa. «Doctor Campavall; però, vostès dos no eren amics?»

Delclòs, que surt volant contra un armari que s'ensorra fet trossos enmig d'un preludi de fi del món. Riallada del dimoni, bram triomfal de l'acòlit, ombra que corre cap a les escales sense que ningú no li faci cas. L'Àngels mira fixament aquell espectacle compost de moviments i gesticulacions inútils, grotescs o còmics. En Delclòs fa un bot, grapeja, ja és dempeus, David davant Goliat, desolada mirada de pànic davant l'omnipotència de l'home que ve cap aquí, que ve cap aquí... «Ve massa confiat i sé que té punts febles», se li acut a en Delclòs. I, envalentit sens dubte perquè veu borrós el perill, es llança com un ariet contra el castell. Cop de cap a la boca de l'estómac, pinyac als collons. La sensació d'haver-te nuat les sabates amb cables d'alta tensió. Ingravidesa i cataclisme combinats amb estels i terratrèmols. I crits i soroll. Tanques els ulls, estàs volant. Els obres i estàs per terra, entre trossos de fusta i vidres trencats.

En Méndez és molt més fort i, a més, la seva mà dreta grapeja cercant la pistola dins l'americana. Però és panxa enlaire i pesa massa, i en Delclòs és més lleuger i ja s'ha deixat caure damunt seu amb totes les forces. Els genolls són les puntes de dues llances fetes a mida per al gegant. Quasi perforen el tòrax que sembla una bóta. Les mans lil·liputenques traven el braç del gegant dintre l'americana al mateix temps que, embogit, en Delclòs s'enfila i es mou sobre la muntanya caiguda, i un genoll va a parar sobre el rostre d'en Méndez mentre tot el cos fa pressió cap avall perquè l'altre no s'aixequi...

—Doctor... —demana l'Àngels, encuriosida i una mica acovardida—. Doctor Campavall. Què vol fer?

El Dimoni s'ha aixecat i mira de lluny, estranyat, l'home que vol vèncer el gegant. En Campavall el reconeix: és en Delclòs. El psiquiatre que tant el va ajudar temps enrere. I en Biaix també el coneix. *L'hem de matar*. «Qui s'haurà pensat que és aquest metge de merda, quatre ulls que es fica on no el demanen...?»

En Biaix fa un sobtat moviment de mà per obrir la navalla d'afaitar. I llança el braç enrere. I ja s'imagina, abans d'hora, el cop tou, la carícia insensible, l'esquitx de sang fins a mitja màniga.

El cap d'en Campavall desapareix en l'aire en forma de sortidor vermell i blanc, ànima que es dispersa en un esclat, maldat que queda enganxada a les parets, odi que regalima cos avall, paràlisi que impedeix el cop tou i la carícia insensible. Tot això enmig d'un tro embogidor, bram de fera sortida de les tenebres per fer justícia. Cataclisme que forma una espiral de follia dins el soterrani, que llança per terra el doctor Delclòs, que incorpora frenètic en Méndez, que fa xisclar la nua Àngels. Espiral de follia que se centra en l'estàtua de carn decapitada que és en Campavall, espiral que l'aguanta dret per art de màgia i que, quan desapareix, expulsada per un silenci catastròfic, deixa sense suport la carcassa de gavardina sagnant, fràgil carcassa que s'ensorra com una construcció d'escuradents. L'únic que fa soroll en caure és la navalla, que fa *clinc*.

La Dolors és a mitja escala, ho domina tot, cames obertes per afermar-se bé, mà que subjecta la mà per no errar el tret. Revòlver del 38, canó curt que encara fumeja.

—Méndez. —La noia té un accent una mica xava—. Méndez. Ara et toca a tu. —I amb molt i molt de sentiment—: Ja he fet justícia amb en Yagüe i en Llorenç i la Teresa, la filla de puta. I ara acabo de tenir la satisfacció fins i tot de pelar el fill de puta principal que va dirigir tot aquell *cotarru*. Te'n recordes, Méndez...? —Sospir. Sembla una esfinx, apocalíptica imatge, terrible, il·luminada des de baix per les espelmes—. Tots reunits vau decidir assassinar i robar el meu pare... *Posa't dret, Méndez!*

En Méndez obeeix amb pesadesa d'elefant obeint al domador o de mico imitant l'amo. Es posa dempeus i dissimula el dolor, i no gosa parlar, no sap què dir.

I en Delclòs pensa: «És clar, la Dolors. L'altra víctima d'en Biaix. Mare i filla juntes, des que l'Àngels la va treure de l'orfenat, totes dues veient-se amb regularitat i planejant la venjança any rere any».

—Un dia viurem juntes; oi, mamà?

—Sí, filla. Un dia es morirà el pare i viurem juntes, tu i jo soles.

Va ser l'Àngels qui va donar el revòlver del 38 a la Dolors. I la Dolors, anit, va colpejar en Delclòs amb aquella mateixa arma que ara ha servit per salvar-lo.

—Em sap greu —diu, transcendental, la Dolors—. Em sap greu que les altres vegades l'execució no hagi pogut ser tan pura com aquesta. Jo no tenia tanta llibertat. Estava a mans d'aquell gran enredaire, en Gabriel, aquell qui et feia fer el que volia fent-te creure que ho volies fer tu. Però no sabia que jo sóc molt forta... —De sobte, la Dolors ja no fa un discurs. Fa un monòleg i qualsevol diria que s'ha oblidat dels que l'envolten—. Li vaig dir el que jo volia i va haver de concedir-m'ho. A canvi de quelcom, naturalment. Ens necessitàvem l'un a l'altra. A canvi de peles, d'acord... Mare! Vols fer el favor de vestir-te?

El 38 que du a la mà sembla gran, molt gran, immens. Fa que el seu auditori no s'atreveixi a moure's ni a perdre-la de vista. L'Àngels corre a cercar la roba i en un racó fosc es vesteix avergonyida mentre la Dolors continua parlant.

—Un dia, aquest desgraciat va anar a veure en Gabriel. Estava ferit. S'havia tornat boig, s'havia barallat amb un gos i deia que era l'Esteban Biaix, precisament l'home que va matar el meu pare. Encara que no hagués dit allò, l'hauria odiat com l'odiava. Al cap i a la fi, ell em va donar al pinxo per prostituir-me. Però el fet és que en Campavall parlava d'una manera estranya. Sí que semblava una altra persona. I li vaig preguntar coses que la mare m'havia dit, com els noms dels seus còmplices quan va matar el meu pare o la quantitat de calés que van afanar... Comprovacions. *Tot*. Tot ho sabia. No sé d'on ho havia tret, però era talment en Biaix. Vaig dir a en Gabriel que l'emmanillés, que no el deixés fugir i vaig començar a planejar la venjança fins i tot abans de fer la darrera comprovació. Jo ja sabia que sortiria bé. Vam enregistrar la veu d'en Campavall en una casset i la vaig dur a la mare. Es va esgarrifar. Va dir: «És la veu de l'Esteban!». Tal com jo m'imaginava.

»Llavors jo vaig demanar a en Gabriel que m'ajudés a venjar el meu pare. En Gabriel va dir: «Sí, si hi ha pasta». I vam elaborar un pla perquè m'ajudés ajudant-se.

»En Gabriel va dir a en Campavall: «Truca al Yagüe i digues-li que et porti mig milió de peles al Teatre Grec». Enteneu la venjança? El porc d'en Yagüe rep una trucada d'ultratomba, s'escagarrina, la venjança comença des de molt abans de morir, compreneu?

»Però en Campavall s'hi va negar. Deia que ell només volia venjar-se de l'Àngels. «Està bé. Si no truques el Yagüe, qui penjarem serà la teva estimada filla Alícia.» En Gabriel va anar a cercar l'Alícia. I, per por que no li féssim cap mal, en Campavall va trucar al Yagüe. Mig milió de peles i un assassinat al compte d'un boig que s'ha escapat vestit amb gavardina i que mata amb navalla d'afaitar...

En Delclòs mira a l'entorn. «I l'Alícia? On és l'Alícia?»

L'Alícia és a la cuina, dalt les escales, abraçada per un home que l'ha sorprès i que l'emmordassa. I tots dos escolten atentament el que la Dolors, d'esquena a ells, està contant.

La Dolors ara es dirigeix a en Delclòs.

—Tu vas precipitar les coses venint anit a veure la mare... En Gabriel i jo pensàvem que els assassinats s'atribuirien al boig i prou. Però tu venies a dir que, si hom cercava, podria trobar una connexió entre en Campavall i en Gabriel i qui sap si no descobriria que els morts eren aquells que havien mort el meu pare... Així que vaig interrompre la conversa. Et vaig colpejar i no et vaig matar perquè la mare m'ho va impedir. La mare t'identificava amb la part bona d'en Campavall... Vaig trucar a en Gabriel i el vaig convèncer que enllestíssim de pressa, liquidéssim els qui quedaven com més aviat millor i desaparreguéssim del mapa. Aquella mateixa nit, mentre la mare et curava i et contava tota la història de la família, vam passar a l'acció. Primer va caure la Teresa Biaix. La vam enredar amb la veu d'en Biaix enregistrada en una casset. Jo li vaig llescar el coll a la puta i en Gabriel es va quedar les joies. Vam haver d'anar a cercar la filleta de l'ànima d'en Biaix perquè el pressionés, és clar. Quan ella hi anava, jo sempre m'amagava al pis de dalt. No podia suportar la seva proximitat... El cas és que ella hi va anar, i en Campavall va dir «Amén», i va trucar al Llorenç, i va dir-li el que volíem que li digués... Però en Gabriel estava espantat. Quan va saber que, d'en Méndez, no podíem treure'n ni un cèntim, va decidir acabar amb en Campavall i tancar la botigueta. Llavors jo m'hi vaig oposar... en Campavall havia de ser l'últim a morir, si li volíem carregar els morts. En Gabriel no entrava en raons. Si no en podia treure calés, no pensava matar en Méndez, així que vam discutir i... bé, per fi vaig matar en Gabriel... I he vingut aquí, com cada dia, a fer temps i pensar... Quan ens han sorprès els dos monstres...

Pausa.

Metrònom de molts cors bategant al mateix temps.

—Bé... Enllestim... De pressa, Méndez...

En Méndez s'està desinflant com un globus. Envelleix deu anys cada minut.

—Què?

—Puja a l'escambell, Méndez. —Ple de compassió, en Delclòs fa un cop d'ull cap a l'inspector. No pot fer res. Potser tampoc no vol, però això ja no s'ho planteja—. *No em sents, Méndez!? Puja a l'escambell!*

En Méndez, que en aquest moment sembla tenir cent anys de decrepitud, aixeca la vista i veu el ganxo de carnisser penjant de la barra de ferro, i veu en Duran espernegant en una llarguíssima agonia, i es veu ell mateix enfilant-se a l'escambell i agafant el ferro amb l'esquerra, per no caure, que absurd!, no voldria fer-se mal, ulls de cabrit a l'escorxador. I sent les rialles d'en Biaix i d'ell mateix, vint-i-quatre anys enrere. «Vine, et vull ensenyar una cosa», en Méndez mira cap amunt i plora sense voler, baveja sense voler, i s'ofega sense adonar-se'n amb la seva pròpia sang, encara que no s'ha penjat ni podrà fer-ho.

—*Méndez!* —xiscla la Dolors, imperativa.

Ell es tomba. Se la mira. Plora, gemegant: «No puc fer-ho». Baixa de l'escambell i arrossega els peus cap a l'escala. «Senyoreta, si us plau —somica—, senyoreta, no puc, no puc pujar, senyoreta, si us plau», cortina de llàgrimes sobre el rostre deformat pel desconsol. «Senyoreta, per pietat, senyoreta, per pietat...»

Per segona vegada, el tro envaeix el soterrani i crea un remolí en el centre; fa tremolar la llum de les espelmes. Ara, el tro no és instantani com abans. És interminable com una traca. Un tro i un altre i un altre, fins a cinc, tots tremolant en l'aire, tots formant aquell mur contra el qual ha topat el monstre.

L'expressió d'en Méndez és de resignació. Parpelleja com dient: «Si això és la mort, no valia la pena», li fan figa les cames i mor de vell amb cinc bales al cos.

És curiós, però aquest cos gegantí cau sense fer rebombori, com si fos de fum.

Epíleg

I passen tres segons.

La Dolors, molt cansada, abaixa la mà amb el revòlver. Es relaxa. Tot ha acabat. Amb en Méndez ha mort el darrer dels assassins del pare. L'Àngels es tomba cap a en Delclòs i li dirigeix una mirada de compliment. Com si fossin en una festa d'alta societat i un criat hagués deixat caure una copa. En Delclòs, confús, li torna un somrís semblant...

... I llavors veu que a l'escala hi ha l'Alícia. I veu també un home alt i prim, vestit amb una gavardina clara.

Quan el psiquiatre es dirigeix cap allà, l'home sembla fondre's en la foscor. Quan arriba al costat de l'Alícia, l'home ja no hi és.

—Qui hi havia aquí? —demana en Delclòs. I és conscient que espera una resposta absurda, de l'estil de «ningú», o «un esperit», «un àngel» o «un dimoni». L'Alícia diu:

—No sé qui és. M'ha dit que no ens amoïnem, que no ens passarà res. Que deixem la casa sola uns quants dies, que no parlem d'això amb ningú i que no ens passarà res.

«L'últim toc màgic», pensa en Delclòs.

S'equivoca. L'últim toc màgic, en realitat, allà, al soterrani encatifat d'espelmes enceses, enmig de les mirades punyents de les dues germanastres, és una petita estirada a la màniga, algú que vol cridar tímidament la seva atenció.

Es tomba i ensopega amb el rostre radiant de felicitat de l'Àngels:

—Doctor Campavall, com s'ha fet esperar! L'havia enyorat *tant*!

Fora, sota la pluja persistent, l'home de la gavardina clara ha travessat el jardí, somiquejant cap cot, i ara dintre d'un cotxe s'eixuga les llàgrimes completament atordit per la urgència d'haver de fugir en un moment tan emocionant com aquell.

Ha assistit a una venjança. A la venjança del seu pare, el sempre honest comissari Blanco. Venjança a mans d'una noia ferma, valenta i freda, com a ell mateix li hauria agradat de ser. Engega el cotxe i cerca el camí camp a través veient en la foscor les darreres exultants imatges d'aquell superb acte de justícia. En Méndez, l'assassí, caient esclafat. Gaudeix amb la notícia de la mort dels altres, en Yagüe, en Llorenç, la Teresa Biaix, fins i tot, per què no?, aquell altre desgraciat que creia ser en Biaix.

En Blanco Torres plora i riu al mateix temps, tal com ho ha fet abans a l'escala, només d'imaginar-se que d'un moment a l'altre veuria la mola d'en Méndez penjant del ganxo de carnisser. Llàstima no haver-ho pogut veure. Llàstima. Però, després de tot, la funció ha acabat bé.

En Blanco Torres està vivint el millor moment de la seva vida.

En Delclòs va creure més oportú que l'Àngels se n'anés en el 127 de la Dolors, perquè s'avenia molt més amb aquella filla, i la Dolors tenia un pis on durla. Tots tenien pressa de fugir de la casa farcida de cadàvers. L'Àngels ni tan sols va voler pujar a cercar una camisa de dormir. La Dolors no s'atrevia a mirar ningú a la cara, molt avergonyida. En Delclòs li va donar una targeta d'un col·lega que es faria càrrec de l'Àngels. La Dolors no va fer cap senyal de gratitud.

Després, un llarg viatge fins a Barcelona amb una Alícia molt seriosa, concentrada, en ella mateixa, que sospirava de tant en tant.

—Vol que el porti a casa seva? —li va preguntar. En Delclòs estava a punt de desmaiar-se.

—Sí. Si us plau.

En baixar va ensopegar amb la vorera i va estar a punt de caure, però ella no va dir ni fer res per ajudar-lo. Quan el doctor es va ficar al llit, es va adonar que les dues germanastres l'havien ignorat, pràcticament s'havien oblidat d'ell al mateix moment de sortir de la casa de Premià. Estaven fetes d'una pasta especial que els permetia d'obeir al peu de la lletra les paraules d'aquell home misteriós. «No us passarà res. Oblideu-ho tot.» I *paf*, ja estava tot oblidat.

Curiosament, ell, el més allunyat de la història, que ho havia de veure tot amb més objectivitat, era qui tornava a casa més malparat i amb la seguretat que trigaria molt a oblidar tots els esdeveniments.

Els diaris no van dir res de res.

La Rosa, una amiga seva, va tenir cura d'ell durant els dies següents, en què va haver de fer llit, i el va renyar molt; li digué que un psiquiatre no s'ha de ficar on no el demanen, no ha de deixar mai el seu lloc del consultori. Li va preguntar repetides vegades què volia demostrar fent l'heroi i quasi el va convèncer que tot el que li passava s'ho tenia ben merescut.

Al tercer dia van fer l'amor i van decidir, tots dos alhora, que en Delclòs ja estava en condicions de reincorporar-se a la vida normal.

A El Formiguer, a la tertúlia del divendres següent, es va assabentar de la mort dels dos germans Nieto. Segons sembla, el professor Nelo va passar per casa seva dies enrere, va demanar per ells i la portera va comentar que havien desaparegut d'una manera molt estranya. Un parent hi havia anat i li havia comunicat que els dos pintors havien tingut un accident de cotxe.

Aquell dia, l'argentí Quintana va voler iniciar una conversa sobre el misteri que hi havia a la vida d'aquells dos germans i proposava la hipòtesi que havien pogut trobar la mort quan cercaven quelcom de sobrenatural. La doctora Unzurrunzaga hi va intervenir dient que el dia que van desaparèixer, ella havia vist l'Enric Nieto en un estat molt estrany, certament inquietant, com si s'hagués drogat, o tornat boig, o quelcom per l'estil.

Llavors va intervenir el doctor Delclòs tallant en sec la conversa. «Bajanades, tot això són cabòries. Sempre cerquem una explicació màgica al que no entenem. Fa uns anys, la màgia era la política. Tot el que ens semblava estrany ens feia pensar en obscurs moviments polítics de la dreta o de l'esquerra, amenaces, espionatges, *xivatassus*... Ara, la màgia són les forces del mal, la parapsicologia, els ovnis i tot això. Cerquem fantasmes on només hi ha taques a la paret.»

La doctora Unzurrunzaga i el professor Nelo de seguida li van fer costat. Sí, efectivament, ells sempre havien dit... Només protestà l'argentí Quintana: «Però, Delclòs, però si tu l'altre dia, sense anar més lluny, deies...».

—Aquí es parla molt per parlar —tallà en Delclòs.

I de fet, fins ara, potser a causa de l'absència dels germans Nieto, potser a causa de la decisió tallant i personal d'en Delclòs, a les tertúlies dels divendres a El Formiguer ja no es parla de parapsicologia, ni d'ovnis, ni de fantasmes, ni de posseïts.

I en Delclòs, al seu despatx, avui està absolutament atònit. Tot allò li sembla tan llunyà...

No ha tornat a saber res de la Dolors ni de l'Alícia. Li costa d'imaginar què se n'haurà fet. De l'Àngels sí que en va sentir a parlar fa un mes o així. És al frenopàtic, esperant la pròxima visita d'un doctor que es diu Campavall. Diuen que és una pacient tranquil·la, resignada, que no molesta gens, que col·labora en tot allò que pot. L'opinió general és que es troba tancada allà dins perquè fa nosa als seus parents. Els seus desvaris es poden atribuir més a l'edat que a un efectiu trastocament mental. En realitat, ella sap que el doctor Campavall mai no vindrà. I de tant en tant diu a qui la vol sentir que ja no cal que vingui, perquè ja no cal que ningú la defensi del seu marit. Però això només ho diu molt de tant en tant.

En Delclòs creu fermament que l'Àngels era la més intel·ligent de tots els supervivents de la història de mort. És l'única que manté contacte amb la realitat, amb el que va ocórrer de debò, l'única que sembla capaç d'assimilar el passat i d'afrontar el futur amb alegre i resignada serenitat. En Delclòs, en canvi, encara no s'ha pogut desfer dels records. I la distància temporal no l'ajuda gens. El que recorda, objectivament, és un psiquiatre pervers (en Campavall) que, trastornat, va convertir una de les seves pacients en víctima dels seus instints sàdics i ell mateix va assumir la personalitat del marit de la dona per desfogar-s'hi. Tot molt complicat i amb detalls foscos, sí, però ara, en el record, no hi ha res que faci pensar en una autèntica història de fantasmes. «Res més», diu en Delclòs.

I es mira el palmell de la mà i li costa de creure que hagi sostingut una pistola i que hagi premut el gallet amb intenció de matar. Ha de cercar petites cicatrius als artells per acceptar que un dia va donar cops de puny com aquells de les pel·lícules.

I, en canvi, de tant en tant tanca els ulls i es diu que potser estem massa acostumats a cercar taques d'humitat a les parets on només hi ha màgia. Potser és que ens entestem a no comprendre l'incomprensible.

En Delclòs parpelleja, prem un botó, diu: «Que passi el següent»; i adopta una actitud neutra per encarar-se amb la follia convencional.

Una dona de trenta-dos anys, soltera, que té espantoses urticàries cada cop que fa l'amor.

—Segui —diu en Delclòs.